Ain't no Sunshine

Catharina Geiselhart

Ain't no Sunshine

Eine Liebesgeschichte aus Paris

SCHWARZKOPF & SCHWARZKOPF

A Sébastien –
chaque battement de mon cœur.

PROLOG

THE END OF THE WORLD

Es ist nicht so sehr die Furcht vor dem Tod, die uns antreibt, an Gott zu glauben. Es ist das Bedürfnis, sich an etwas festzuhalten, damit uns der Boden nicht unter den Füßen wegschwimmt. Es ist ein Hilferuf nach Liebe und Freundschaft. Und so glauben wir, wenn wir schon nicht an Gott glauben wollen, an Liebe und Freundschaft. Von ihnen lassen wir uns über schier unüberwindliche Klippen tragen.

Mein Leben hat an einem Nachmittag im Juli seinen Sinn verloren. Während die Stadt im Licht der Sommersonne strahlte, war in mir alles dunkel. Drei Jahre lang wachte ich jeden Morgen neben ihm auf. Drei Jahre lang spürte ich seine Nähe im Schlaf, im Wachen, an der Uni, aus der Entfernung. Ich war einfach glücklich, ich lebte mit dem Mann meiner Träume. Es war alles so leicht und bald hielt ich mein Glück für selbstverständlich. Doch Glück ist nicht selbstverständlich. Glück kann zerbrechen. Ganz plötzlich zerplatzen wie eine Seifenblase. Eben noch spiegelte sich in ihr ein Traum und mit einem Schlag ist dieser Traum verschwunden. Zurück bleibt das Echo eines tosenden Knalls, als ob die Welt unterginge. Es kommen Tränen, immer wieder Tränen. Schmerz, Fassungslosigkeit, der Wunsch zu sterben. Und es kommen die Erinnerungen.

1. KAPITEL

ERSTE BLICKE – SCHMETTERLINGE

In dem Moment, als sich Julian und Lena auf der Place Saint-Sulpice zum ersten Mal sahen, flog Amors Pfeil. Lena ging zum dritten Mal über den Platz und Julian starrte schon eine Weile wie gebannt auf das Lichterspiel des Brunnens. Sie wussten überhaupt nichts voneinander, und keiner von ihnen spürte einen Stich oder irgendeinen anderen Hinweis auf Verliebtheit. Nur Amor wusste davon. Unsichtbar für die Gleichgültigen und Gestressten, die täglich ihrem Beruf oder einer stupiden Beschäftigung hinterherhetzten, saß er unter der steinernen Wölbung der Fontaine Saint-Sulpice. Von den vier Bischöfen, die als imposante Statuen in den Dachgewölben der Fontaine thronten, zwinkerten zunächst nur die zwei arrogantesten. Jene, die auch nach vierhundertjährigem Tod noch glaubten, sie seien quicklebendig.

Bossuet, der unter Sonnenkönig Ludwig XIV. Bischof von Meaux und später Mitglied der berühmten Académie française war, dozierte hochmütig, er gäbe der Liebe zweier Studenten des 21. Jahrhunderts höchstens ein Jahr, wenn überhaupt. Die heutige Zeit sei schnelllebig, alles vergehe in rasender Geschwindigkeit, Glühbirnen hielten nur wenige Wochen, Stoffe zerfielen im Handumdrehen, Brot halte sich nur einen halben Tag, ein Film verschwinde, kaum sei er in den Kinos, und ebenso sei es mit der Liebe. Während seiner Rede glotzte der Bischof von Clermont aus steinernen Augen in die Ferne und murmelte dabei: »Liebe ist nur eine Formel für Begierde und Wollust, weiter nichts.«

Cupido lachte die beiden aus: »Ihr seid neidisch, weil Ihr kalt und auf Eure steinalten Tage ziemlich gottlos geworden seid. Ich sage Euch, die Liebe mancher Paare reicht ein ganzes Leben und manchmal über den Tod hinaus.«

»Das ist eine verdammt lange Zeit, denn im 21. Jahrhundert leben die Menschen mehr als achtzig Jahre«, zischte Bossuet und wurde dabei ganz grün. Offenkundig war es Grünspan, der ihn derart färbte, aber eigentlich war es seine verbitterte Seele, die es dem Menschen der Cyberzeit neidete, hundert Jahre alt zu werden.

Cupido wandte sich ab. Sein Interesse galt den Lebenden. Er sah auf den Platz. Lena kam näher. Und Cupido überlegte, ob seine Pfeile in dieser rasenden Zeit noch das hielten, was sie einst versprachen.

Skeptisch wiegte er den Kopf. Die Bischöfe hatten ihn auf eine Idee gebracht. Heute mussten andere Geschütze aufgefahren werden.

*

Nun, da sie zum dritten Mal den Platz überquerte, verlangsamte sie ihren Schritt und sah sich den seltsamen Typen, der wie eine Statue vor dem Brunnen stand, genauer an. Mittlerweile sank die Abenddämmerung über die Stadt. Die Lichter der Straßenlaternen flammten auf, die Fontaine Saint-Sulpice erstrahlte im Glanz ihrer Beleuchtung. In ihrem Schein blickten die düsteren Bischöfe freundlich und kleine Blitze zuckten über das Wasser des unteren Beckens. Der Wind riss Blätter von den Kastanienbäumen und fegte sie über den Platz. Sie wirbelten und tanzten. Hin und wieder blieben sie für den Bruchteil einer Sekunde in der Luft, reglos, als hielten sie den Atem an, als hätte ein Maler sie festgehalten, um dann in Zeitlupe zu fallen.

Trotz des feuchten Windes, der unter ihre Felljacke kroch, spürte Lena den Zauber des Augenblicks. Licht, Dämmerung, Wind und der funkelnde Nieselregen schufen einen märchenhaften Moment. Aber vielleicht war da noch etwas. Etwas, was sie mit bloßem Auge nicht sah. Etwas hielt sie ab, rasch nach Hause zu streben, was jeder normale Mensch an diesem regenkalten Abend zu tun schien. Die meisten Passanten zogen die Köpfe ein, eilten vermummt durch die Straßen, über den Platz zum Bus oder zur Metro. Nur die Hundebesitzer harrten mit verbissenen Gesichtern neben ihren Hunden aus, als lägen nicht die Vierbeiner, sondern sie selbst an der Leine.

Was geht mich eigentlich der Typ an, der dort steht, das Gesicht im hochgeschlagenen Kragen zur Hälfte verborgen?, fragte sich Lena, während sie bis zum Rand des unteren Beckens ging und, genau wie der junge Mann, wie hypnotisiert auf den Brunnen starrte. Dabei bemerkte sie etwas, was ihr noch nie aufgefallen war, weil sie stets achtlos und vollkommen in Gedanken über den Platz eilte: Das Wasser stürzte in breiten Bächen über die zwei oberen Beckenränder und sah dabei so glatt und glänzend aus, dass man sich darin hätte spiegeln können. Mit Wucht ergoss es sich in das untere Becken, vorbei an den steinernen Löwen, die aus ihren riesigen Mäulern ebenfalls Wasserfluten spuckten. Die bewegte Oberfläche schimmerte im Licht der Brunnenbeleuchtung und wurde durch den stärker einsetzenden Regen erst richtig aufgepeitscht.

Eine Weile ließ sich Lena vom Spiel des Lichtes und des Regens in Bann ziehen, dann plötzlich spürte sie wieder die Kälte und Nässe durch ihre Jacke dringen. Als sie sich zum Gehen wandte, blickte sie unwillkürlich zu dem Jungen. Auch er hatte sie bemerkt. Ihre Blicke trafen sich. Lena konnte sich nicht überwinden, weiterzugehen. Sie blieb einfach stehen und sah ihn an. Ein wenig spöttisch, ein wenig erstaunt. Der Junge lächelte. Ein wenig spöttisch, ein wenig erstaunt. Dann zog er plötzlich ein Buch aus seiner Manteltasche. Trotz des Regens schlug er es auf und trotz der Gefahr, von dem Mädchen ausgelacht zu werden, las er: »Es regnet, die Blätter sterben im Licht der erleuchteten Nacht. Alles vergeht, auch das Licht, und so wünsche ich mir ein Auge, die Möglichkeit zu sehen.«

»Ist das von Marcel Proust?«, fragte Lena unwillkürlich. Sie hatte sich bis auf zwei Schritte dem Jungen genähert. Der Regen klatschte nun stärker nieder und der Junge steckte das Buch rasch wieder in die Tasche.

»Vielen Dank. Stell dir vor, es ist von mir, inspiriert von Kierkegaard.« Er zwinkerte, dann fragte er: »Wie heißt du?«

»Ist das deine Masche, um Mädchen anzusprechen?«, fragte sie, statt eine Antwort zu geben.

So begann die Geschichte von Lena und Julian.

*

Cupido behielt sie im Auge. Er sah, wie sie gemeinsam über den Platz zum Café de la Mairie gingen. Oft flog er sogleich nach Abschuss der ersten Pfeile weiter, aber diesmal entschied er anders.

»Vergeude nicht deine kostbaren Pfeile. Sie kratzen nur an der Oberfläche«, brummte der Bischof von Meaux. »Sie treffen nicht das Herz, weil die heutige Jugend das Herz in ihren Händen trägt. Es sind ihre Handys, iPhones und iPads!«

»Das ›i‹ steht ja für Ich, habe ich gehört«, meldete sich plötzlich mit interessiertem Ausdruck der Bischof von Nîmes, woraufhin sein Kollege aus dem frühen 17. Jahrhundert eilig erwiderte: »Ja, das Ich ist wichtiger als das Du. Das Ich muss immer alles sofort haben, sofort erreichen, sofort genießen. So ist diese Zeit, in der die Menschen da unten leben. Es ist die *Jetzt*-Zeit. Alles, was Bedeutung hat, geschieht jetzt, was vorher war, soll vergessen werden, wird vergessen und die Zukunft ist keine Überraschung mehr, weil sie geplant und verplant wird.«

»Ihr seid ja so gebildet. Aber eines habt Ihr nicht begriffen«, entgegnete Cupido, ohne das Pärchen im Café de la Mairie aus den Augen zu lassen. Ein wenig verblüfft, obwohl Gemütsregungen in den steinernen Gesichtszügen nicht wirklich zu erkennen waren, verstummten die drei Bischöfe. Sie warteten. Statt aber eine Antwort zu geben, griff Cupido in seinen Köcher und holte etwas heraus, was nicht die geringste Ähnlichkeit mit einem Pfeil hatte. Den Bischöfen von Nîmes, Meaux und Clermont traten vor Schreck die Augen aus den Höhlen, nur der Erzbischof von Cambrai, der Schlafzimmeraugen hatte, nickte zustimmend.

»Oh ja, ich weiß, was du sagen willst. Die jungen Leute tragen ihr Herz unter einem Panzer, den du nur mit einer Kalaschnikow durchdringst. Das Problem ist nur: Einmal getroffen sind sie tot.«

»Seid unbesorgt. Ich wollte Euch nur erschrecken. Die jungen Leute mögen ein gepanzertes Herz haben, aber es ist empfindsamer und zerbrechlicher als je zuvor. Ich werde es also weiterhin mit Pfeilen versuchen.«

*

Dicht neben einem Heizstrahler, unter der schützenden Markise des Café de la Mairie, saßen die beiden und diskutierten über Kierkegaard. Lena wusste nicht mehr über den dänischen Denker, als dass ihn die Existenzialisten Camus, Sartre und Deleuze bewundert hatten, aber sie verstand nicht, warum ihm aktuelle Philosophen so viel Bedeutung beimaßen. War er nicht ein finsterer Geselle gewesen? Und überhaupt: Hatte sein Denken nicht längst Rost angesetzt und war den Menschen des 21. Jahrhunderts unverständlich geworden. Julian widersprach ihr und holte als Beweis das Buch aus der Manteltasche: »Pass auf! Ich lese dir mal diese Stelle vor: ›Wenn ich mir etwas wünschen dürfte, so wünschte ich mir weder Reichtum noch Macht, sondern nur die Leidenschaft der Möglichkeit; ich wünschte mir ein Auge, das ewig jung, ewig von dem Verlangen brennt, die Möglichkeit zu sehen.‹[1] Ist das etwa eine finstere, antiquierte Lebenseinstellung?« Julians Augen leuchteten und Lena hatte eine Sekunde lang das Gefühl, noch nie solche Funken sprühende Augen gesehen zu haben. Sie wurde rot, wirkte verlegen und erklärte Julian, sie habe zu wenig von dem Dänen gelesen, um ihn zu verstehen, und selbst wenn sie ihn gelesen hätte, verstünde sie ihn nicht.

»Irgendwann im Jahr 1900 schrieb die alte Frau Schlegel in einem Brief, dass die Franzosen Kierkegaard niemals verstehen würden. Diese Frau hieß in ihrer Jugend Regine Olsen und war Kierkegaards Geliebte gewesen, bevor sie Frau Schlegel wurde.«

Auf der Kante des Kaffeehausstuhles balancierend, das Kinn in die Hand gestützt, hörte Lena zu. Nun fing sie an, mit den Füßen zu scharren und auf ihrem Stuhl hin und her zu rutschen. Schließlich sah sie auf die Uhr.

»Okay, ich langweile dich. Vermutlich interessiert dich der neueste Look von Nicole Richie mehr als mein Gequatsche.« Resigniert klappte Julian das Buch zu. Lena zuckte mit den Schultern. Sie wollte nicht unhöflich sein und schüttelte heftig den Kopf.

»Ach, was. Nicht du langweilst mich, nur der Typ, dieser Kierkegaard. Er interessiert mich überhaupt nicht. Tut mir leid, Julian, ich muss jetzt gehen. Morgen erwartet mich ein Test über die Expressionismusdebatte.« Sie stand auf. »Es war nett mit dir. Wir sehen uns ja wieder. Die Welt ist klein. Und Paris ist klitzeklein.« Sie lachte, warf den Kopf zurück.

Trotz des ungemütlichen Herbstwetters hatte sie dieses sonnige, frische Strahlen im Gesicht, das Julian ermunterte, nach ihrer Handynummer zu fragen. Sie rief ihm die Zahlen über zwei Tische hinweg zu. In dem Moment kam der Bus die Rue Saint-Sulpice heraufgerauscht, fuhr knapp an der Bordsteinkante vor dem Café vorbei und bespritzte einige Passanten mit dem schlammigen Wasser einer Pfütze.

*

Cupido berührte seinen Köcher. Er überlegte, während seine Augen eine einzige Person im Visier hatten. »Ich muss sehr übel gezielt haben«, sagte er halblaut. »Das ist mir in den letzten Jahren häufiger passiert. Und das, obwohl ich mich täglich im Schießen übe und zudem im siebten Himmel Seminare zu den neuesten Erkenntnissen über Liebe besuche. Aber Mark Zuckerberg hat mir diesbezüglich einen hässlichen Strich durch die Rechnung gemacht. Liebespaare wenden sich von mir ab und Facebook zu. Pech!«

»Armer Cupido. Du bestehst trotz Facebook darauf, noch einen Pfeil abzuschießen? Ich sage dir, es ist Verschwendung. Außerdem ist der Regen kalt und lästig. Ich wette, das Mädchen hat den Jungen vergessen, sobald es um die Ecke ist. Daran ändert dein Pfeil nichts. Spare ihn dir für bessere Zeiten!« Bischof Bossuets Augen starrten stur geradeaus. Mittlerweile waren nicht nur seine Wangen, sondern auch seine Stirn grün. Er platzt ja fast vor Neid, der einst so stolze Kirchenvater, dachte Cupido und lachte in sich hinein. Dann meldete sich Bischof Nummer vier zu Wort.

»Sind nicht wir es, die aus der Zeit gute oder schlechte Zeiten machen? Lass ihn fliegen, Monseigneur! Er trägt dazu bei, dass auch im Morast Blumen blühen. Facebook kann das nicht und wir können es ohnehin nicht. Wir sind viel zu verdorben.«

*

Lena hatte sich auf die Innenseite des Trottoirs gerettet. Sie verschloss ihre Tasche, strich sie glatt und platzierte sie als Regenhutersatz auf ihrem Kopf. Dicht an den Schaufenstern entlang ging sie, im Schutz der Häuservorsprünge, eilig voran und dachte an das Gespräch. Warum so viel über Kierkegaard? Warum mit einem wildfremden Jungen beim ersten Treffen über philosophische Weisheiten diskutieren? Habe ich einen Denkerschädel? Sehe ich so vergeistigt aus, dass einem jungen Mann bei meinem Anblick nur philosophische Traktate einfallen?

Er hat mich ein wenig nach meinen Studien und Hobbys gefragt, ein paar Worte zu meinem Leben habe ich bei der Gelegenheit auch gesagt, aber er hat fast nichts über sich erzählt. Nur angesehen hat er mich so sonderbar. Immer wieder angesehen und so traurig geschaut, als ich sagte, ich müsse gehen.

Abrupt blieb Lena stehen. Sie hatte den Zebrastreifen überquert, war achtlos am Brunnen vorbeigegangen und stand nun in Höhe des beleuchteten Rathauses. Unwillkürlich drehte sich das Mädchen um. Hier hat er gestanden, dachte es. Ein hübscher Mensch. Schöne Augen. Kluges Gesicht. Und er hat Stil: Ich mag es, wenn ein Mann hin und wieder andere Schuhe trägt als die ewigen Turnschuhe und wenn er statt dem dicken, unförmigen Anorak, der selbst die beste Figur ruiniert, einen Wollmantel anhat und dazu den passenden Schal. Ich mag … Während Lena ihre Liste der Pluspunkte aufstellte, fiel ihr nur ein einziger Minuspunkt auf: Julians Pariser Einführung in Kierkegaard.

»Ich bin blöd!«, rief sie laut und machte auf dem Absatz kehrt. »Jetzt muss ich doch mal nachfragen, ob er bei dem Lärm meine Handynummer richtig verstanden hat.« In eiligen Schritten, die Tasche auf dem Kopf, ging sie bis zum nördlichen Ende des Platzes. Der Regen klatschte gegen ihre Beine und drang durch die Ärmelöffnung des Armes, mit dem sie ihre Tasche über dem Kopf hielt, bis zum Ellbogen. Am Fußgängereingang zur Tiefgarage Saint-Sulpice hielt sie erneut an. Sie spürte den Regen im Nacken, im Gesicht und sehr unangenehm auf der Hand, die sich ins Leder der Tasche krallte.

Wenn er mich so durchnässt sieht, denkt er bestimmt: Die dumme Kuh ist meinetwegen durch den strömenden Regen zurückgelaufen. Was muss ich für ein toller Typ sein. – Nein, sie würde nicht wie ein Schaf zu ihm trotten und schüchtern fragen, ob er ihre Nummer auch richtig notiert hätte. Von der Bordsteinkante aus konnte sie die überdachte Terrasse des Cafés der gegenüberliegenden Seite überblicken. Julian war nicht mehr da. Es versetzte Lena einen kleinen Stich, an dem Tisch, an dem sie mit ihm gesessen hatte, ein anderes

Paar zu sehen. Enttäuscht wandte sie sich ab. Wieder überquerte sie den Platz. Das war wohl das sechste Mal an diesem Tag. Erneut hielt sie am Brunnen an. Mittlerweile hatte der Regen nachgelassen. Typisch für Paris. Es schüttete minutenlang aus Kübeln, um dann schlagartig wieder aufzuhören.

Die Tasche um ihre Schulter gehängt, das Haar von Regen und Wind zerzaust, blickte sie an der Fontaine hinauf, dorthin, wo die Bischöfe im Schutz ihrer steinernen Kuppel saßen, und sagte laut: »Ich bin nicht abergläubisch, aber vielleicht hilft es, wenn ich mir genau an der Stelle, an der Julian vor zwei Stunden gestanden hat, wünsche, er möge mich anrufen.«

2. KAPITEL

DON'T LET ME BE MISUNDERSTOOD

Julian hatte sich die Zahlen, die Lena ihm zugerufen hatte, in seinem Handy notiert und dann den Kellner um die Rechnung gebeten. Wenige Minuten nachdem das Mädchen das Café verlassen hatte, machte auch er sich auf den Weg, allerdings in die entgegengesetzte Richtung, die Rue des Canettes hinunter zum Boulevard Saint-Germain. In der schmalen Rue des Canettes reihte sich ein Restaurant an das andere. Italienische, griechische und natürlich französische Küche, Letztere aus allen Regionen Frankreichs, buhlten um Gäste. Für Autos war die Durchfahrt eine Nervenprobe. Egal, ob die Sonne schien, es regnete oder ein fürchterlicher Wind blies, ständig bevölkerten junge Leute die Straße, diskutierten in Grüppchen, tranken Martini und Coca-Cola im Freien oder standen an den geöffneten Türen der Lokale Schlange.

So animierend das Ambiente auch war, Julian hatte an diesem Abend keine Antennen dafür. Auf dem gesamten Weg bis zum Boulevard, in den er rechts einbog, um zu den Kinos zu gelangen, machte er sich Vorwürfe. Wieder hatte er es nicht lassen können, mit seinem Wissen zu prahlen, wieder hatte er ein Mädchen mit philosophischen Phrasen genervt. Vor Lena wäre es nicht notwendig gewesen. Vor diesem Mädchen, dessen Gesicht ihn ein wenig an Jennifer Beals erinnerte, hätte er sich nicht aufplustern müssen. Ihre klugen Augen forschten nicht nach seinem IQ, sie sahen ihn einfach nur freundlich und vielleicht sogar ein wenig verliebt an. Außerdem trat sie bescheidener auf als er. Sie hängte ihre Studienkenntnisse nicht gleich an die große Glocke und freches Kontern lag ihr offensichtlich nicht. Was war sie eigentlich? Ein normales, hübsches Mädchen mit einem durchschnittlichen IQ, das Discos, James Blunt und Marcel Proust liebte? Er wusste nichts von ihr, aber von sich wusste er, dass sie ihm gefiel, egal was sie liebte. Morgen würde er sie anrufen. Oder sollte er es zuerst mit einer SMS versuchen?

Er stand vor dem Kino MK2. Filme hoben seine Laune. Filme waren sein Ventil. Mindestens zwei pro Woche sah er sich an. Von Heimkino hielt er nicht viel. Er brauchte die gigantische Leinwand, die Gegenwart von vielen Menschen, die gemeinsam mit ihm weinten, lachten oder einschliefen. Im MK2 lief nichts, was ihn interessierte. Unschlüssig machte er kehrt, ging zurück bis zum Kino

Danton und betrachtete dort die farbigen Kinoplakate. Die Anzeige von *American Gangster* mit Denzel Washington unterschied sich von allen anderen durch ihre Schlichtheit und Härte. Da er Actionfilme liebte und Mr. Washington für ihn der beste Schauspieler aller Zeiten war, stand für ihn fest, welchen Film er schauen würde: An einem Tag wie diesem hatte er das Bedürfnis, in eine andere Haut zu schlüpfen, stark zu sein und letztendlich zu siegen.

*

Cupido war sich seiner Sache nicht ganz sicher: Hatte er wirklich ins Schwarze getroffen? Oder musste er doch zum Gewehr greifen?

»Getroffen oder nicht. Wie ich schon sagte, es wird in die Hose gehen. Die jungen Damen in Zeiten des Internets wollen alles sofort haben. Das sind sie ja gewohnt. Nun ist der Knabe aber nicht anzutreffen und bis morgen hat sie ihn mit Sicherheit vergessen.«

»Verzeihung, Hochwürden. Ich erlaube mir, nicht länger auf Euer Geschwätz zu hören, denn ich halte an meinem Glauben an die Liebe fest. Liebe in Zeiten der Cholera, Liebe in Zeiten der Kriege, Liebe in Zeiten von iPad und Facebook.«

»Aber, lieber Cupido. Die Zeiten, die du eben erwähnst, waren noch goldene Zeiten. Junge Männer bemühten sich um die Gunst einer Frau. Sie zitterten ihr wochen- oder monatelang entgegen. Sie spielten die Laute, schrieben Briefe, duellierten sich für ihre Geliebte.« Es war Bischof Fléchier, der so sprach.

»Ihr glorifiziert Zeiten, in denen Mord und Totschlag an der Tagesordnung waren, Menschen auf grässliche Weise hingerichtet wurden und Korruption, Betrug, Intrigen, erzwungene Hochzeiten das Leben bestimmten.«

»Und dennoch gab es Liebe. Das müsstest du am besten wissen, Cupido. Du hast ihr zu allen Zeiten gedient.«

»Richtig. Deshalb tue ich es auch heute. Zugegebenermaßen lässt meine Treffsicherheit trotz intensivem Training hin und wieder zu wünschen übrig, trotzdem weigere ich mich, härtere Waffen einzusetzen. Im Übrigen habe ich das untrügliche Gefühl, dass sich der heutige Mensch besonders nach meinen Pfeilen sehnen würde. Und weil er das tut, wird er auch alles tun, um sich ins rechte Licht zu rücken, damit ich mein Ziel nicht verfehle.«

Der Bischof zeigte sich nicht im Geringsten überzeugt. Finster blickte er hinunter. Er habe schon zu viele Unglückliche über den Platz gehen sehen. Es fiele ihm schwer, nach dreihundert Jahren Elend, Lug und Trug noch an die Liebe zu glauben. Doch besonders schmerze ihn der Gedanke, diese Stadt, die allgemein als die Stadt der Liebe bezeichnet wurde, könne ihren schönen Ruf verlieren.

»Schwarzseher! Ohne Liebe wäre die Welt längst untergegangen. Aber diskutieren wir nicht nur, schreiten wir zu Taten.«

»Was redest du von Taten? Braucht die Liebe Taten?«, fragte der schlecht gelaunte Bischof von Clermont. Und wieder meldete sich der wortkarge Erzbischof Fènelon zu Wort. Er zwinkerte, als er sagte:

»Sie braucht noch immer Cupido! Facebook schafft nie und nimmer, was Cupido zustande bringt. Ohne ihn geht die Liebe zugrunde. Darum muss Cupido in Ehren gehalten und gepflegt werden. Nicht wahr, Cupido?«

Doch dieser hörte nicht mehr zu. Er war schon wieder unterwegs, denn er hatte sich ganz fest vorgenommen, Lena und Julian nicht aus den Augen zu lassen.

*

Am Wochenende nahm Lena den Zug nach Deauville, um ihre Mutter Marianne zu besuchen. Nach der Scheidung hatte diese lange zwischen Köln und dem Norden Frankreichs als künftigem Wohnort geschwankt. In Deauville wohnte eine Freundin, in Köln lebte ihr Bruder. Lena wusste, dass sich die Mutter ihretwegen für Deauville entschieden hatte, weil dadurch ihre Chancen stiegen, von der Tochter öfter besucht zu werden. Im Gegensatz zu Köln lag Deauville am Meer, nur zwei Stunden von Paris entfernt, und hatte sich durch sein alljährliches Filmfestival zu einem schicken Ort mit schönen Ladenstraßen, eleganten Häusern und einem gigantischen Strand entwickelt. Nach Köln, in die Heimat ihrer Familie mütterlicherseits, zog Lena jedoch nichts, lediglich ihre Mutter wäre der Grund für sie, regelmäßig in das graue Deutschland zurückzukehren.

Deauville war immer eine Reise wert. Lena freute sich auf einen Spaziergang im Wind am Meer entlang. Gerade jetzt im Herbst, da die schöne Strandpromenade und der Strand vereinsamt sein würden. Sie liebte es, an den verwaisten Umkleidekabinen vorbeizugehen, auf denen »Harrison Ford« oder der Name eines anderen bekannten Filmstars eingraviert war. Sie erinnerte sich an den Regiestuhl von Elia Kazan und suchte ihn unter den vergessenen Klappstühlen eines einstigen Filmsets, der seine Requisiten zurückgelassen hatte. Die Stoffbezüge flatterten im Wind und verbreiteten gleichzeitig einen Hauch von Melancholie. Wer sich davon anstecken ließ, sah die junge Liz Taylor mit Sonnenbrille und Kopftuch, umringt von Fotografen, auf einem dieser Stühle sitzen.

Lena rechnete es ihrer Mutter hoch an, sie auf ihren Streifzügen allein zu lassen. Besonders jetzt. Vier Tage waren seit dem Treffen auf der Place Saint-Sulpice vergangen und er hatte nicht angerufen. Während ihres Spazierganges musste sie ständig daran denken und dabei quälten sie Hunderte von Fragen. Warum hatte er nicht angerufen? Hatte sie sich zu wenig für Kierkegaard interessiert? Und wenn ja, warum zum Teufel bedeutete das so viel? Oder war es etwas ganz anderes? Ihre Nase vielleicht? Sie hatte ihre Nase nie gemocht. Klein mit einer leicht gestupsten Spitze. »Solche Nasen sind in jungen Jahren niedlich und sehen im Alter schrecklich aus«, sagte sie laut und reckte sie in die herbe Meeresluft. Aber warum kümmert es mich jetzt, wie meine Nase in vierzig Jahren aussehen könnte?

Sie blieb stehen, stampfte auf, ging weiter und sah über das weite Meer. Eine Gruppe Reiter galoppierte vorbei, dem Sonnenuntergang entgegen. Lena schritt kräftig aus. Der Wind griff in ihr Haar, blies um ihr Gesicht. Hatten ihm ihre Haare oder ihre Augen nicht gefallen? Wieder blieb sie stehen, starrte auf den grauen Sand und bog schließlich in einen Seitenpfad ein, der vom Strand wegführte. Ein kaputter Regiestuhl lag vor einer Holzkabine. Sie richtete ihn auf, bohrte seine abgebrochenen Füße in den Sand und lehnte ihn gegen die Umkleidekabine. So konnte sie es sich auf dem Stuhl bequem machen, ohne dass er kippte. Die Reiter waren nur noch Schatten in weiter Ferne, aber das Meer brandete wie Feuer im Licht der untergehenden Sonne. Violette, gelbe und rötliche Farbnuancen puderten minutenlang den Horizont. Sie erloschen langsam, eine nach der anderen, bis der Himmel vom letzten Widerschein der Sonne nur noch eintönig silbern glänzte. Dann fiel die Dämmerung, feine Sterne blinkten, der Sand vor ihr verfärbte sich dunkel, das Meer wurde schwarz. Sie schloss die Augen und sah die Place Saint-Sulpice vor sich, dann den jungen Mann mit dem Buch in der Hand. Und im Rauschen der Wellen hörte sie wieder diesen Satz: »Ich wünsche mir ein Auge, die Möglichkeit zu sehen.«

Sie öffnete die Augen. Es war fast dunkel.

Na ja, wenn es unbedingt sein muss, dann kaufe ich mir eben ein Buch über diesen Blödmann Kierkegaard, obwohl ich tausendmal lieber über Aragon lese.

Zum Abendessen war die besagte Freundin ihrer Mutter eingeladen. Sie hieß Stefanie, war Anfang vierzig und konnte bereits auf eine üble Lebenskrise zurückblicken. Einst hatte sie mit ihrem Mann in Paris ein Architektenbüro betrieben. Die Idee, abbruchreife Altbauwohnungen billig einzukaufen, sie zu restaurieren und für das Dreifache an den Mann zu bringen, war gut und in den Achtziger- und Neunzigerjahren besonders erfolgreich. Das Geschäft florierte. Stefanie kleidete sich bei Designern ein, kaufte teure Uhren und wertvolle Möbel für ihre großzügige Wohnung im Goldenen Dreieck des 14. Arrondissements, wo auch der Schauspieler Jacques Dutronc und die Sängerin Françoise Hardy wohnten. Dann knallten die zwei Boeings 767 in das World Trade Center und es kam die Pleite eines Kunden. Das Ehepaar machte Verluste von einer Million, musste die schöne Wohnung verkaufen, die teuren Uhren verscherbeln, die Designerklamotten in Secondhandläden unterbringen und noch mal von vorn anfangen. Dabei zerbrach auch die Ehe. Stephanie gelang es, einen Job bei Hermès in Deauville zu ergattern und mauserte sich in wenigen Jahren zur Verkaufsleiterin.

In derselben Zeit hatte sich Lenas Vater, der kleine Assistent Nicolas Bellami, in der Chirurgie des Krankenhauses Necker hochgearbeitet und war mit seiner Familie in eine elegante Wohnung an der Place de Breteuil umgesiedelt. Bei ihnen hatte die Ehe wiederum den Aufstieg nicht verkraftet. Das Ehepaar trennte sich, als Lena 16 war. Das Mädchen dachte, sein Vater brauche mehr Hilfe als die Mutter, und blieb bei ihm. Sicherlich spielten auch Schule und Studium eine Rolle, denn was, außer Reiten und Roulette spielen, konnte man in Deauville schon studieren?

»Zum Geburtstag schenke ich dir die neueste Tasche von Hermès«, verkündete Stefanie zwischen zwei Bissen Abendessen. Es gab Jakobsmuscheln in Petersilien-Knoblauch-Soße. Genüsslich zerkaute sie die Muschel und spülte sie mit einem Schluck Weißwein hinunter.

»Das ist nett von dir, Stefanie, aber nicht nötig! Du weißt, ich habe dir damals, als es euch so schlecht ging, gerne ausgeholfen. Ich erwarte keine Gegenleistung.«

»Das schätze ich an dir, Marianne, und ich respektiere deinen Wunsch, deshalb verstehe ich nicht, wie du auf die Idee kommst, ich könne sie *dir* schenken.«

Weil sie im Gegensatz zu dem, was sie eben heruntergeleiert hat, schon seit Jahren auf einen Dank deinerseits wartet, schrie es in Lena. Weil sie von deiner guten Stellung bei Hermès weiß und schon immer von einer Hermès-Tasche oder wenigsten einem Hermès-Schal geträumt hat. Lenas kalte Blicke hätten Stefanie zu Eis erstarren und ihre Mutter aufmerken lassen müssen, stattdessen stotterte Marianne einige Ausflüchte wie zum Beispiel: »Na ja, ich dachte, weil du von Geburtstagen redest. Meiner ist ja bald.« Sie wurde knallrot vor Peinlichkeit.

»Der deiner Tochter ebenfalls.« Stefanie zwinkerte Lena vertraulich zu. Das Mädchen wich zurück, als habe man ihm einen übel riechenden Fisch vorgesetzt. Auch Marianne war wie vor den Kopf gestoßen. Sie schien mit den Tränen zu kämpfen. Abrupt stand Lena auf.

»Mir ist der Appetit vergangen.« An ihre Mutter gewandt sagte sie: »Es tut mir leid, Mama. Wir sehen uns ja morgen.« Dann drehte sie sich zu Stefanie: »Ich will die Tasche nicht. Wenn sie jemandem zusteht, dann Mama. Aber ich hoffe, sie will diesen Schulranzen ebenso wenig wie ich. Es laufen schon zig Filmstars damit Reklame! Da kann ich mir ja gleich einen 10.000-Euro-Schein um den Hals hängen.«

»In einen 10.000-Euro-Schein passt nichts rein, liebe Lena! In der ›Birkin‹ hingegen ist viel Platz. Die kannst du sogar zur Uni mitnehmen.«

Bewahre, dachte Lena, reckte das Kinn und ging in raschen Schritten hinaus.

Endlich in ihrem Zimmer, rief sie François an. Sie hatte ihn im Seminar *Kultur und Lifestyle* kennengelernt. Es war »Freundschaft auf den ersten Blick«. Sofort hatten sie sich zusammengefunden, um ein Exposé zum Seminar auszuarbeiten. François sagte: »Wir leben im Zeitalter der Re-Renaissance. In der Renaissance kam Buchdruck auf, entdeckte man neue Welten, neue kulinarische Genüsse wie Pfeffer, neue Stoffe wie Seide, und in Holland feierte die Tulpenzwiebel Premiere. Ende des 20. Jahrhunderts wurde die Cyber-Welt entdeckt, die Jetztzeit. Wenn ein Vulkan ausbricht, der Tsunami kommt oder die 767 in die Twin Towers knallt, sind wir dabei!«

»Und in der Mode kam The Kooples, das zur Zeit angesagte Streetwearlabel für alle, die es perfekt gestylt mögen. Findest du nicht, dass dieser Style eine Re-Renaissance ist?«, hatte Lena François gefragt. Der hatte heftig genickt, aber gleichzeitig den Zeigefinger in die Luft gestreckt und im Professorenton verkündet: »The Kooples ist keine Re-Renaissance. Es ist eine Renaissance des frühen 19. Jahrhunderts. Denk an Chopin, Musset und so weiter.«

»Allerdings verkauft The Kooples keine Capes und auch keine silbernen Spazierstöcke«, hatte Lena lachend geantwortet.

Sie redeten bis ein Uhr morgens. Anfangs plätscherte die Unterhaltung nur so dahin. Nichtssagendes Geplänkel. »Wie geht es dir? Wie ist das Wetter in Paris? Was macht Alexandra?« Und François erzählte auf seine Art. Geistreich, witzig, mit Zitaten gespickt, die er verdrehte. Lena liebte seinen Humor. Er tat ihr gut. Seine Sprüche waren Balsam für ihre Seele und allmählich rückte sie raus mit ihren seltsamen Gefühlen für den Fremden.

»Glaubst du, ich hab mich verliebt?«

»Das musst du selbst am besten wissen. Hast du Schmetterlinge im Bauch, wenn du an ihn denkst?«

»Ein bisschen schon. Aber gleichzeitig frage ich mich, ob ich mir das nicht alles einbilde. Ich kenne ihn ja gar nicht.«

»The power of love is a curious thing. Make a one man weep, make another man sing«[2], zitierte er diesmal aus einem Song.

»Lass den Quatsch! Ich muss erst noch ein paar Tage testen, ob ich nicht spinne. Jedenfalls hat er sich nicht gemeldet, und ich werde nicht so dumm sein, ihn in ganz Paris zu suchen.«

»Wenn er sich nicht meldet, vergiss ihn! Dann ist er der perfekte Blödmann, denn er hat deine Qualitäten nicht erkannt.«

»Wir haben uns ja nur eine Stunde gesehen und davon hat er 45 Minuten von Kierkegaard gequatscht.«

»Erstens: Deine Qualitäten erkennt ein schlauer Mann in den ersten fünf Minuten. Zweitens: Seine Anmache ist mehr als sonderbar.«

»Renaissance des 19. Jahrhunderts. Inspiration.«

»Schlechte Inspiration! Lass die Finger von so was. Denk an Effi Briest, Fräulein Julie oder Hedda Gabler.«

Lena verdrehte die Augen. Hin und wieder ging ihr der gute François dann doch schlicht und einfach auf die Nerven.

»Also: Vergiss ihn! Nächste Woche ist Party bei Alex, dann stell ich dir Adrien vor.«

»Du brauchst mir niemanden vorzustellen. Ich bin nicht in Not!«

Und so plapperten sie weiter. Am Schluss sangen sie zweistimmig *Bohemian Rhapsody* von Queen. Sehr ungern beendete Lena das Gespräch mit François.

Bevor sie zu Bett ging, setzte sie sich an den Laptop. Es war, als tobte ein Unwetter in ihrem Kopf. Ihre Gedanken wirbelten so heftig durcheinander, dass sie ohnehin nicht einschlafen können würde. Sie versuchte, der Unruhe durch Schreiben Herr zu werden, aber die richtigen Worte wollten nicht kommen. Vor dem weißen Licht des Computers kam ihr nichts anderes in den Sinn als der Name »Julian«, immer wieder »Julian«, und so schrieb sie über Wind und Regen.

Tears and Rain[3]

In Deauville ist die Nacht sehr dunkel. Landeinwärts, dort, wo nur noch vereinzelt Häuser stehen, ist sie schwarz. Unheimlich schwarz. Im Landhaus von Claires Eltern liebe ich besonders die Herbst- oder

Aprilnächte, wenn es stürmt und regnet. Dann lösche ich alle Lichter, öffne das Fenster und kuschle mich unter die Wolldecke. In diesen Momenten höre ich nur die Stimmen der Natur: den Tanz der Regentropfen auf dem Rasen, ihr zartes Klopfen an den alten Fensterläden, das Fauchen, wenn sie auf die Steine fallen. So liebe ich den Regen. »Trip, trap, tropp, kleiner Regen im April, tanze lustig die Wege entlang.« Dazwischen den Ruf eines Käuzchens, das entfernte Rauschen des Meeres und den Wind, der in den Baumwipfeln raunt. Und so liebe ich auch den Wind. Aus jedem Material schält er einen anderen Ton. Er pfeift ums Haus, peitscht die Baumwipfel, singt in den Mauernischen, rauscht im Geäst der wuchtigen Eiche vor dem Haus. Stundenlang könnte ich hier liegen und den Melodien der Nacht lauschen, wäre ich nicht irgendwann zu müde und schliefe ein. Kein Motorenlärm, kein Flugzeug, kein Knirschen von Autorädern auf den Kieseln der Einfahrt, nur der Klang des Windes. Meines Erachtens vergisst man leicht die schönen Seiten des Windes zugunsten der unangenehmen. Für mich gibt es keinen besseren Sandmann als den Wind. Seine Lieder wiegen mich in den Schlaf und ich wünsche mir heute, ich wäre weit draußen, in the middle of nowhere, und könnte mich, im Schutz des Landhauses, wohlig unter der kuscheligen Decke, in den Schlaf singen lassen und träumen. Träumen.

Lena klappte den Laptop zu und löschte das Licht. Sie meinte, den Wind zu hören. In seinen Klang mischte sich das Echo von François' Stimme, seines Lachens, seiner Witze. Es begleitete sie an die Schwelle des Schlafes. Doch da, ob sie es wollte oder nicht, kurz bevor sie einschlief, sah sie ihn wieder: Julian vor dem Brunnen mit dem Buch in der Hand.

3. KAPITEL

LOVE IS THE CROOKED THING.[4]

Cupido machte an der Place de l'Odéon Zwischenstation, auf den Schultern des steinernen Dantons. Dieser bewegte, für Sterbliche unsichtbar, den Kopf und beäugte Cupido listig. »Hat der kleine Kobold seine Spielchen immer noch nicht aufgegeben?«, schien er zu fragen.

»Erzähl von deiner großen Liebe, statt so dumm zu glotzen, du Koloss.«

Georges Danton fielen fast die Augen aus dem Kopf. Seit ihn Robespierre zum Schafott geschickt hatte, war niemand so dreist zu ihm gewesen. Obwohl er großen Respekt vor Cupido hatte, antwortet er nicht. Trotzig spitzte er die Lippen und blickte ihn grimmig an.

»Selten geht ein Mann so weit, die geliebte Frau auszubuddeln, um sie modellieren zu lassen. Einfach großartig! Ohne mich hättest du niemals bei Nacht und Nebel den Sarg geöffnet.«

»Es hätte nicht viel gefehlt, und ich hätte mich dazugelegt. Niemanden habe ich so sehr geliebt wie Gabrielle. Diese verdammte Mission in Belgien hat mich abgehalten, in den letzten Minuten bei ihr zu sein. Diese verdammten Missionen, die dazu dienten, das Land von Verrätern und Feinden zu säubern, haben uns Geld und Leben gekostet. Kriege sind Boten des Teufels.«

»Ihr habt Preußen und England verjagt sowie die Aufstände in der Vendée in Schach gehalten, und viel Blut ist geflossen.«

»Erinnere mich nicht an das Gemetzel. Erinnere mich nicht an meine Schandtaten, an das Schafott, die Blutgier. Manchmal frage ich mich, warum die Menschen mir ein Denkmal gesetzt haben und Robespierre nicht einmal mit einem Straßennamen beehren. Ich habe das fürchterliche Revolutionstribunal ins Leben gerufen, das mit jedem kurzen Prozess machte, sehr kurzen Prozess.«

»Aber du hast Reue gezeigt. Du warst einsichtig. Auf dem Richtplatz hast du ins Volk geschrien, es möge dir verzeihen. Robespierre hingegen hat bis zum Schluss die Köpfe rollen lassen, immer mehr und mehr, aus Angst, den eigenen Kopf zu verlieren.«

Danton nickte, schien aber nicht ganz damit einverstanden.

»Die Erklärung der Menschenrechte hat er durchgeboxt. Die Todesstrafe hat er gehasst. Blut hat ihn angeekelt. Der intelligente Mann ist im Verlauf der Revolution einfach verrückt geworden.«

»Er war der Revolution nicht gewachsen, weil ihm die Liebe fehlte. Seine Seele erfror, sein Körper litt und schließlich verkümmerte sein Geist.«

Danton brachte seinen Kopf wieder in die vorherige Position und blickte aus schmalen Augen in die Ferne. Vergeblich tippte ihm Cupido mit einem Pfeil auf die Nase, der Koloss rührte sich nicht mehr.

»Guter Junge, Gabrielles Tod hat dir sehr zugesetzt, aber er hat dich auch milde gestimmt. Du wolltest dem Schlachten ein Ende bereiten, Robespierre zur Vernunft bringen. Es gelang nicht. Nach deinem Tod wurde alles noch viel schlimmer. Ich bin sicher, dass ihn der Mangel an Liebe so unfähig gemacht hat.«

Danton antwortete nicht, aber Cupido meinte, eine Träne in seinen Augenwinkeln zu erkennen.

»*S'il suffisait qu'on s'aime, s'il suffisait d'aimer. Je ferais de ce monde un rêve* … wenn Liebe ausreichen würde, könnten wir aus der Welt einen Traum machen …«[5]

Der Song dröhnte aus einem der Autos, die Stoßstange an Stoßstange den Boulevard Saint-Germain hinaufzuckelten. Rushhour. Die Luft roch danach. Sie lag wie Blei auf der Zunge und biss auf der Haut. Cupido flog weiter. Hinauf, ganz hoch, bis er den Smoggürtel durchbrochen hatte.

*

Lenas Vater war jahrelang als Urologe am Krankenhaus Necker in der Rue de Sèvres tätig gewesen. Ein verkehrstechnisch äußerst günstiger Arbeitsplatz für Herrn Bellami. Er brauchte nur zehn Minuten zu Fuß zu seinem Büro und konnte von hier aus die Avenue de Breteuil überblicken. Ungern wechselte er ins gigantische Europakrankenhaus Georges Pompidou, aber es blieb ihm nichts anderes übrig: Der Komplex für Urologie wurde stillgelegt und die dort befindliche Abteilung für Entbindung erweitert. In der Übergangszeit tröstete es ihn nicht, ein größeres Büro und optimal ausgerüstete Operationssäle zur Verfügung zu haben. Er verbrachte eine Stunde länger auf dem Hin- und Rückweg und brauchte weitere fünfzehn

Minuten, bis er über Flure, Aufzüge und Treppen endlich in seinem Büro angelangt war. Mittlerweile hatte er sich jedoch daran gewöhnt, früher aufzustehen und später nach Hause zu kommen, und allmählich fühlte er sich sogar wohl in der neuen Umgebung.

Nicht nur Doktor Bellamis Büro war im neuen Gebäude zehn Quadratmeter größer, auch der Namenszug auf dem Türschild hatte sich verlängert: Aus Doktor Bellami war Professor Doktor Bellami geworden. Die Operationen des Doktors waren immer problemlos verlaufen, aber die des Professors verliefen von Anfang an erfolgreich und sein Kontakt mit den Patienten war beispielhaft. Natürlich fand es Lena übertrieben, für die Kranken immer erreichbar zu sein. Ob er seit der Scheidung sein Privatleben abgeschrieben habe, wollte sie wissen. Daraufhin gab er ihr zu verstehen, dass er nicht immer erreichbar sei, sondern nur im Notfall. Leider hielten sich die wenigsten an diese Anweisung. Patienten riefen wegen Kleinigkeiten auch am Wochenende an. Die dürfen sich wirklich alles erlauben, dachte Lena wütend, während er mir Moralpredigten hält, wenn ich mit meiner Freundin Claire bei ihren Eltern in der tiefen Normandie die Weihnachtstage verbringe oder mit François, der ja nur ein Freund ist und nicht meine große Liebe, im gleichen Bett schlafe.

»Der hat doch eine Freundin. Ich verstehe nicht, was er in deinem Bett treibt.«

»Er schläft bei mir, weil er mit Alexandra Krach hat und sich ausweinen muss.«

»Das ist nicht korrekt!« Nicolas Bellami machte sich Sorgen um das Sexualverhalten seiner Tochter, fragte aber selten nach ihrem Liebesleben.

Eine Woche später saßen Vater und Tochter beim Abendessen im Appartement an der Place Breteuil. Das Kaminfeuer knisterte und füllte den Raum mit Wärme. Die hohen Fenster des Ess- und Wohnzimmers wiesen zur breiten Avenue de Breteuil und boten einen freien Blick auf Himmel und Kastanienbäume. Nicolas Bellami liebte die gemütlichen Abende daheim und sorgte immer für ein Feuer im Kamin, sogar an weniger kalten Tagen. Und wenn es ihm sein Arbeitsplan erlaubte, kümmerte er sich auch eigenhändig um ein gutes Essen. Kochen schien ihm die beste Entspannung nach einem anstrengenden Tag im Krankenhaus. Diesmal hatte er zum Lammbraten einen Rothschild geköpft und trank schon das dritte Glas. Lena nippte von Zeit zu Zeit und nickte, was bedeuten sollte, dass er ihr gut schmeckte. Nachdem die beiden eine Weile schweigend das Essen genossen hatten, schilderte der Chirurg die Erlebnisse seines Arbeitstages. Im Regelfall waren seine Patienten Männer, manchmal auch Damen. Hin und wieder sogar recht seltsame Damen. Und Bellami erzählte von einer, die jahrelang an starker Blasensenkung gelitten und trotz Schmerzen und Behinderung beim Gehen nichts dagegen unternommen hatte. Erst als ihr die Blase die Schamlippen auseinanderdrückte und auszutreten drohte, besuchte sie einen Spezialisten.

»Sie hatte panische Angst vor einer Generalanästhesie und wollte partout nicht operiert werden. Sie fürchtete, nicht mehr aufzuwachen.«

Lena reagierte nicht. Mit leeren Augen blickte sie auf ihren Teller, schob ein Stück Braten in die Mund, kaute und trank einen winzigen Schluck vom Wein. Trotz ihrer kühlen Haltung plapperte Bellami ungerührt weiter. Er sprach von Blaseninfektion, Nierenschaden, defekten Harnleitern und schien Lenas Abwehrhaltung noch immer nicht zu bemerken.

Unverändert starr fixierte sie ihr Essen, und ihre Hand, die die Gabel zum Mund führte, wurde langsamer.

»Stell dir vor, ich musste sie praktisch zur Operation zwingen, damit ihr die Blase nicht in den Slip …« Professor Bellami blieb das letzte Wort im Halse stecken, denn Lena hatte aufgesehen und ihn mit einem mörderischen Blick mundtot gemacht.

»Hast du eigentlich Leonard Bernstein zu fressen gegeben?«, fragte sie scharf. Der Kater des Hauses saß wie eine Statue vor dem Tisch und glotzte mit vorwurfsvollen Augen an den beiden hinauf.

»Natürlich! Aber du kennst ihn ja. Er blickt jeden so an, als habe er seit Tagen nichts bekommen«, antwortete Monsieur Bellami. Er wirkte mit einem Mal verlegen.

»Armes Tier!« Lena beugte sich zu Leonard hinunter und streichelte seinen Kopf. Mit einem freundlichen Schlag seiner Tatze bedankte sich der Kater. »Ja, ja, du hast immer Hunger, aber du bekommst nichts mehr. Dein Bauch schleift schon auf dem Boden. Einer Pariser Katze darf so was nicht passieren, sonst kann sie nicht mehr elegant über die dünnen Dachrinnen spazieren und den Song *Memory* miauen.« Lena lächelte und Herr Bellami lächelte ebenfalls. Sichtlich erleichtert darüber, seine Tochter nicht in Harnisch gebracht zu haben, senkte er die Stimme und sagte fast schüchtern:

»Übrigens, es tut mir leid. Ich komme so leicht ins Faseln. Dabei hast du mir oft genug gesagt, wie blöd du meine Geschichten findest.« Betreten sah er Lena an. Diese atmete auf. Sie trank einen kräftigen Schluck Wein, nahm von den Kartoffeln und goss Soße über den Braten. Schweigend aßen sie weiter. Ihr Vater hatte noch immer eine schuldbewusste Miene.

»Ist schon gut, Papa. Mach nicht so ein Gesicht. Ich finde deine Geschichten nicht blöd, aber ich kann die Operationsprotokolle nicht leiden. Es reicht schon, wenn mir Mama bis in Detail eklige Hautkrankheiten beschreibt.« Lächelnd forderte sie ihn auf, von anderen Dingen zu reden als von Prostata und Blasen. Seltsamerweise bekam ihr Vater genau in diesem Moment einen roten Kopf. Lena riss amüsiert die Augen auf. Mit gerunzelter Stirn fragte sie:

»Hab ich dich schockiert?«

»Nein! Nein!«, wehrte er ab. »Es ist nur …«

»Nun, was denn?«

»Da ist etwas, was ich dir schon seit einiger Zeit sagen wollte …« Er stockte. Lena schaute nun erst recht verschmitzt.

»Nun ich …« Er stockte ein zweites Mal und Lena musste unwillkürlich lachen.

»Schieß schon los, Papa! Du hast keine Hemmungen, mir von Operationen im Genitalbereich zu erzählen, also stell dich nicht so an. Bist du etwa …« Sie machte eine Kunstpause und drehte dabei die Augen an die Decke. »… verliebt?«

Sichtlich erleichtert nickte Monsieur. Er holte tief Luft und schoss los:

»Seit zwei Jahren arbeite ich mit Christel zusammen, du kennst sie, und vor zwei Monaten ist mir klar geworden, dass sie mir viel bedeutet. Sie ist in jeder Hinsicht perfekt.«

»Das freut mich für dich. Ich finde sie auch nett. Bring sie mal zum Essen mit.«

Professor Bellami wurde daraufhin richtig lebendig. Er schenkte Lena Wein nach und goss sich das vierte Glas ein. Einige Zeit redete er von Christel, von ihren Vorzügen, von ihrer diplomatischen Art, mit ihm umzugehen – er hielt sich für keinen einfachen Zeitgenossen –, dann plötzlich brach er ab und sagte erschrocken:

»Ach, ich rede und rede. Ich bin ein grauenhafter Egomane. Erzähl von dir, Lena. Denn irgendetwas beschäftigt dich, das sehe ich dir an.«

Und Lena gab sich einen Ruck. Ihrem Vater konnte sie sich genauso gefahrlos anvertrauen wie François. Eine Lachnummer würde er aus ihrem naiven Traum bestimmt nicht machen. Der disziplinierte Arzt hatte eine verborgene romantische Ader.

Länger als sonst saßen sie so zusammen. Am Ende war die Rotweinflasche leer und Lena ein wenig betrunken.

»Seit Jahren hast du nicht mehr so ausführlich von einem Jungen erzählt. Ich denke, es könnte eine schöne Geschichte zwischen euch beiden werden.«

»Und wie? Ich höre ja nichts von ihm. Vermutlich bin ich ihm völlig schnuppe.« Sie fing an, Besteck und Teller abzuräumen. Monsieur Bellami packte die Gläser und die leere Flasche. Auf dem Weg zur Küche sagte er:

»Warte erst mal ab, bevor du solche Urteile fällst. Und wappne dich fürs nächste Mal, denn du wirst ihm sicherlich wiederbegegnen. Paris ist klein. Paris ist die reinste Provinz. Du hast mir selbst gesagt, dass die Studentenlandschaft übersichtlich ist und jeder jeden kennt. Außerdem findest du ihn über Facebook.« Nicolas Bellami zwinkerte, als sich Lena nach ihm umdrehte und ihm einen wütenden Blick zuwarf.

Gemeinsam räumten sie den Geschirrspüler ein, und während Lena die Arbeitsflächen sauber wischte, stellte Nicolas im Esszimmer die übliche Ordnung wieder her. Zufrieden setzte er sich auf die gemütliche Couch und zappte durch die Programme, um letztendlich doch nur eine DVD einzuschieben, die das Ballett *Schwanensee* in einer Choreografie von Rudolf Nurejew zeigte. Kopfschüttelnd beobachtete Lena ihn von der Küche aus. Ihr Vater hatte diese Version schon mindesten zehnmal gesehen.

Sie griff in die Katzenfuttertüte. Jeden Abend, bevor sie ins Bett ging, füllte sie Leonards Napf mit Körnern auf. Hatte er nicht seine Nachtmahlzeit, kratzte er an den Schlafzimmertüren oder sprang um vier Uhr morgens mit Schwung auf die Bettdecke. Wurden Lena oder ihr Vater davon nicht wach, tippte er mit seiner Samtpfote mehrmals gegen die Stirn des einen oder des anderen und miaute dazu aufgebracht. Um das alles zu vermeiden, beugte Lena vor.

An ihr Zimmer grenzte das zweite Badezimmer der Wohnung. Es war seit Mutters Auszug ihr ganz persönliches Bad. Nachdem sie eine Dusche genommen und ihr Gesicht der abendlichen Reinigung unterzogen hatte, ging sie an den Laptop. Es kribbelte in ihren Fingern, es trommelte in ihrem Kopf: Such ihn auf Facebook. Alle sind auf Facebook und du erfährst mehr über ihn.

Sie fand keinen Julian, und im Grunde erstaunte sie das überhaupt nicht. Ein Junge wie er breitete sein Leben nicht auf Facebook aus. Niemals! Es passte einfach nicht zu ihm. Lenas Handy piepste. Sie klappte den Laptop zu und konsultierte ihr Mobiltelefon. Eine SMS von Claire leuchtete auf. *Erwarte dich zu meiner Soiree am Samstagabend. Ruf mich an. Big kiss.*

Hab momentan ziemlich lahme Partylaune, aber weil du es bist, komm ich vielleicht. Big kiss, simste Lena zurück. Dann schaltete sie das Handy ab. Claire würde vermutlich anrufen und fragen, was mit ihr los sei. Auf Erklärungen und Rechtfertigungen hatte Lena nicht die geringste Lust. Sie löschte das Licht und sah gedankenverloren in die helle Pariser Nacht. Aus der Ferne blinkte der Scheinwerfer des Eiffelturms. Als nebulöser, blasser Strahl glitt er in monotoner Regelmäßigkeit über den Himmel hinweg, der kalt und leer auf sie herabblickte. Wieder dachte sie an Julian und Vaters Ratschlag fiel ihr ein: »Wappne dich für eine eventuelle Begegnung.« Ja, das sollte sie wohl tun, aber womit? Und wie?

Eine Weile folgte sie dem kreisenden Lichtkegel, in dem sie plötzlich glitzernde Staubpartikel tanzen sah. Wie Konfetti sah es aus. Endlich hatte sie eine Idee.

4. Kapitel

CUPIDOS GEDANKENSPIELE

Zweimal, manchmal auch dreimal die Woche aß Julian mit der Familie. Allerdings war der Sonntagabend ein Ritual, das keiner brechen durfte. Solange sie nicht verheiratet waren oder am anderen Ende der Welt wohnten, sollten die zwei Kinder des Ehepaares Sorel am sonntäglichen Abendessen teilnehmen. Er studierte in der Stadt und sein Bruder Boris ging noch zur Schule, also konnte sich keiner von ihnen wegen einer langen Anfahrt oder geschäftlicher Sitzungen herausreden. Selbst die Vorbereitung auf ein Examen akzeptierte Julians Vater nicht und seine Mutter machte ohnehin zu allem ein bedrücktes Gesicht. Ihr Job als Strafverteidigerin nahm sie völlig in Anspruch. Neuerdings mit Haut und Haaren. Vor Kurzem hatte sich nämlich einer ihrer Mandanten in sie verliebt, ein Mörder, der seinen Vermieter mit Schnaps übergossen und dann angezündet hatte.

»Warum verteidigst du diesen Kerl?«, hatte ihr Mann während eines Abendessens, bei dem auch Julian zugegen war, gefragt. Madame Sorel hatte sogleich einen Schwall Sätze losgelassen, von denen Julian nur die Hälfte verstanden hatte. Unter die Wörter Nötigung, nekrophiler Drang, hysterische Kopplung, Übertragung, transsexuelles Objekt, letale Stimmung mischten sich allerdings durchaus verständliche Ausdrücke wie armes Schwein, Arschloch, Abzocker, gnadenlose Dummheit. Solche Abende, deren Absurdität durch die Berufserlebnisse seines Vaters noch auf die Spitze getrieben wurde, vermiesten Julian das gemeinsame Essen. Er hatte das Gefühl, neben Salaten, gebratener Scholle und dem obligatorischen Weißwein, die Verdorbenheit der Menschen aufgetischt zu bekommen. Ob als Einzelperson, verheiratet oder in der Gruppe: Der Mensch schien eine unbelehrbare Kreatur zu sein, zu allen Schandtaten fähig. Schlimmer noch wirkten aber die Schilderungen seines Vaters auf ihn: Er hörte heraus, dass höchstens eine von zwei Ehen einigermaßen funktionierte und dass sich bei vielen Paaren Liebe nach einer gewissen Zeit in Hass kehrte.

Seinen Eltern war es gelungen, fünfundzwanzig Jahre ohne nennenswerte Krisen zu überstehen. Dies sei ein Zusammenwirken von unterschiedlichen Faktoren, hatte ihm sein Vater auf die Frage geantwortet, wie er es geschafft habe, seiner Frau so lange treu zu bleiben. Natürlich hatte Julian die Faktoren wissen wollen, und der

Vater hatte gesagt: »Ich kann es dir nicht sagen, weil für jeden andere Kriterien gelten. Was ist falsch, was ist richtig? Das erfährst und lernst du allmählich und vor allem gemeinsam mit dem Menschen, den du liebst.«

Zwar ging es an den gemeinsamen Abenden nicht nur um Scheidung und Mörder, aber diese Themen bildeten immer den Auftakt zu alltäglichen Banalitäten wie zum Beispiel: »Wie war es an der Fakultät heute? Trug Professor Poiret wieder seine abgetragene 68er-Jacke mit den farbigen Ellbogen-Patches? Was macht die Klausur? Was machen die Freunde?« Wie bei einem Krimi fing der Abend mit knallharten Details aus den Akten der beiden Anwälte an und wurde dann zu einem langatmigen Geplänkel, wer was wo und warum angestellt hatte.

Abgesehen von diesem Ablauf hatte Julian seinen Eltern aber noch eine andere Sache vorzuwerfen: seinen Namen. Nicht dass er etwas gegen »Julian« gehabt hätte. Im Gegenteil, der Name gefiel ihm sogar sehr gut, deshalb hatte er auch nicht die Absicht, ihn zu ändern. Aber warum um alles in der Welt Julian Sorel? Warum mussten sie ihm das antun? Es half nichts, dass sich der Julien Sorel aus Stendhals *Rot und Schwarz* mit einem e statt mit einem a schrieb, am Gymnasium, an der Uni, überall, wo gebildete Menschen zusammenkamen, wurde schadenfroh gelächelt, oft gelacht und hin und wieder kamen Anspielungen, ob er es nicht mit älteren Damen besser verstände, da seine Beziehungen zu gleichaltrigen Mädchen immer von kurzer Dauer seien.

Julians Freundeskreis war nicht besonders groß. Die Freunde, auf die er sich verließ, konnte er an einer Hand abzählen. Auch Partys besuchte er nur selten, nahm Einladungen nur an, wenn es ihn mal aus dem Haus zog. Das lag an seinem Hang zum Alleinsein. Er las viel, studierte oder spielte auf dem Steinway seiner Eltern. Anfangs hatte er die Klavierstunden gehasst und sich geschworen, das Geklimper auf der Stelle aufzugeben, sobald er den Kinderschuhen entwachsen sein würde und die Eltern ihm nichts mehr aufzwingen konnten. Aber aus seinem Geklimper wurde sensibles Spiel und aus seiner Ablehnung Freundschaft. Im Gegensatz zu seinen Schulkameraden, die mit sechzehn ihre Querflöte im Schrank verschwinden ließen, ihre Geige auf dem Bahnhof vergaßen oder den Klavierdeckel definitiv zuklappten, fand er immer mehr Gefallen an dem, was man gemeinhin als klassische Musik bezeichnet. Er bemerkte, wie er sich bei manchen Stücken entspannte, und er bemerkte, dass er beim Hören dieser Musik hervorragend arbeiten konnte. Verschwammen ihm aber die Sätze vor den Augen und hatte er auch keine Lust auf einen Denzel-Washington-Film, dann setzte er sich an den Flügel und spielte, was er gelernt und mit der Zeit verfeinert hatte.

Eine Woche war nun vergangen, seit er das Mädchen getroffen hatte. Dreimal hatte er versucht, sie anzurufen. Zweimal hatte er geglaubt, sich vertippt zu haben, bis er sich eingestehen musste, dass ihm Lena eine falsche Nummer gegeben hatte. Zuerst wollte er es nicht wahrhaben. Immer wieder starrte er auf die Zahlen und plagte sich mit den gleichen Fragen: Habe ich sie falsch verstanden? Habe ich sie falsch notiert? Hat sie mich angelogen? Erst war er enttäuscht, traurig, dann resigniert und schließlich wütend. Was ging sie ihn an? Und warum gerade sie? Jeden Tag traf er Mädchen. Viele waren hübsch. Einige hübscher als Lena. Oder nicht? Nein, sagte er sich. Sie ist die Hübscheste, aber sie ist indiskutabel. Sie hat mich angelogen, mir wie einem x-beliebigen Trottel falsche Zahlen zugerufen und sich hinterher ins Fäustchen gelacht. Dumme Kuh! Vergiss sie! Es gibt tausend andere.

Solche Schlüsse zog Julian, während er in Professor Poirets Vorlesung *Kunst in Politik und Wissenschaft* saß. Unkonzentriert hörte er zu, zerstreut starrte er auf die grellbunten Ellbogen-Patches des skurrilen Grauhaarigen, der seine Vorlesungen immer mit dem gleichen Satz einleitete: »Ich bin ein unverwüstlicher 68er. Ich habe die Gründer der Frankfurter Schule noch persönlich erlebt. Und ich sage euch, Leute«, er sagte »Leute« zu seinen Studenten, »auf Horkheimer und Adorno wird man sich wieder besinnen. Sie sind heute aktueller als je zuvor. Ihr Vernunftbegriff schreit danach, hervorgeholt zu werden.«

Julian wirkte leicht zerstreut und nahm ungewohnt leidenschaftslos an den Seminaren teil, die ihn üblicherweise begeisterten. Daher überredete ihn sein Freund Eric, mit ihm auf Claires Party zu gehen.

Das lenke ihn ein wenig von dem Mädchen ab, das er zwar vergessen will, aber nicht vergessen kann.

*

Auf der Place de Furstenberg saß der kleine Gott Amor im kahlen Gezweig einer Kastanie. Von seinem Platz aus hatte er das Appartement im Blick, in dem sich Julian schon seit Stunden aufhielt. Den jungen Mann quälte die Idee, von dem Mädchen verkohlt worden zu sein, und er fand keine Ruhe. Deshalb war ihm Cupido, den sein Gewissen plagte, gefolgt. Ließ sein Können nach? Oder wurde er allmählich aus der heutigen Welt verdrängt, wie es die schlauen, vierhundert Jahre alten Bischöfe behaupteten? In Gedanken versunken starrte er auf das Fenster, hinter dem sein Schützling auf und ab lief, während dessen Freund gestikulierte. Unmerklich glitt dabei Cupidos Blick zwei Etagen tiefer.

Im Erdgeschoss des Gebäudes nistete – es wirkte, als habe man es in diese Ecke gedrängt und allerhand Krimskrams aus verschiedenen Jahrhunderten zusammengepfercht – ein Antiquitätengeschäft. Sein Augenmerk wurde auf einen Amor aus Bronze gelenkt, über dessen Verkauf eben verhandelt wurde. Cupido vergaß Julian. Fasziniert musterte er die Statue und hörte dabei der Unterhaltung zu. Geschlossene Fenster und Entfernungen hatten ihn nie daran gehindert, etwas zu hören, dem sein Interesse galt. Sie sprachen über seine Herkunft. Das durfte er sich nicht entgehen lassen.

»Er ist ein Sohn der Venus und hat kein Geschlecht«, sagte die potenzielle Käuferin.

»Er hat sehr wohl ein Geschlecht. Mit ihm hat er die wunderschöne Psyche geschwängert, auf die Mutter Venus schrecklich eifersüchtig war. Psyche bekam ein Kind und taufte es auf den Namen Voluptas.«

Erstaunt horchte Cupido auf. Psyche, seine bessere Hälfte, seine Seele. Wo war sie eigentlich?

»Amor sei blind und schieße immer daneben, sagt Shakespeare.«

Er soll blind sein? Er soll danebenschießen? Nein, das wollte er nicht auf sich sitzen lassen. Wenn es überhaupt etwas zu bemängeln gab, dann die Tatsache, dass ihm Psyche abhandengekommen war. Cupido machte einen Sprung in die Luft, flog auf den Fenstersims des Appartements und spähte hinein. Von den beiden jungen Männern fehlte jede Spur. Sie hatten das Haus verlassen, ohne von ihm bemerkt zu werden. War er vielleicht doch blind?

*

Im letzten Moment entschied sich Lena, nicht auf Claires Party zu gehen. Außer Kater Leonard Bernstein war niemand in der Wohnung, ihr Vater war eingeladen und würde spät nach Hause kommen. Immer hatte sie es vermieden, Samstage alleine zu verbringen. Vor dem Fernseher zu hängen oder nonstop auf Facebook zu sein füllte sie längst nicht mehr aus. Diesmal war es anders. Diesmal wollte sie alleine sein. Alleine mit ihren Gedanken, mit ihren Träumen. Außerdem war sie nicht wirklich allein. Der Typ mit dem Buch, dieser echt sonderbare Mensch, ging ihr nicht mehr aus dem Sinn. Und Leonard Bernstein war da, nicht zu überhören, wenn er dickbäuchig über das Parkett schlich. Es knarrte unter seinen zarten Pfoten, als wöge er vierzig Kilo.

Sie nahm ein Bad, zog sich ihren gemütlichen Hausdress an und ging dann in die Küche, um sich einen Tee zu kochen. Ein duftendes Kräutergemisch, das sie mit Honig süßte und aus ihrer Lieblingstasse, einem Bierglas-ähnlichen Humpen mit Clownsgesicht, trank. Wieder an ihrem Schreibtisch, klappte sie ihren Laptop auf und öffnete die Datei zum Seminar der vergangenen Woche. Das erste Kapitel las sie noch aufmerksam, beim zweiten stolperte sie hin und wieder über unverständliche Sätze und als sie beim dritten ankam, verschwammen die Zeilen vor ihren Augen. Es gelang ihr nicht, konzentriert zu arbeiten. Ständig zuckten Bilder, sprachen Stimmen dazwischen, störten Gedanken, die nichts mit der Arbeit zu tun hatten.

Sollte sie sich den Kummer von der Seele chatten? Auf Facebook warteten zweihundert Freunde, zwei Drittel davon oder mehr waren mit Sicherheit online. Alle würden sie aufmuntern und ihrer Trauer mit ein paar witzigen Sprüchen den Ernst nehmen. Aber irgendwie gefiel ihr diese Idee nicht. Nein, sie gefiel ihr ganz und gar nicht. Gierig trank sie ihren Tee und klickte auf das Dokument mit dem Titel »Schreib dir den Frust von der Seele, egal wie.« Als Kind hatte sie gemalt, wenn sie unruhig war, als Schülerin war sie tage- und nächtelang auf Facebook und hatte Freunde getagged. Allen hatte sie ihre Gedanken über sich und das Leben mitgeteilt und jeder hatte seinen Senf dazugegeben, bis daraus eine ungenießbare Brühe geworden war.

Dann starb ihr Hund und mit einem Mal hatte sie keine Lust mehr, ihren Schmerz darüber ins Netz zu stellen. Dies war ihre ganz persönliche Trauer, die niemand verwässern sollte. Und sie fing an, Gedichte zu schreiben. Irgendwann wurden Essays daraus, kleine Aufsätze. Sie hatte bemerkt, dass es ihr nach dem Akt des Schreibens besser ging als nach einer Nacht auf Facebook. Lena rückte ihren Stuhl zurecht und wie immer flogen ihre Finger wie ganz von selbst über die Tastatur.

Kiss the Rain[6]

Ich hasse Regen, wenn ich kein Dach über dem Kopf habe und der Wind faul in der Luft hängt. Ich hasse Regen in der Stadt, wenn der Gestank von Urin und Kot vom Asphalt aufsteigt, wenn sich Erbrochenes mit schwarzem Schmutz mischt. Wasser tropft auf das Schriftstück, das ich vom Rathaus zur Post bringe. Ich bin außer Atem. Es regnet in mein Gesicht, in meinen Mund, auf meine Augen. Ich gehe langsam und denke mir: Ist doch alles wurscht! Da sehe ich ihn zum dritten Mal, wie er vor dem Brunnen steht, als ob er selbst eine Statue wäre. Warum starre ich ihn an? Warum stehe ich überhaupt hier, lasse mich vom Regen ärgern, statt nach Hause zu gehen? Der Abend fällt wie ein Schleier vom Himmel, die Lichter blenden, der Regen schimmert im Schein der Straßenlaternen. Jetzt ist er schön, der Regen. Er sieht aus wie ein Vorhang aus Diamanten. Schatten huschen um mich herum, Menschen eilen über den Platz, nur der junge Mann steht regungslos, fixiert das Wasser. Wartet er auf etwas? Da ist seine Stimme. Dunkel und ruhig wie die Augen, die mich ansehen. Nur mich. Und so intensiv, als wolle er sich jedes Detail meines Gesichtes einprägen. Können solche Augen vergessen?

Lena lehnte sich in ihrem Stuhl zurück. Mehrmals las sie den Text, dann klappte sie den Laptop zu, löschte das Licht und schaute in die Nacht hinaus. Im Lichtkegel der schleichenden Autos glitzerte der Regen.

*

Am nächsten Montag überlegte sie auf dem Weg zur Uni, ob sie an der Bushaltestelle Solférino aussteigen sollte. Sie könnte sich vor der Fakultät für Politikwissenschaft unter das Studentenvolk mischen und aus den Augenwinkeln nach ihm Ausschau halten. Falls sie ihm begegnete, könnte sie sagen: »Hallo, eigentlich suche ich meine Freundin Claire, die auch Politikwissenschaft studiert. Hab nicht viel Zeit, bin nämlich auf dem Weg zu Endhovens Vorlesung: ›Das machiavellische Wesen der Politik‹. Lohnt sich doch, oder?«, und er würde sagen: »Ja, klar, lohnt sich. Vielleicht solltest du dir dann in der Buchhandlung ›L'Ecume des Pages‹ noch sein Buch kaufen.« Da würde ich fragen: »Lohnt sich das wirklich?«, worauf er antworten würde: »Ja, lohnt sich. Komm, wir kaufen das Buch gemeinsam und wenn es mein Stundenplan erlaubt, geh ich mit dir in seine Vorlesung.«

So malte sie sich ihren kleinen Traum aus, doch je näher sie der Haltestelle kam, umso düsterer sah ihr Fantasiegebilde aus, umso mehr Dornen rankten sich darum, und kurz bevor der Bus hielt, erschien ihr ihr Traum kitschig und albern. Ohnehin sprach alles gegen einen Fußmarsch und gegen eine Begegnung. Es regnete, ein kalter Wind fegte den Boulevard hinunter und die Idee, dem Zufall bei solch einem Wetter auf die Sprünge zu helfen, war alles andere als genial. Kein Student würde sich jetzt außerhalb des Universitätsgebäude aufhalten, sondern darin oder in umliegenden Cafés. Ja, alles sprach dagegen, nur ihr Herz sprach dafür, auszusteigen. Sie hatte ein ganz bestimmtes Gefühl an diesem Tag. Ein Prickeln, ein Flattern im Bauch. Aber vielleicht war das alles nur Einbildung.

Am Nachmittag riss der Himmel auf, die Sonne schien, die Studenten tranken ihren Automatenkaffee im Freien und rauchten dazu eine Zigarette. Lena und eine Kommilitonin spazierten im Anschluss an Endhovens Vorlesung von der Rue Descartes ausgehend zur Rue Soufflot Richtung Boulevard Saint-Michel. Auf dem Weg diskutierten sie leidenschaftlich über das Thema der Vorlesung sowie über das Aussehen des jungen Professors. Vor dem Café le Rostand machten sie halt, aßen eine Kleinigkeit auf der Terrasse, plauderten noch eine Weile und verabschiedeten sich dann. Lena ging durch den Jardin du Luxembourg. Sie hatte vor, einen Blick in den Le Bon Marché zu werfen. An Weihnachten ist er prächtig geschmückt und man bekommt richtig Lust, von allen schönen Dingen etwas mitzunehmen. Da eine Tasche, dort Schuhe, dann Uhren und Ketten. Im ersten Stock in der Damenabteilung hatte sie einen schicken Mantel gesehen, den sie unbedingt probieren wollte. Sein Preis war ziemlich deftig, doch das würde ihren Vater sicherlich nicht abschrecken. Selten bat sie ihn um etwas und wenn, schlug er ihr nichts ab.

Vor der steinernen Büste Baudelaires hielt sie unvermittelt an. Schon oft war sie an ihr vorbeigekommen und hatte hingeschaut, ohne sich viel dabei zu denken. Heute jedoch irritierte sie etwas. Sie sah lange hinauf und kam nicht darauf, was anders war als sonst. Nachdenklich verließ sie den Garten am Ausgang Rue de Vaugirard, ging die Rue Bonaparte hinunter bis zur Place Saint-Sulpice. Ging sie heute die vielen Wege zu Fuß, um ihm zu begegnen? Lief sie ihm etwa hinterher?, dachte sie und ärgerte sich so sehr über diesen Gedanken, dass sie wie eine Blinde an der Place Saint-Sulpice vorbeihastete und sich dazu zwang, nicht in alle Winkel zu spähen. Mit Scheuklappen lief sie die Rue du Four hinauf, eilte über den Zebrastreifen der Rue de Rennes, an der Boutique Longchamps und jenem Drahtgestell vorbei, das sie »Le centaure de César« nennen. Nun war der Le Bon Marché in Sichtweite. Sie überquerte den Boulevard Raspail und blieb vor dem Platz, der in Patrick Süskinds Roman *Die Taube*[7] verewigt ist, wie vom Donner gerührt stehen. Vor ihr, auf der gegenüberliegenden Seite, ging ein junger Mann mit dunklem, leicht gelocktem Haar. Er trug einen schlichten Wollmantel, hatte den Kragen hochgeschlagen und hielt etwas in der Hand. Es war weder eine Tasche noch ein Hut, auch nicht eine Einkaufstüte. Ein Buch, durchzuckte es Lena. Der Typ dort hält ein aufgeschlagenes Buch in der Hand und liest beim Gehen. Sie war sich sicher, dass es nur einer sein konnte, der so durch die Welt lief.

Fast wäre sie beim Überqueren der Rue de Babylone in ein Auto gelaufen. Ein Hupkonzert erregte die Aufmerksamkeit einiger Passanten. Der junge Herr drehte sich um und Lena bekam weiche Knie.

*

»Hat sie mich etwa gesehen? Es wäre nicht das erste Mal, dass mich ein menschliches Auge sieht.« Cupido tippte Charles Baudelaire auf die Schulter.

»Unfug!«, brummte der Dichter. »Das hättest du wohl gerne, dummer, einfältiger Cupido. Du glaubst an die Liebe und bist verzweifelt auf der Suche nach deiner Psyche, die keine Chance hat zu überleben.«

»Schwarzseher!« Cupido richtete einen Pfeil auf ihn.

»Ja, schieß nur! An mir zerbricht das Glück, das du in die Herzen träufeln willst, auf der Stelle. Ich halte ohnehin nicht viel von diesen Herzschmerzgeschichten, und der Liebesakt im Besonderen hat viel Ähnlichkeit mit einer Folter oder einem operativen Eingriff.«

»Uhh! Das hört sich alles andere als romantisch an. Und ich dachte, Ihr wäret ein Romantiker.«

Baudelaire antwortete nicht darauf. Grimmig starrte er auf die wenigen Passanten hinunter und wartete ungeduldig auf den Einbruch der Nacht. Amor überlegte, ob er ihm noch eine Frage stellen sollte, aber sein düsteres Gesicht lud ihn dazu nicht ein. Er bereitete sich auf seinen Weiterflug vor, da sagte Baudelaire unerwartet: »Ich habe mir immer ein längeres Leben gewünscht. Wäre ich auch nachts immer wach geblieben, ohne auch nur eine Minute zu schlafen, hätte ich zwanzig Jahre dazugewonnen.«

»Wozu zwanzig Jahre mehr, wenn sie ja doch nicht der Liebe gewidmet werden?« Cupido sprang auf den Kopf der Büste und hob ab.

5. KAPITEL

KISS THE RAIN UND LIEBE DEN ALLTAG

Das passierte ihm in letzter Zeit häufig: Keine Party wollte ihm so richtig gefallen. Die Gespräche ödeten ihn an, den Witz, über den alle lachten, fand er nicht komisch, die Mädchen, die objektiv betrachtet – nun, was war schon objektiv? –, ausnahmslos gut aussahen, rissen ihn nicht vom Hocker. Vielleicht ging er mit allem zu streng ins Gericht. Seine Freunde Eric und Bill nannten ihn einen Miesepeter. Er benehme sich schon mit einundzwanzig wie ein abgestumpfter Alter, den nichts mehr erstaunen könne und der nichts mehr vom Leben erwarte. Er solle sich doch gleich einen Platz im Seniorenheim sichern.

Diese Vorwürfe wollte Julian nicht auf sich sitzen lassen, weshalb er sich auf Claires Soiree mitschleppen ließ. Er nahm sich vor, für alles offen zu sein, ohne Arroganz, jedem banalen Geschwätz zuzuhören, sich nicht darüber lustig zu machen und am besten überhaupt nicht über Philosophie oder Politik zu reden. Zwar traf er auf Claires Party ein paar geistreiche Typen und unterhielt er sich angeregt mit einem interessanten Mädchen, aber nach Mitternacht packte ihn wieder dieses Gefühl von Einsamkeit, das sich paradoxerweise dort am stärksten manifestierte, wo viele Leute und laute Musik zusammenkamen. Und dann, gegen eins, hörte er plötzlich sekundenlang nichts mehr: Totale Stille legte sich über den Raum und er sah die Bewegungen der Menschen beim Sprechen, das Zucken bei ihren Tänzen, die lachenden Gesichter ohne Geräuschkulisse. Ein Film ohne Ton.

Immer hatte er sich eingeredet, sie alle seien genauso einsam wie er, nur gelänge es ihnen, im Gegensatz zu ihm, ihr schlechtes Gefühl mit Musik, ständigem Gelaber und einem vollen Studienplan zuzuschütten. Jetzt plötzlich hatte er Zweifel. Vielleicht war das Bild, das er sich von den anderen machte, Teil seiner Arroganz. Vielleicht gefiel ihm der Gedanke, die lachenden anderen fühlten sich genauso einsam wie er, aber merkten es nicht, weil sie zu blöde waren. Nur er merkte es, weil er so schlau war. Und was nützte ihm nun seine Schlauheit? Was brachte ihm seine Arroganz? Er fühlte sich dadurch nicht besser, nein, er wurde sogar für Sekunden taub. Taub für die echte Freude seiner Freunde, die er im Grunde beneidete. Vielleicht waren sie schlicht und einfach zufrieden mit dem, was sie hatten, und er war ein Miesepeter, genau wie es Eric und Bill so scharfsinnig ausdrückten. Noch in derselben Nacht sprach er mit Eric darüber.

»Fällt dir etwa ein Zacken aus der Krone, wenn du dich ein bisschen auf die Suche nach ihr machst? Du musst ja keine billige Zeitungsannonce aufgeben nach dem Motto: ›Blondes Mädchen, neunzehn Jahre, mittelgroß, hübsch, besondere Kennzeichen: findet Kierkegaard langweilig, möge sich bitte am Schalter für Gepäckermittlung melden.‹«

Julian lachte erleichtert. Ein Stein fiel ihm vom Herzen.

»Und was sagst du, Bill?«

»Nur James Bond lebt zweimal. Was du heute kannst besorgen, verschiebe nicht aufs nächste Leben.«

»Das sind zwar blöde Sprüche, aber gerade sehr hilfreich.«

*

Am Sonntagnachmittag studierte er den Vorlesungsplan der Fakultät Polytechnique und stieß auf ein Seminar, dessen Titel ihm bekannt vorkam. Er hatte das Buch *L'essence du politique*[8] gelesen, die Vorlesung hieß jedoch *L'essence machiavélienne de la politique.* Das fand er sehr spannend und er war neugierig auf die Behandlung des Themas im Hörsaal. Beim Abendessen schnitt er das Thema an, woraufhin sein Vater das attraktive Aussehen des Philosophieprofessors hervorhob. Es hieße, er sei ein Weiberheld, sagte er. Madame Sorel winkte kichernd ab und wechselte das Thema.

Der Mörder, den sie verteidigte, habe ihr ein eindeutiges Angebot gemacht. Sie müsse den Fall vermutlich abgeben, da der Mann völlig von dem Gedanken besessen sei, mit ihr ins Bett zu steigen. Seine Verteidigung interessiere ihn überhaupt nicht mehr. Alle Augen richteten sich auf Madame Sorel, und man sprach den Rest des Abends nur noch über die krankhaften Anlagen von Mördern, Totschlägern und Kinderschändern.

Sein Stundenplan erlaubte es ihm nicht, am Montag zur Vorlesung Endhovens zu gehen. Andere Fächer waren jetzt wichtiger, wenn er das Zwischenexamen Anfang Dezember mit Bravour bestehen wollte. Gegen halb fünf, nach der letzten Vorlesung, ging er durch die Rue du Cherche-Midi und über den Boulevard du Montparnasse, wo er freundlich den Besitzer des Tante-Emma-Ladens grüßte, nach Hause. Am Boulevard bog er nach links zum Sorel'schen Appartement. Es lag in einem hufeisenförmigen Gebäudekomplex. In seiner Mitte erstreckte sich ein mit Kopfstein gepflasterter, breiter Hof, von dem links und rechts in gleichmäßigen Abständen breite Türen zu den Wohnungen abgingen. Zu Zeiten Victor Hugos, der in der Nähe des Boulevard du Montparnasse gewohnt hatte, waren die Erdgeschosswohnungen herrschaftliche Pferdeboxen gewesen, während darüber und weiter hinten die Herrschaften wohnten. Eine dieser noblen Etagen gehörte Monsieur und Madame Sorel. Hier war Julian aufgewachsen.

Unschlüssig stand er vor dem Eingang. Er drückte den Summer am schmiedeeisernen Tor, überlegte, ob er reingehen sollte oder nicht. Da fuhr ein Bus an die Haltestelle, ungefähr zwanzig Meter von ihm entfernt. Leute stiegen aus. Julian starrte auf die Nummer, überflog in Gedanken die Route mit den Stationen und fasste einen Entschluss.

Drei Minuten später lehnte er am Busfenster und sah hinaus auf die von Licht und Feuchtigkeit glänzende Straße. Der Regen hatte wieder eingesetzt. Den Nachmittag über war es kalt, aber sonnig gewesen. Jetzt wurde es wieder unangenehm. So war Paris, schlicht und einfach unberechenbar. Er wusste, wohin er fuhr. Er war sich auch ziemlich sicher, an welcher Haltestelle er aussteigen musste. Ob seine spontane Entscheidung etwas bringen würde, das wusste er nicht.

*

Genervt war Lena um den Platz herumgelaufen. »Vergiss diesen Typen«, hatte sie während ihres Marsches gedacht und schließlich laut vor sich hingebetet. Es gab schließlich noch mehr Jungs in schlichten Wollmänteln, die unterwegs Bücher lasen. Hoffentlich hatte der Mensch in der Rue de Babylone nicht gemerkt, dass sie seinetwegen vor die Schnauze eines Peugeots gelaufen war. Nun hatte sie genug von ihren Luftschlössern.

Warum nicht einfach den Dingen ihren Lauf lassen? Nicht mehr warten, bis einer, oder derjenige, kommt. Wie ein Bus, wie die Metro. Wie die Tage und Nächte. Wie das Geld, das kam und ging. Die Lust, den Mantel anzuprobieren, war ihr vergangen. Schnell nach Hause, Josephine anrufen und fragen, ob sie nach dem Abendessen noch auf ein Glas Wein vorbeikommen wolle. Es tröpfelte. Lena merkte es erst in der oberen Hälfte der Rue du Cherche-Midi. Sie bog in den Boulevard du Montparnasse ein und stand, bevor ein wütender Regen niederging, im trockenen Bus Nummer 28. Er war gerammelt voll, aber in der Metro wäre es um diese Zeit nicht besser gewesen, und sie hätte eine lange Strecke zu Fuß zurücklegen müssen, um die direkte Linie zu erwischen. Sie hasste Metrowechsel. Endlos lange Gänge unter der Stadt, tausend hetzende, genervte Menschen, Fußgetrappel, heiße Winde im strengen Wechsel mit kalten, zugigen Luftströmen an den Ausgängen.

Es spritzte nach allen Seiten, als der Bus an der Place de Breteuil hielt. Lena holte ihren Knirps aus der Tasche und spannte ihn auf. Wild klatschte der Regen auf den Asphalt, auf den Schirm, gegen ihre Beine. Das Wetter passte zu ihrer Verfassung und wären die dicken Tropfen nicht so eklig und der Wind nicht so kalt gewesen, hätte sie sich nass regnen lassen. Sie ging schnell, geduckt und ohne nach links und rechts zu sehen. Am Restaurant de Breteuil hob sie kurz den Kopf, weil sie sich unter schützendem Dach befand. Der Klang des Regens auf der Markise hatte etwas Unheimliches und gleichzeitig etwas Urgemütliches. Sie musste an das Prasseln des Kaminfeuers zu Hause denken und blieb stehen. Da sah sie in einer Ecke unter einem Heizstrahler einen jungen Mann im schlichten Wollmantel, ein Buch in der Hand. Er saß und sie hätte liebend gern auch einen Stuhl unter dem Hintern gehabt, denn sie bekam weiche Knie. Er lächelte. Lena fand sein Lächeln zauberhaft. Er kam auf sie zu. Sie fragte: »Was machst du denn hier?«

»Ich warte auf dich. Willst du dich zu mir setzen?«

*

Eine Stunde später war Lena zu Hause. Hastig zog sie ihre Stiefel aus, hängte den Mantel auf und stellte den nassen Schirm zum Trocknen in die Küche. Wie immer präsentierte sich Leonard in vorwurfsvoller Haltung. Mein Napf ist leer!, sagte sein grimmiger Blick und Lena musste, obwohl sie es kaum erwarten konnte, vor ihrem Laptop zu sitzen, erst einmal in die Futtertüte greifen. Leonard flitzte hinter ihr her und strich ihr dann dankbar um die Füße.

I often close my eyes and i can see your smile[9]

Unter dem Dach einer alten Markise. Dunkle Augen, die nur mich sehen. Warme Hände, die die meinen wärmen. Wir reden. Wir lachen. Wir schweigen und schauen. Unter der Markise des Restaurants de Breteuil hören wir das Trommeln der Regentropfen. Es ist die Musik meines Herzens, seines Klopfens. Nie werde ich diesen Klang vergessen. Der Soundtrack meines wunderbaren Films.

Sie klappte den Laptop zu, holte einen schwarzen Filzstift aus dem Fach mit den Schreibutensilien und schrieb in großen Lettern auf ihre Wand über ihrem Bett: *»L'amour fait songer, vivre et croire. Victor Hugo.«*

*

Er saß zu Füßen des steinernen Louis Pasteur, Biologe, Chemiker, Entdecker des Serums gegen Tollwut.

»Na, Herr Pasteur, Ihnen unterstelle ich viel Vertrauen in die Menschen, sonst hätten Sie nicht beim Anblick des armen Mädchens im Frühjahr 1885 erwogen, das von Ihnen entwickelte Serum nicht nur bei Hunden, sondern endlich auch bei einem Menschen anzuwenden. Ich erinnere mich an die Kleine. Sie war hübsch, hatte langes, rotes Haar und war in den Sohn eines Notars verliebt. Gegen den Tod vermag ich nichts, ich kann nur in der Liebe weiterhelfen. Das Mädchen starb, aber noch im selben Jahr retteten Sie mit dem Serum einen Jungen.«

Auf Louis Pasteurs Lippen stahl sich ein feines Lächeln. So fein, dass kein Sterblicher es sehen konnte. Nur Cupido fiel es auf.

»Ja, ja, ich forschte für mein Leben gern. Ob aus Liebe zum Menschen? Ich bin mir nicht so sicher, aber eines weiß ich bestimmt: Ich wollte mehr Hygiene, besseren Schutz vor Krankheiten. Drei meiner fünf Kinder starben in jungen Jahren an Typhus.« Das Lächeln auf seinen Lippen erlosch. Steinern sah er geradeaus. Cupido kletterte auf seinen Schoß.

Von seinem Platz aus konnte er alles überblicken: Im Norden erhob sich die goldene Kuppel des Invalidendoms, zu dem eine breite Kastanienallee führte, rechts und links vom Platz reihten sich Haussmann-Gebäude mit hohen Fenstern, Nischen und Eckverzierungen, hoheitsvolle Eingangstüren. Eine wunderschöne Gegend und lebendiger als manches feine, arrogante Viertel im 16. Arrondissement. Es gab einen Bäcker, es gab einen kleinen Supermarkt, die Weinhandlung »Nicolas« und zweimal wöchentlich tagte der Gemüsemarkt. Cupido seufzte: »Ja, ja, wer hier ein Appartement besitzt, einen guten Job und eine intakte Familie hat, kann sich zu den Glücklichen der Stadt zählen.«

Er war sehr mit sich zufrieden. Das Unwetter störte weder seinen Körper noch seine Sicht. Durch den Vorhang des anhaltenden Regens sah er glasklar das Pärchen unter der Markise des Restaurants »Le Grand Bistro de Breteuil«. Er legte seine beiden Hände um das Bild, das er vor Augen hatte, und gab ihm seinen Segen. Er war befugt, Segen zu erteilen. Er war ein Gott, wenn auch ein kleiner Gott. Oder war er ein Gott der kleinen Dinge? Cupido wackelte mit dem Kopf. »Nein«, sagte er sich. »Liebe ist kein kleines Ding. Also bin ich der kleine Gott eines großen Dings. Den beiden dort drüben habe ich einen schönen Schubs gegeben oder einen Blitz, wie die Franzosen sagen. Nun ist es an ihnen, mehr daraus zu machen. Und ich kann vorerst in Urlaub fliegen. Nicht in den siebten Himmel, ach was! Ich fliege dorthin, wo alle Götter Urlaub machen. Ich fliege in die Toskana.«

*

Love in snow[10]

Ich liebe Schnee in den Parks von Paris, wenn sie für Besucher verboten sind. Ich liebe ihn auf den Dächern der Stadt in der Nacht, wenn die Scheinwerfer des Eiffelturms über ihn hinweggleiten und ihn zum Schimmern bringen. Dann glitzert die ganze Stadt und es strahlt der Himmel, weil sich die schneeweiße Helligkeit in ihm reflektiert. Aber am schönsten ist der Schnee dort, wo kein menschlicher Fuß hintritt. Auf den Feldern und Wiesen, auf den Tannen im Schwarzwald, auf gefährlichen Berghängen, die von Skifahrern verschont bleiben. Auf Kirchtürmen. Und am schlimmsten ist er vor meiner Haustür, wo Abgase, Autoreifen, Hundepisse und die Stiefel unzähliger Passanten ihn in schmutzigen, stinkenden Matsch verwandeln.

So ist es: Ich liebe und hasse den Wind, den Regen, den Schnee und die Sonne. Aber an Julian liebe ich einfach alles.

*

Die ersten Monate mit Julian waren für Lena eine Entdeckungsreise. Sie entdeckte ihr Leben und das Leben ihrer Nächsten neu. Sie ging mit offenen Augen durch die Stadt, hörte Musik mit aufmerksamen Ohren, spürte Dinge, gegenüber denen sie zuvor gleichgültig gewesen war. Zum ersten Mal ließ sie Opern oder klassische Konzerte nicht über sich ergehen, wie sie es zuvor mit ihrem Vater getan hatte, sondern lernte sie kennen und damit ihre Komponisten. Zum ersten Mal kam ihr der Gedanke, dass Mozart, Chopin oder Musset genauso unruhige junge Männer gewesen sein mussten wie Julian oder François. In ihnen brannte ein verzehrendes Feuer. Um in diesem Feuer nicht umzukommen, mussten sie komponieren, dichten, studieren, ständig geistig rege sein. So war Julian, und Lena fand es faszinierend.

Hand in Hand streiften sie durch die Galeries Lafayette auf der Suche nach einem schönen Mantel, den Monsieur Bellami zahlen sollte, und Lena ging das Gewusel in den Stockwerken nicht auf die Nerven. Auch zog sie nicht über die Horde Russinnen und Japanerinnen her, die die Chanel- und Louis-Vuitton-Boutiquen bis auf die letzte Tasche ausräumten. Sie schimpfte nicht. Sie staunte. Mit Julian wurde Shoppen interessant.

»Mit dir macht Einkaufen Spaß. Wenn ich da an meinen Vater denke, der mit griesgrämiger Miene durch die Etagen wankt und überall etwas zu beanstanden findet.«

»Der sieht vermutlich nur die Kleiderständer, die langen Stangen mit Klamotten aller Art, die Schuh- oder Taschenregale. Da wird manchem Mann übel. Das kann ich verstehen.«

Lena lachte und erinnerte sich sofort an eine amüsante Episode.

»Einmal hat sich Papa durchgerungen, meiner Mutter eine Dior-Tasche zu schenken. Zu ihrem Vierzigsten. Ich war damals vierzehn und ging mit ihm in die tolle Boutique in der Avenue Montaigne. Du hast das Gebäude bestimmt schon gesehen. Es ist ein Palast …«

»… ein ehemaliges elegantes Hotel. Das weiß ich aus den zwei Wälzern ›Les rues de Paris‹, die mir mein Patenonkel zur Kommunion geschenkt hat. Der ist total altmodisch und verschenkt noch stoisch Bücher.«

»Aha!« Lena sah ihn in gespielter Wut an. Ob sie wenigstens ihren Satz zu Ende führen dürfe, bevor er sie mit seinem Wissen völlig aus dem Konzept bringe? Julian entschuldigte sich mit einem Kuss.

»Okay. Gut! Ich verzeihe dir! Also mein Vater spaziert mit offenem Mund und riesigen Augen vor den Regalen auf und ab und sieht so aus, als könne er es nicht fassen. Viele Taschen sind alarmgesichert, damit sie keiner klaut. Sie sind poliert, glänzen und sehen einfach schön aus. Entgeistert ruft mein Vater: ›Die sind ja aufgereiht wie wertvolle Vasen oder Baccaragläser, wie teure Markenuhren oder hochkarätige Diamanten. Sie sind gesichert wie sündhaft teure Leder- und Pelzmäntel. Ich bin ganz von den Socken.‹ Eine Verkäuferin stürzt herbei, sichtlich erfreut darüber, so einen total begeisterten Kunden gefunden zu haben, und schreit euphorisch: ›Mais oui, Monsieur. Exactement! Was Sie hier sehen, sind exklusive Stücke. Sie sind von John Galliano persönlich entworfen und darum etwas ganz Besonderes. Wir haben von jedem Modell nur fünf in ganz Paris. Wenn Sie nicht sofort eines kaufen, ist es weg, das garantiere ich Ihnen. Nächste Woche sind sie alle weg! Diese zum Beispiel! Wir finden sie diese?‹ Sie hält Vater ein Modell unter die Nase. Ohne mit der Wimper zu zucken, ruft er: ›Grauenhaft!‹ Die Verkäuferin erbleicht, zeigt ihm eine andere, da ruft er wieder: ›Grauenhaft.‹ Sie erschrickt, zeigt ihm aber noch eine dritte. Da ruft Vater so laut, dass es alle hören können. ›Alle sind grauenhaft. Alle durch die Bank sind potthässlich. Sagen Sie diesem Monsieur Gazpachio‹ – Vater hatte den Namen falsch verstanden – ›er habe einen entsetzlichen Geschmack und sollte das Taschendesign besser Herrn Lagerfeld überlassen.‹ Kreidebleich und fast den Tränen nahe, lässt die arme Verkäuferin meinen Vater stehen. Kannst du dir vorstellen, wie peinlich und gleichzeitig komisch ich die Situation fand?«

Vergnügt gingen sie weiter. Die Rolltreppe hinauf. Immer wieder wies Julian nach oben. Die gläserne Kuppel sah gigantisch aus. Dank der Bestrahlung von außen und der Lichteinwirkung von innen funkelte und schillerte sie in unterschiedlichen Farben. Lena nahm sie zum ersten Mal richtig wahr. Obwohl sie seit ihrer Geburt in Paris lebte und mit ihrer Mutter vor allem an Weihnachten, wenn alles schimmerte und glitzerte, hier gewesen war, konnte sie sich nicht erinnern, je so beeindruckt gewesen zu sein. Fest drückte sie Julians Hand.

Als sie die Galeries Lafayette verlassen hatten, fing es an zu schneien. Lachend streckte Lena ihr Gesicht dem dunklen Himmel entgegen. Weiße Punkte wirbelten in der Luft herum. Sie funkelten wie Diamanten. Julian zog Lena über den Boulevard Haussmann. Dort, im Rücken der Opéra Garnier, blieben sie stehen und schauten sich die Weihnachtsdekoration der Galeries Lafayette und des Printemps mit etwas Abstand an. Die Nacht schien von vielen blinkenden Sternenreigen und Myriaden von blitzenden Kugeln absorbiert zu sein. Durch das farbige Lichtermeer quälten sich, Stoßstange an Stoßstange, Autos und Busse, dazwischen schlängelten sich Fahrräder, Mopeds, Motorräder und Fußgänger. Auf den Gehwegen wuselte es wie in einem Ameisenhaufen. Vorweihnachtliches Chaos in Paris zu den Klängen von *Stille Nacht, Heilige Nacht.* Spontan sahen sich Julian und Lena an. Und wie auf Kommando prusteten sie los. »Alles schläft, einsam wacht …«, sang Lena weiter und Julian ergänzte: »Nur die Kasse im großen Pariser Bazaar!« Dann sagte er ernst: »Glaubst du an die Geschichte?«

Lena zuckte mit den Schultern.

»Ich glaube an Liebe und Freundschaft!« Sie zog ihn weiter, am kaiserlichen Operneingang, der heutzutage von den Lieferanten benutzt wird, vorbei zur Freitreppe, auf der sie zum großen Portal kamen. Es war für den Kartenverkauf und die Besichtigung der Halle geöffnet. Schweigend betrachteten sie die dekorierten Wände, unterhielten sich dabei über das Deckengemälde von Chagall im Opernsaal und stellten sich vor, wie der Maler, auf einem von der Decke hängenden Brett liegend, ein solch fantastisches Kunstwerk zustande bringen konnte.

»Und sobald das Brett ins Schaukeln kam, hat er vermutlich danebengepinselt!«

»Vielleicht hing das Brett nicht an Seilen, sondern war fix und ging über die ganze Breite und Länge, Julian!«

»Das sollten wir mal googeln, sobald wir zu Hause sind.« Er zwinkerte.

In der Halle war es trotz des Menschenandranges kalt. Durch das geöffnete Portal zog ein eisiger Wind. Lena fror, schlug den Kragen hoch, tippelte mit den Füßen. Julian wickelte seinen schönen Schal, der ihm wirklich wunderbar stand, fester um den Hals. Es nützte nicht viel. Er sah genauso verfroren aus wie Lena. Also beschlossen die beiden, sich im Café de la Paix nebenan aufzuwärmen.

Der gesamte Place de l'Opéra strahlte im Lichterglanz seiner Beleuchtung. Auf den Dächern der Autos funkelte der Schnee, die Metrostationen hatten dünne Schneehauben. Vorsichtig überquerten sie den Zebrastreifen, da die weißen Flächen bei Schnee ganz schön glatt sein konnten. An den dunklen Schatten erkannten sie von Weitem, dass außer ihnen noch viele andere die Idee hatten, sich im Café de la Paix zu wärmen. Auf den ersten Blick schienen alle Plätze besetzt. Resigniert sahen sich Julian und Lena an.

»Es gibt tausend Cafés in Paris und sollten alle voll sein, nehmen wir den Bus und fahren nach Hause.« Sie schlang den Arm um seine Hüfte und gemeinsam wandten sie sich zum Gehen.

»Schade«, sagte Julian.

»Deux Places?«, rief ihm der Kellner in diesem Augenblick zu.

»Ja, klar. Vielen Dank.«

Sie folgten dem schlanken jungen Herrn in schwarzen Hosen und weißem Hemd.

»Was für ein Glück. Wir sitzen am Fenster und können Touristen begaffen.«

Lena schlüpfte aus ihrem Mantel, legte ihn über ihren Stuhl, nahm ihre Zipfelmütze ab und ließ sich zufrieden fallen. Julian tat dasselbe, behielt jedoch seinen schönen schwarz-grau karierten Burberry-Schal um. »Ich liebe es, Touristen zu beobachten. Man kann sofort erkennen, woher sie kommen: Engländer sind schrecklich altmodisch gekleidet, haben sehr helle Haut, komische Zähne, rote Nasen und lustige Mützen oder Hüte, je nach Geschlecht.« Sie verstummte, denn der Kellner stand vor ihnen. Beide bestellten eine heiße Schokolade. Kaum hatte er ihnen den Rücken zugedreht, plapperte sie weiter: »An der Frisur älterer Frauen kannst du auch die Nationalität erraten. Italienerinnen oder Spanierinnen tragen ihr Haar noch mit fünfzig und älter lang, geflochten oder als Dutt. Bei deutschen Frauen hast du den Eindruck, sie gingen alle zum gleichen Friseur. Und der säbelt ihnen konsequent eine Mecki-Frisur.«

Julian runzelte die Stirn. Da schlängelte sich der Kellner geschickt mit dem Tablett durch die Reihen. Er stellte die Tassen auf den Tisch und goss jedem das heiße Schokoladengetränk ein. Bevor Julian davon kostete, zog er das Aroma durch die Nase. Schließlich fragte er:

»Was ist eine Mecki-Frisur?«

Lena erklärte ihm, dass der Name auf den Igel Mecki zurückging, eine Comicfigur aus der Kinderzeit ihrer Mutter.

»Und ein Igel hat ja ganz kurze, abstehende Haare. Wie Borsten«, schloss sie ihre Ausführung.

»Klingt einleuchtend.« Julian nahm einen Schluck. Auch Lena hob ihre Tasse. Über die Ränder hinweg sahen sie sich an. Seine Augen sind so braun wie die Schokolade, dachte Lena.

»Deine Augen heben sich wahnsinnig von der dunklen Schokoladenbrühe ab«, sagte Julian. »Ich hab das Gefühl, ich sitze auf einer Terrasse mit Meerblick.«

»Hier haben neben Touristen aus aller Welt auch Zola und Maupassant ihren Kaffee getrunken.«

»Und Tschaikowsky und Massenet vor den Proben in der Oper zu Mittag gegessen.«

Zärtlich gestimmt streckte Julian seinen Arm über den Tisch und griff nach Lenas Hand.

Er hielt sie eine Weile, ohne etwas zu sagen, dann stutzte er, sah irritiert durch die gläsernen Wände hinaus ins flirrende Freie, wo es vor Menschen nur so wimmelte, und fragte:

»Hörst du die Musik?«

»Ja, aber was ich höre, ähnelt so gar nicht einem Weihnachtslied. Es klingt eher nach ›Ain't no sunshine when she's gone …‹«[11]

»Genau daran hat mich die Melodie auch erinnert, aber das bilden wir uns sicher ein.«

So saßen sie, träumten, sprachen nur wenig, streichelten sich die Hände und sahen sich an. Mit jenem wehmütigen, fast ungläubigen Lächeln der Verliebten.

*

An die Kithara des Apollon gelehnt, hoch oben auf dem Dach der Opéra Garnier, saß Cupido und betrachtete sein Werk. Manchmal ging es ihm wie einem Maler, der seine Gemälde umso weniger verkaufen kann, je besser sie ihm gelingen. Er hält sich daran fest, teils aus Stolz, teils aus Sentimentalität. Allerdings war Cupido kein Maler, der Geld brauchte und sein Kunstwerk feilbieten musste. Er war der kleine Gott der großen Liebe. Seine Fähigkeit überschritt Grenzen, und es war nicht nötig, den Urlaub in der Toskana zu verschieben, um diesem Paar nahe zu sein. Etwas anderes hielt ihn zurück. Was konnte es sein?

»So nachdenklich, Cupido?«, Apollon rollte mit den Augen. »Hattest du in all den Jahrhunderten nicht irgendwann einmal Zweifel an der Liebe?«

»Niemals! Wieso fragst du mich danach? Vermutlich weil du in der Liebe nie glücklich warst. Die Nymphe Daphne verwandelte sich in eine Pflanze, um dir zu entkommen …«

»Und Prinzessin Kassandra hat mich getäuscht …« Gedankenversunken ließ Apollon die Finger über seine Kithara gleiten und intonierte ein für ihn ganz ungewöhnliches Lied. Cupido glaubte, sich zu verhören.

»Ain't no sunshine when she's gone, only darkness everywhere … ain't no sunshine when she's gone, and this house just ain't no home, anytime she goes away …«

Der Gott konnte nicht fassen, was er hörte, und rief begeistert:

»Genial, wie du das machst. Klingt wie das Original.«

»Ich bin das Original dieses Songs und du, Cupido, hast Pate gestanden«, schmunzelte Apollon. »Ohne uns gäbe es das Lied nicht.«

Das leuchtete dem kleinen Gott ein und schon schnippte er mit den Fingern den Takt mit. So blieb er noch eine Weile, hoch oben auf dem goldglänzenden Dach der Opéra und wiegte sich mit geschlossenen Augen in der Melodie dieses Liedes, während unter ihnen Menschen wuselten, Autos über die schmierige Fahrbahn zuckelten, Fahrräder ausrutschten und Clochards in geschützten Winkeln schlotternd mit ihrem Pappbecher auf die ersten Weihnachtsgeschenke der Passanten warteten.

6. KAPITEL

LA PREMIÈRE FOIS – DAS ERSTE MAL

Mitte Januar nahm Julian seine Freundin zum ersten Mal mit nach Hause. Sein Bruder war in der Schule, die Eltern bei der Arbeit und überhaupt: Wäre jemand zu Hause gewesen, hätte er es nicht gewagt, die beiden Verliebten in Julians Zimmer zu stören. Lena staunte über die großzügige Küche, eine Seltenheit in Pariser Altbauwohnungen.

Als die imposanten meist fünf- bis sechsstöckigen Gebäude aus hellem Sandstein unter dem Städteplaner Baron Haussmann entstanden, hatten die feinen Herrschaften Domestiken. Sie hatten eine Köchin, eine Putzfrau, eventuell einen Butler und natürlich das Zimmermädchen. Ganz selbstverständlich wurde die Küche klein gehalten und in den hintersten Zipfel der Wohnung verbannt. Weder Bratengerüche noch Küchengezeter sollten die Herrschaften beim Essen stören.

Neben der Küche befand sich auch der Lieferanteneingang, durch den die Angestellten die Wohnung betraten, den Müll wegbrachten sowie die Einkäufe heraufschleppten. In diesen Aufgängen war es kühl und düster, es roch modrig und man vermutete leicht Ratten dort – sie ähnelten also in nichts den eleganten Treppenhäusern der Haupteingänge.

»Meine Eltern haben die Mauer zum anliegenden Zimmer durchbrechen lassen. Wenn wir unter uns sind, essen wir hier. Das ist praktisch, denn wie du siehst, ist das Esszimmer ziemlich weit von der Küche entfernt. Du solltest das Gejammer meiner Mutter hören, wenn wir Gäste haben, dann essen wir nämlich im ›schönen‹ Esszimmer.« Julian führte Lena durch einen Flur zum Wohnbereich. Ganz im Gegensatz zu der Wohnung ihres Vaters wurde hier sehr viel Wert auf Stilmöbel gelegt.

»Es sind viele Erbstücke dabei«, erklärte Julian, der Lenas Blick gefolgt war. »Vor allem der hier.« Er wies auf den Steinway. »Er ist ein Geschenk meines Großvaters, der ihn in den Sechzigerjahren in der New Yorker Steinway-Fabrik erworben und nach Frankreich gebracht hat. Seiner Meinung nach sind die amerikanischen Steinways besser als die deutschen.«

»Na, ja, das ist vermutlich Geschmackssache.« Lena strich über das schwarz glänzende Schmuckstück.

»Mein Vater ist ein Sammler«, fuhr Julian fort. »Er verbringt seine Wochenenden oft in Antiquitätengeschäften oder auf Flohmärkten und gräbt dort manch irres Stück aus.« Er zog sie in die Diele.

»Flohmärkte mag ich auch. Allerdings nicht den von Saint-Ouen. Da wirst du schrecklich übers Ohr gehauen.«

Julian hatte den Arm um ihre Schulter gelegt und führte sie zu einer Nische beim Eingang.

»Hier steht so ein irres Ding aus dem 18. Jahrhundert. Er hat es im Trödelladen einer alten Dame aufgestöbert und es soll eine Garderobe darstellen.« Grinsend wies Julian auf ein sonderbares grün lackiertes Gestell aus Messing, das einem zur Seite gekippten Tintenfisch ähnelte. Seine gebogenen, verzierten Arme endeten in runden, für Mäntel vorgesehenen Riesenknöpfen. Lena reagierte nicht begeistert.

»Sieht eigentlich aus wie ein supermodernes Gebilde, dem Gehirn eines Künstlers unserer Zeit entsprungen.«

»Das muss mein Vater wohl auch gedacht haben und hat es deshalb gekauft.« Er schlang beide Arme um Lena und küsste sie leidenschaftlich. Seine Hände streichelten ihren Rücken, glitten bis zu ihrem Hintern, drückten sie an sich.

»Komm, gießen wir uns einen schönen heißen Tee auf und gehen in mein Zimmer. Wie findest du das?«

»Super«, antwortete Lena und küsste ihn genauso leidenschaftlich.

*

Ich habe einen Schatz gefunden und der trägt deinen Namen[12]

Ma première fois. So nenne ich es, denn es war mein echtes erstes Mal. Zum ersten Mal hab ich am ganzen Körper gezittert vor Aufregung. Zum ersten Mal war diese Aufregung nicht die eines unerfahrenen Mädchens. Zum ersten Mal empfand ich Lust. Zum ersten Mal durchströmte mich ein richtiges Glücksgefühl. Jetzt weiß ich, wie es ist, wenn man ehrlich verliebt ist. Und nichts anderes hämmert in meinem Kopf als immer dieselben Fragen: Julian, Julian, bist du auch so sehr verliebt wie ich? Wird dir auch schwindlig, wenn du an unsere Küsse und Zärtlichkeiten denkst? Möchtest du, dass ich dich festhalte, ganz fest, ganz lange, mehr als ein Jahr, mehr als drei. Gemäß dem Schriftsteller Frédéric Beigbeder soll die Liebe nur drei Jahre halten. Aber sind nicht Angelina Jolie und Brad Pitt schon viel länger und ganz normale Liebespaare noch viel, viel länger zusammen? Ich glaube an die ewige Liebe.

7. KAPITEL

WEIL DU HEIMAT UND ZUHAUSE BIST[13]

»Nicht, dass ich etwas gegen das Internet hätte, aber es ist schon schade, wie stark angenehme Erfindungen der letzten Jahrhunderte darunter gelitten haben. Es kommt mir fast vor, als radiere das Internet alles Vorhergehende aus.«

»Und mache es flüchtig, zerbrechlich, auflösbar«, setzte Frau Sorel hinzu.

Herr Sorel warf das Thema auf, weil er am Nachmittag einen schönen Sekretär aus dem 18. Jahrhundert ausfindig gemacht hatte, der aussah, als habe Madame de Sevigné ihre 1500 Briefe darauf geschrieben. Er hatte mehrere Schubfächer, Schubladen, einen Stellplatz für das Tintenfass und Rillen für die Federn.

»Was wurde denn vom Internet alles ausradiert? Papier brauchen wir noch, Druckerschwärze auch und vieles mehr.« Julian nahm sich von der Vorspeise, einem leckeren Linsensalat mit vielen fein geschnittenen Zwiebeln.

»Ach, was! Weihnachtskarten kommen als elektronische Ressource, wie es so schön heißt, und, was ganz schlimm ist, das historische Gedächtnis kann verloren gehen.«

»Stimmt nicht, Papa! Du kannst jedes politische Ereignis bis hin zu Marcus Antonius googeln. Das ist phänomenal.«

»Und was ist, wenn sich all das elektronische Wissen in Luft auflöst, verschwindet? Dann kann ich nichts mehr googeln und steh wie der Ochse vor dem Berg. Mit dem Unterschied, dass der Ochse vor einem Berg steht und ich vor dem Nichts.«

»Bücher können auch verschwinden.«

»Oh nein, mein Lieber. In der BnF kannst du Schriftrollen aus der Antike studieren.«

»Genauso wird es in tausend Jahren auch sein, Papa! Nur dass alles Wissen auf winzigen Karten gespeichert ist und vermutlich nicht aus einem unterirdischen Tempel stammt.«

»Das weiß ich, aber …«

»Ja, das wissen wir«, unterbrach ihn Frau Sorel. »Aber wir glauben nicht, dass sich diese Karten über all die Zeit hinweg erhalten.«

»Sie erhalten sich besser als alles andere.«, behauptete Julian mit vollem Mund. Er machte sich hungrig an den Hauptgang. Es gab gebratene Seezunge, sehr lecker zubereitet, und dazu Pellkartoffeln und pürierte Erbsen. Julian liebte Erbsen, besonders als Püree. Monsieur und Madame Sorel gaben sich geschlagen. Jedoch wollte Madame die Segel nicht so ganz streichen.

»Jedenfalls ist es lästig, wenn man telefonisch nur noch mit Automaten zu tun hat und via Mail lieblos abgefertigt wird. Man glotzt ins Kathodenlicht, statt bei echtem Sonnenlicht am Schreibtisch zu sitzen und einen Brief zu schreiben.«

»Also ehrlich«, Julian ballte die Fäuste um Messer und Gabel und drückte sie auf die Tischplatte. »Eigentlich wollte ich fragen, ob ich meine neue Freundin nächste Woche zum Essen mitbringen kann, aber falls ihr solche Themen anschneidet und wie Analphabeten damit umgeht, lass ich das lieber.«

»Was?«, riefen sie wie aus einem Mund. Das hörten sie zum ersten Mal. Nie zuvor hatte Julian die Idee gehabt, eine Freundin den Eltern vorzustellen. Sogleich bemühten sie sich so sehr mit Worten und Händen, als entglitte ihnen etwas Unentbehrliches. Gleichzeitig versuchten sie, ihr brennendes Interesse zu kaschieren.

»Ach, wie schön! Eine neue Freundin?«, lächelte Frau Sorel verlegen. Und Monsieur Sorel meinte sachlich:

»Ich hab kein Problem mit einem anderen Thema, Junge. Was darf es denn sein?«

Julian kümmerte sich wieder um sein Essen. Von der Seezunge war nur noch ein kleiner Teil, vom Erbsenpüree nichts mehr übrig. Er schob sich die restlichen Stücke in den Mund, kaute, schluckte und sagte dann:

»Jedenfalls keine Scheidungsgeschichten. Hingegen würde Lena eine Episode aus deinen Akten über Mörder und Totschläger sehr amüsant finden«, sagte er zur Mutter gewandt.

»Amüsant«, konstatierte Herr Sorel mit hochgezogenen Augenbrauen und setzte hinzu: »Lena. Sie heißt also Lena. Wie nett. Hört sich gut an.«

»Ja, und bitte auch keine schmalzigen Liebesgeschichten aus eurem Leben«, fuhr Julian fort.

»Oh, da fällt mir ein urkomischer Mord ein. Ich hatte den Fall letztes Jahr und für den Mann drei Jahre auf Bewährung herausgeschlagen.«

»Was hat er getan?«, wollte Monsieur Sorel wissen.
»Er hat seine Frau mit dem Bügeleisen erschlagen.«
»Ja.« Julian knallte die flache Hand auf den Tisch. »Das wird Lena auch gut finden. Das ist krass anachronistisch.«

*

Eine Woche darauf wurde Lena von den Sorels mit einem exzellenten Abendessen verwöhnt. Der Lachs war in cremiges Spinatgemüse gewickelt und lag auf zwei Esslöffeln Risotto. Dazu gab es Weißwein. Dass es köstlich schmeckte, war Lena anzusehen. Ihre Wangen glühten, ihre Augen funkelten und mit herzhaftem Appetit leerte sie ihren Teller bis auf den letzten Bissen. Noch Tage danach schwärmte sie von dem schönen Abend und vergaß dabei nicht, Julian zu seinen coolen Eltern zu gratulieren. Die beiden hätten eine echt schrullige Art, sich gegenseitig anzugreifen, juristische Fehltritte an den Kopf zu werfen und dabei so heftig zu werden, dass man fürchte, sie sprängen sich gleich an die Gurgel, sagte sie Julian. Das täusche, antwortete dieser. Hinter den feurigen Vorwürfen stecke genug Liebe, um keinen ernsthaften Groll aufkommen zu lassen. »Es ist einfach toll, wenn Liebe ein Leben lang hält. Nur, wie schafft man es?« Ernst sah er Lena an. Ein wenig zu ernst vielleicht.

*

»Warum habt ihr euch eigentlich getrennt, Papa?« Vater und Tochter saßen im Esszimmer beim Frühstück. Hell flutete die Februarsonne durch die hohen Fenster und wie üblich knisterte das Kaminfeuer. Auf dem Parkettboden streckte Kater Leonard alle viere von sich.

Es war Sonntag, der einzige Tag der Woche, an dem Franzosen normal frühstücken. Nicolas Bellami hatte Croissants und Baguette geholt, während Lena in der Zeit die Kaffeemaschine angestellt und den Tisch mit dem altmodischen Kaffeeservice gedeckt hatte, das ihr Vater so liebte.

»Nun …« Nicolas tauchte die Spitze seines Croissants in den Milchkaffee und biss hinein. Nachdem er gekaut und geschluckt hatte, redete er weiter: »Wir liebten uns einfach nicht mehr.«

»Lässt sich so was verhindern?«

Bellami tunkte den Rest seines Croissants in den Kaffee, nahm einen großen Bissen und kaute dieses Mal etwas länger. Lena hatte zunächst den Eindruck, ihm läge ein kategorisches »Nein« auf der Zunge. Aber er überlegte. Und nun wackelte er mit dem Kopf, als wäge er ab.

Gespannt blickte Lena auf seinen Mund. Statt diesen zum Sprechen zu öffnen, schloss er die Augen. Verdammt, dachte Lena. Sag schon was. Ich will wissen, was ich tun muss, damit mir nicht das passiert, was euch, Claires, Brittas und Saschas Eltern sowie noch etlichen anderen Paaren passiert ist.

»Nun«, fing er wieder an, nachdem er geschluckt und mit Kaffee nachgespült hatte. »Ich weiß es nicht. Jedenfalls ist es eine Tatsache, dass Leidenschaft nachlässt. Es ist nicht möglich, vierzig Jahre mit derselben Person ins Bett zu gehen, sie ein Leben lang hocherotisch zu finden und auf sie abzufahren wie mit siebzehn oder fünfundzwanzig. Das hat es noch nie gegeben.«

»Weil die Menschen früher nicht so alt wurden. Frauen starben, nachdem sie zehn Kinder geboren hatten, und die Männer mussten der Kinder wegen wieder heiraten.«

»Richtig. Aber heutzutage hat der Mensch nicht nur eine höhere Lebenserwartung, er hat überhaupt höhere Erwartungen an das Leben. Man braucht den Kitzel.«

»Scheiß Kitzel.« Sie wusste keine bessere Antwort. Kitzel! Kitzel! Das konnte eine andere Frau, ein anderer Mann, aber es konnte auch ein anderes Verhalten sein, ein gemeinsames tolles Erlebnis. Plötzlich spürte Lena einen leichten Biss im Ellbogen. So machte sich Leonard bemerkbar, wenn er sich vernachlässigt fühlte.

»Deine Mutter hat viel gejammert und ständig an ihrem Aussehen herumgemäkelt, so lange, bis ich schließlich alle Makel zusammenzählte und nichts Gutes mehr an ihr fand.«

»Und sie nichts mehr an dir. *Du* warst ihr zu desinteressiert und *sie* langweilte dich zu Tode.« Lena stand auf. »Ich ertrag diese

Schuldzuweisungen nicht mehr. Ein Benehmen wie im Kindergarten. Hoffentlich bin ich nicht so blöd wie ihr.«

Sie ging hinaus, gefolgt von Leonard. In der Küche stand noch immer ihr Schokoladengetränk und war mittlerweile kalt. Nachdem sie es in die Mikrowelle gestellt hatte, schüttete sie Futter in Leonards Fressnapf und füllte ein wenig Milch in sein Trinkgefäß. Die Mikrowelle klingelte und sie kehrte mit der heißen Schokolade ins Esszimmer zurück. Ihr Vater sah stumm auf seine Kaffeetasse, in der Croissantstückchen schwammen.

»Entschuldige.« Sie setzte sich wieder. »Du hast Falten auf der Stirn und eine ganz dicke über der Nasenwurzel. Sorgen?«

»Mir kam der Gedanke, es könnte mit Christel eines Tages so werden wie mit deiner Mutter. Dann wäre ich fünfundsechzig. Schreckliche Vorstellung, in dem Alter noch mal von vorn anzufangen.«

»Genau! Deshalb: Vorbeugen, Papa, vorbeugen! Das werde ich tun.«

Ungläubig sah der Angesprochene auf. Verwundert fragte er, warum sie denn in ihrem sehr jugendlichen Alter vorbeugen wolle. Ihr jetziger Freund könne doch unmöglich schon der Mann ihres Lebens sein.

»Warum nicht?« Lena sprang um den Tisch herum und gab ihrem Vater einen Kuss auf die Wange. Gerührt sah er sie an.

»Ich fahre übrigens nächste Woche mit Christel übers Wochenende weg. Wirst du dich auch nicht fürchten, so ganz allein mit Leonard? Bei Einbruch kann er dich nicht verteidigen, er ist schließlich keine Raubkatze, obwohl er sich manchmal so aufführt.«

Lena lachte erfrischend. Sein Ausflug käme ihr sehr gelegen, rief sie. Jetzt könne sie endlich eine kleine Soiree mit Freunden veranstalten, ohne vom Hausherrn beobachtet zu werden.

»Aber bitte, leere mir nicht meinen wertvollen Weinkeller. Es sind Flaschen im Wert von mehr als hundert Euro darunter.«

»Keine Sorge. Wir werden schon die richtigen raussuchen.« Sie räumte ihr Geschirr ab, stellte es in den Geschirrspüler und verschwand in ihrem Zimmer. Jetzt widmete sich ihr Vater seiner Zeitung und dabei wollte sie ihn nicht stören.

8. KAPITEL

DIE GEFLÜGELTEN HELFER DER LIEBE

Im Feinkostladen Verot kaufte sie Häppchen unterschiedlicher Geschmacksrichtungen. Geräucherten Lachs, Schinken, Frischkäse. Dann Kirschtomaten, Kräcker, Salzgebäck, Oliven. Sie richtete es auf ovalen Tellern und auf einer großen Silberplatte an. Ein Gefäß mit farbigen Zahnstochern und viele, viele Gläser. Sie hasste Pappbecher: Wein und Champagner schmeckten scheußlich in Pappbechern, deshalb entschied sie sich für Gläser. Abwasch war kein Problem, wozu hatte man Geschirrspüler. Allerdings musste sie mit Scherben rechnen. Claire half ihr ein wenig und Atmosphäre schaffte die schöne, große Wohnung, ins beste Licht gerückt, die Musik und der Kater, der wie ein König auf seinem Sessel thronte und die eintrudelnden Gäste mit scharfem Blick taxierte. Julian kam nicht viel später als Claire. Er brachte etwas Deko mit: Blumen, einen Stapel roter Papierservietten und natürlich die obligate Champagnerflasche. Es wurde wirklich ein gelungener Abend. Lena war stolz. Die fünfundzwanzig Freunde fühlten sich wohl, diskutierten lebhaft, köpften eine Flasche nach der anderen. Die Gläser schäumten.

Als schlimm empfand Lena jedoch das Gebaren ihrer Freundin Britta an diesem Abend: Sie heftete ihren Blick statisch auf Julian, fixierte ihn fast ununterbrochen, sodass er irgendwann nicht anders konnte, als ihrem Blick zu begegnen. Selbst als die beiden Verliebten Hand in Hand auf dem Sofa saßen, hörte sie nicht auf, den jungen Mann anzustarren. Während sie da saß, Julians Hand in der ihren spürte und gleichzeitig Brittas Blick auf ihm, breitete sich ein unangenehmes Gefühl in Lena aus. Sie fing an zu schwitzen. Auf ihrer Stirn glitzerten Schweißperlen, ihre Hände wurden feucht. Ihr Herz klopfte bis zum Hals und im Gegensatz zu ihrem Nacken und ihrer Stirn war ihr Mund ausgetrocknet. Angst, hämmerte es in ihr. Du hast Angst, dass er mit dieser Kuh anbändelt. Nur weil die glotzt, bist du total verunsichert? – Abrupt ließ Lena Julians Hand los, sprang auf und ging in die Küche. Sie gesellte sich zu Claire und Claudine, die aufgeregt miteinander tratschten, dabei Chips futterten und Champagner in sich hineinkippten. Überall standen Gläser, auch auf dem Boden, und Lena beglückwünschte sich, die billigen, aber dennoch stabilen von Beldeco genommen zu haben. »Was ist los, Lena? Bist du etwa mit deiner tollen Party unzufrieden?« Josephine reichte ihr ein gefülltes Glas, das Lena entgegennahm. Sie stürzte den Inhalt in einem Zug hinunter, schüttelte auf Claudines Frage hin den Kopf und presste die Lippen zusammen. Dass ihr zum Heulen zumute war, sollte keiner merken. Claire allerdings konnte sie nichts vormachen.

»Ach komm, spuck's schon aus!«

»Schau da!« Lena wies ins Wohnzimmer, wo auf dem Canapé noch immer Julian wie von Brittas Blick hypnotisiert dasaß. »Sie will ihn mir ausspannen. Und wie wir sie kennen, wird es ihr gelingen. Sie ist ein Profi darin.«

»Nichts da.« Claire leerte ihr Champagnerglas, füllte es mit Wasser und marschierte resolut ins Wohnzimmer. Sie stellte sich vor Britta hin, sagte etwas zu ihr, was von der Küche aus nicht zu verstehen war, und schleuderte ihr daraufhin den Inhalt des Glases ins Gesicht. Julian sprang auf und rannte an Britta vorbei in die Küche.

»Was ist los? Bist du etwa auf die Tusse eifersüchtig? Das kann doch nicht wahr sein?«

»Doch, es kann! Diese Kuh ist das reinste Feuerzeug, sie zündet jeden Typen an, der 'ne Freundin hat, um zu sehen, ob sie ihn rumkriegt.« Claudine prostete Lena zu und Julian tippte sich an die Schläfe.

»Was will ich denn von so einer?«

»Tu nicht so unschuldig. Du hast dich schamlos anglotzen lassen!«

»Und du? Soll ich bei jedem Typen, der dich anstiert, gleich durchdrehen?«

Indessen hatte sich im Wohnzimmer ein Wortgefecht zwischen Britta und Claire entzündet, in das sich andere Mädchen einmischten. Britta tobte. Sie beschimpfte den engen Freundeskreis um Lena auf übelste Weise. Wenige schlugen sich auf ihre Seite, ob es nun aus Höflichkeit gegenüber der Gastgeberin war oder aus echter Freundschaft für Lena, jedenfalls zog Britta bald darauf ab.

»Ich steh nicht auf Professoren und dämliche Partys!«, schrie sie verächtlich, bevor sie die Tür zuschlug.

»Zicke.«

»Brandstifterin.«

»Hübsch, aber dämlich.«

Kommentare dieses Kalibers warfen sich die Gäste wie Bälle zu, bis schließlich einer behauptete, Britta wäre im Grunde ein nettes Mädchen mit destruktiven Zügen. Und schon entfaltete sich eine Diskussion über Destruktives und Konstruktives, über Gut und Böse, Macht und Ohnmacht.

Julian und Lena nahmen daran nicht teil. Am Ecktisch in der Küche saßen sie nebeneinander, hielten sich an den Händen und sahen sich an. Hin und wieder fiel ein Wort, manchmal auch ein ganzer Satz. Irgendwann setzte sich jemand dazu. Lena lehnte ihren Kopf an Julians Schulter und schloss die Augen.

*

Sie schliefen lange am nächsten Tag. Und als Lena zur Toilette ging und über leere Flaschen, Essensreste, volle Aschenbecher und kaputte Gläser steigen musste, eilte sie schnell wieder ins Bett zurück. Um halb eins rappelten sie sich dennoch hoch, duschten gemeinsam und tranken ein Glas Orangensaft. Der Sonntagsmarkt brach gegen halb zwei seine Zelte ab, also hatten sie noch eine halbe Stunde.

Vor dem Brotstand hielt Lena an. Dahinter wuselten drei junge Männer, die ganz unterschiedlich angezogen waren und immer gute Laune hatten. Der Witzigste trug bei kaltem wie warmen Wetter eine bunte Zipfelmütze. Im Winter war sie aus dicker Wolle, im Sommer vermutlich aus dünnerem Garn. Der Zipfel hing schräg über dem linken Auge des Verkäufers und wippte, wenn er seine Brote anbot.

»Sehen Sie diesen Laib, Madame? Schon seine Form ist ein Kunstwerk, ganz zu schweigen von seinem Geschmack. Un-er-reich-bar gut, Madame. Ich wette, sobald Sie eine Scheibe davon mit Butter bestreichen, Marmelade, Käse oder Schinken hinzugeben, werden Sie singen vor Glück. Und Sie werden nicht mehr aufhören, bis Sie den ganzen Laib verspeist haben.«

»Das ist nicht gut. Brot macht dick«, rief ein Käufer.

»Nicht dieses. Es ist eine exquisite und höchst bekömmliche Vollkornmischung.«

»Und das hier?«, wollte Julian wissen und zeigte auf ein rustikales rundes Brot. Der Zipfelmann leckte sich daraufhin die Lippen.

»Köstlich! Überaus köstlich. Es besteht aus Weizenmehl, Milch, Trockenhefe, Schweineschmalz, etwas Zucker, etwas Salz. Eine dicke Schnitte mit Schmalz bestrichen, dazu einen Apfel und Sie bewegen sich den Rest des Tages im Tangoschritt.«

Lachend beugte sich Julian zu Lena und flüsterte ihr ins Ohr.

»Der ist sicher nicht ganz dicht. Er sieht auch ein bisschen bescheuert aus, findest du nicht?«

Damit der Verkäufer nichts von Julians Bemerkungen mitbekam, strahlte ihn Lena überfreundlich an. Dabei betrachtete sie ihn zum ersten Mal genauer: Aus der Zipfelmütze zottelte dünnes, ungepflegtes Haar, seine Augen lagen tief in den Höhlen, seine Nase war sehr schmal und endete mit einer Art Knopf.

»Seine Nase sieht aus wie ein Saugnapf«, antwortete sie im Flüsterton. »Er ähnelt dem gruseligen Typ mit dem Tintenfischkopf aus ›Fluch der Karibik‹.« Der Zipfelmützenmann verstand ihr Geflüster nicht. Er zeigte lachend seine schiefen Zähne und die beiden Verliebten lachten mit. Und weil sie so herzlich lachten, stimmte der nachfolgende Kunde mit ein, der folgende ebenfalls und bald lachte die ganze Schlange, ohne zu wissen worüber. Aber daran störte sich niemand. Hauptsache, man war vergnügt, und dazu gab es Anlass: Die Sonne schien, die Verkäufer hatten ansteckend gute Laune, am Weinstand gegenüber wurde Cidre ausgeschenkt, auf dem Markt vibrierte das Leben. Niemanden zog es nach Hause, obwohl es recht kühl war.

Am Nachmittag räumten Julian und Lena die Wohnung auf. Dazu brauchten sie zwei Stunden. Julian brachte den Müll ins Untergeschoss zu den Containern, Lena wischte Flecken vom Parkettboden und kontrollierte die beiden Toiletten. Als Julian zurückkam, fingen sie mit der Zubereitung des Essens an. Zum gebratenen Fisch eine Salatmischung aus Tomaten, Avocados, Zwiebeln und Feldsalat. Dazu das Superbrot vom Zipfelmann.

Mittlerweile war es sechs Uhr.

»Kochen ist eigentlich leicht«, sagte Julian, als sie am Esszimmertisch saßen.

»Wenn man für jemanden kocht, den man mag, ist es superleicht.«

»Babyleicht, wie mein Bruder sagt. Darauf trinken wir.«
Sie stießen an – dieses Mal mit Wasser.

*

Weil du Heimat und Zuhause bist[14]

Frühling in Paris ist traumhaft. Der geputzte Sandstein der Haussmann-Gebäude glänzt in weichem Licht, der Himmel strahlt im schönsten Blau des Jahres, die Luft ist mild, in den Parks blüht und zwitschert es. Alle Bistros, auch jene, in die wir uns im Januar niemals gesetzt hätten, weil sie grau wirkten, entfalten zu dieser Jahreszeit ihren Pariser Charme. Junge Frauen gehen spazieren oder fahren auf Mofas in luftigen Kleidern, kurzen Röcken oder Shorts, je nachdem, was die Mode vorschreibt, vergnügt durch die Stadt, ältere Frauen rollen Hosen oder Röcke hoch, ziehen den Ausschnitt so tief wie möglich und lassen sich in den Grünanlagen von der Sonne bescheinen. Viele junge Männer sehen in ihren leichten Blousons und sommerlichen Hemden besser aus als im Herbst und Winter und die Rentner spielen Pétanque oder Schach im Jardin du Luxembourg. Auf den frei zugänglichen Rasenflächen toben Kinder, breiten junge Mütter Decken für ihre Babys aus, picknicken Schüler und Studenten. Die grünlackierten Häuschen des Parks, manche sind hundert Jahre alt, öffnen ihre Theken, stellen Tische und Stühle in ihre Vorgärten und an den Schiffschaukeln stehen Kinder mit Zuckerwatte Schlange. Das Marionettentheater, in dem schon der junge Marcel Proust gesessen hat, reißt Fenster und Türen auf, damit die Maisonne die kalten Tage aus allen Winkeln vertreibt. Und überall blüht es. Selbst die Büste des mürrischen Baudelaires lächelt ein wenig. Es ist einfach himmlisch. Toskanisch schön.

Statt diesen wunderbaren Monat auf der Terrasse eines Pariser Cafés in Saint-Germain des Prés zu genießen, flüchten meine Freunde an die sonnige Südküste Frankreichs und planschen im Mittelmeer. Ich habe sie zu dieser Zeit nie begleitet, und werde es auch jetzt nicht mehr tun. Denn jetzt gibt es außer dem schönen Pariser Mai auch Julian.

9. KAPITEL

ERSTER STREIT

»An Neujahr kannst du von hier aus die Verrückten beobachten, wie sie sich bei Januarkälte mutig ins Wasser stürzen. Alle Altersgruppen vom Zehnjährigen bis zu Oma und Opa. Das ist bretonische Tradition und soll für das neue Jahr einstimmen.«

Lena schüttelte sich bei diesen Worten mit gespieltem Frösteln, denn es war ein sonniger Tag im Juni, als sie mit Julian auf der Terrasse eines Manoirs in Dinard stand und zum Meer hinunterblickte. Sie kuschelte sich in seinen Arm, klapperte mit den Zähnen und verzog dabei ihr Gesicht zu einem schiefen Lachen. Es war Julians Idee gewesen, ein verlängertes Wochenende hier oben zu verbringen. Inhaberin des zierlichen Märchenschlosses war die Großmutter seines Freundes Eric. Seit dem 19. Jahrhundert in Familienbesitz, diente es unter anderem dazu, mehrmals jährlich alle Familienmitglieder zusammenkommen zu lassen. Mittlerweile hatte sich allerdings ein Teil der Angehörigen auf Fort Myers in Florida und Cornwall in England verteilt, sodass das schöne Gemäuer die meiste Zeit des Jahres nur von der Großmutter und ihren beiden Bediensteten bewohnt wurde.

Eric jedoch kam fast jedes Wochenende und brachte immer einige Freunde mit. Julian wurde Stammgast. Er wuchs der Großmutter ans Herz wie ein Enkel, und das lag nicht nur an seinem höflichen Verhalten der Dame gegenüber. Er hatte bei ihr einen Stein im Brett, weil er anders war als sämtliche Freunde Erics und weil er auf ihrem Pleyel-Klavier genauso spielte, wie sie es liebte. Oh, natürlich hatte sie nichts gegen die fetzigen Klänge, die hin und wieder ein Besucher aus dem Instrument holte, indem er mächtig in die Tasten haute. Mancher wiederum hielt sich für einen kleinen Liszt und massakrierte in fürchterlichem Getöse die Polonaise in E-Dur. Ein guter Pianist überzeuge durch Pianissimo, behauptete Madame Gaspard, was nicht gleich einen zaghaften Anschlag bedeute. Ein guter Musiker greife in die Tasten wie der Wind in das Blätterwerk eines Laubbaumes und je nach Temperament erklingt aufgepeitschte oder sanfte Musik.

»Einfach toll, dass wir hier sein können.« Lena blinzelte und sah an den Türmen hinauf in den Himmel. »Und diese Großmutter ist echt ein Knüller. Meine Oma ist auch eine liebe Oma, aber sie hat leider kein Schloss.«

Julian drehte ihren Kopf in seine Richtung und küsste sie lange. Eine Weile blieben sie eng umschlungen stehen, dann gingen sie über die Steinplatten der Terrasse zur Ostseite des Gebäudes, wo man über eine breite Glastür Zugang zur Küche hatte. Der Geruch von gebratener Scholle wehte ihnen entgegen. Es war kurz nach eins.

Am Mittagstisch saßen Erics Großmutter, deren Schwester und ein Ehepaar im gleichen Alter. Die Dame des Hauses thronte an der Stirnseite. Sie sah noch recht frisch aus für ihre sechsundsechzig, kleidete sich aber ganz und gar nicht wie ihre supermodernen Altersgenossinnen, die sich in tief ausgeschnittene Kleider zwängten oder hautenge Jeans trugen, aus denen die Bauchringe quollen. Sie gehörte weder zu den extrem mageren älteren Damen mit dunkel gefärbten Haaren und faltigem Gesicht, noch zu den gelifteten, deren Augen und Münder ständig offen standen: Madame Gaspard hatte das Aussehen einer gepflegten, natürlich jung gebliebenen Frau, die jedoch zu ihrem Alter zu stehen schien. Sie scheute sich nicht, das Haar in einem Kranz auf den Hinterkopf zu knoten und mit hübschen Spangen zu verzieren. Und sie traute sich sogar, eine Perlenkette und Perlenohrringe zu einem Chanelkostüm zu tragen. Sie entsprang bis aufs kleinste Detail einem Modekatalog der Sechzigerjahre. Neben ihrer Schwester mit dem blond gefärbten und modisch gestylten Haarbusch wirkte sie anachronistisch. Lena sagte, genauso wolle sie aussehen, wenn sie alt sei. Niemals würde sie sich botoxen oder liften lassen. Heutzutage gehöre mehr Mut dazu, all diese Dinge nicht zu tun, als es zu tun.

Die Schlafzimmer waren über den zweiten und dritten Stock verteilt, und ganz oben im Dachgeschoss gab es ein kleines Büro für Madame Gaspard. Sie nannte es ihren »Elfenbeinturm«. Dort schrieb sie noch echte Briefe, keine E-Mails. Julian und Lenas Zimmer lag im zweiten Stock und wies zum Meer. Seine Fenster waren hoch, schmal und aufgrund der dicken Schlossmauern vom Wohnraum eineinhalb Meter entfernt. Julian erklärte, dass manche Franzosen Ruinen aus dem 15. oder 18. Jahrhundert aufkauften und sie mit Fantasie und viel Geld in Schmuckstücke verwandelten. In Dinard hatten im 19. Jahrhundert vor allem Engländer ihre Spuren hinterlassen und der alte Gaspard, in den Achtzigerjahren des 19. Jahrhunderts zwanzig Jahre alt, war in eine dieser englischen Spuren getreten und hatte sich ein Haus im Tudor-Stil gekauft.

Die Nacht war mild. Bei offenem Fenster schliefen sie miteinander, lagen dann eng umschlungen und lauschten dem Raunen der Nacht, in das sich das Wellenschlagen des Meeres und das leise Singen des Windes mischte.

»Bei meinem ersten Mal war ich schon sechzehn. Und weil ich es unbedingt hinter mich bringen wollte, hab ich mich einem Aufreißer an den Hals geworfen. So 'nem Typen, der Mädchen zählt wie andere die Filme, die sie mal eben im Internet runtergeladen haben. Genau so war er: Er lud sich die Mädchen runter. Eine nach der anderen. Und weil ihn alle toll fanden, sämtliche Girlies der Schule von ihm schwärmten und auch ich auf seiner Checkliste stand, habe ich es mit ihm gemacht. Ich war stolz, dass er mich wollte.«

»Und?« Das schwache Licht der Ecklampe spiegelte sich in Julians Augen. Er lächelte spöttisch.

»Nichts ›Und?‹. Danach war ich um eine Erfahrung reicher und um eine Illusion ärmer.«

»Man sollte eben nie mit falschen Vorstellungen an die Sache rangehen.«

»Welche falschen Vorstellungen?«

»Na, der Vorstellung von Liebe.«

»Ja, klar. Das ist altmodisch. Unsere Mütter gingen nur mit dem Mann, den sie liebten, ins Bett, unsere Großmütter durften vor der Ehe nicht und wurden verheiratet.«

Julian richtete sich im Bett auf und erklärte Lena, dass sie sich verrechnet habe.

»Unsere Mütter waren in den Siebziger- und Achtzigerjahren jung und schliefen mit allem, was sich bewegte, unsere Großmütter wiederum wollten nur mit dem wirklich und wahrhaftig geliebten Mann ins Bett und unsere Urgroßmütter wurden verheiratet, ohne lange gefragt zu werden.«

»Und wie sieht es also heute aus, du Schlaumeier!«

»Ich weiß es nicht. Alle wollen Sex. Das ist okay. Aber ich bin für die Liebe. Alles ist schöner, wenn man liebt.« Er sah sie liebevoll an. Lena umarmte ihn und zog ihn zu sich herunter.

Es war fast drei Uhr und eine sternenklare Nacht. Nachdem sie sich mehrmals gegenseitig gefragt hatten: »Schläfst du schon?«, und immer die Antwort »Nein! Und du?« gehört hatten, beschlossen sie, aufzustehen.

»Findest du es nicht sonderbar, dass alles in der Nacht viel stiller ist als am Tag? Sogar die Wellen schlagen leise ans Ufer«, bemerkte Lena, als sie im Freien waren.

»The sound of silence«, antwortete Julian grinsend und gab seiner Freundin einen langen Kuss. Unter der gleißenden Mondsichel und den unendlich vielen Sternen glänzte das Meer silberschwarz. Arm in Arm spazierten sie den schmalen Weg der Küste entlang. Es war unheimlich und schön. Links vom Pfad breitete sich die Wiese mit ihren gebleichten Dünengräsern aus, weiter in der Ferne, dort wo das Land sanft anstieg, hoben sich die vom Mondlicht erhellten Fassaden der Häuser aus dem Dunkeln. In einem von ihnen brannte Licht. Lena atmete auf:

»Wenigstens kann uns jemand schreien hören, falls wir von einem Verrückten angefallen werden.«

»Hier gibt es keine Verrückten.« Er zog sie fester an sich.

»Die gibt es überall. Und es genügt ein Gestörter mit mörderischen Absichten.«

»Das stimmt. Aber wir sind zwei. Und gemeinsam sind wir stärker.«

Zu ihrer rechten Seite zogen sich die Dünen als Hügellinie weiter bis zu einem ausgetretenen Sandpfad, der anstieg und dann zu einer kleinen Bucht hinunterführte. Tagsüber war sie mit Touristen überfüllt, denn sie lag durch die Felsvorlagerungen geschützt, und das Wasser war wärmer als das am offenen Meer. Nun, mitten in der Nacht, lag sie verlassen da und wirkte durch das silbrige Mondlicht gespenstisch.

Die beiden setzten sich in eine Aushöhlung der Bucht und sahen übers Meer. Es sah aus wie ein gigantischer Spiegel, unter dem sich Ungeheuer zu tummeln schienen. Von ihrer Nische aus hatten sie nicht den weiten Panoramablick, den die Terrasse von Madame Gaspards kleinem Schlösschen bot, aber sie konnten den Leuchtturm sehen. Lena kuschelte sich an Julian.

»Oben im Leuchtturm ist eine gigantische Glühbirne, die das Meer und den Küstenstreifen überwacht, aber im Inneren ist es schummrig, und wenn es ringsherum stürmt, muss es dort drinnen richtig gruselig sein. Da draußen allein, im Leuchtturm gefangen, rundum nur Meer. Irre! Mir stehen die Haare zu Berge. Brrr.« Lenas Arme schlüpften unter Julians Jacke.

»Ihr seid das Licht der Welt … Also lasst euer Licht leuchten vor den Leuten, dass sie eure guten Werke sehen und euren Vater im Himmel preisen.«[15]

Verdutzt blickte Lena ihren Freund an. So einen Spruch hörte sie zum ersten Mal von ihm. Sie zog an seinen Haaren und fragte, ob die geisterhafte Nacht ihn schon verzaubert hätte und wo er das gelesen habe.

»Es steht in der Bibel.«

»Du liest die Bibel?« Sie zupfte ihn am Ohr. Ernst sah er sie an.

»Nun, ich bin kein Fanatiker, Lena. Weder in die eine noch die andere Richtung. Ich lese in der Bibel, in der Tora, im Koran. Überall stehen ganz interessante Dinge drin und hin und wieder sogar recht gute Sprüche.«

»Ach ja, du hast ganz recht. Ich habe irgendwo gelesen, dass Leuchttürme die Kathedralen der Meere sind. Natürlich nicht architektonisch gesehen.« Sie kicherte. Julian warf den Kopf zurück. Er lachte.

»So ein Leuchtturm sieht wahrhaftig nicht sehr gotisch aus. Aber ich weiß, was du sagen willst. Sie sind Bastionen der Erleuchtung, wie eine Kathedrale.«

»Sozusagen.« Eine Weile hatte sie Julians Gesicht im Schatten des Mondlichts betrachtet. Jetzt lehnte sie den Kopf wieder an seine Schulter. Plötzlich hatte sie keine Angst mehr. Weder vor dem unheimlichen Meer, das wie ein gigantisches Ungeheuer mit einem silbrig glänzenden Fell vor ihnen lag und laut ein- und ausatmete, noch vor dem Zwielicht dieser schönen, gruseligen Nacht.

*

Kaum hatte Cupido Zeit, sich in der Toskana von seiner anstrengenden Tätigkeit auszuruhen – er hatte außer Lena und Julian noch andere Paare erfolgreich zusammengeführt –, schon erreichte ihn die Einladung zu einem Cupidotreffen. Sie kam weder per SMS noch per E-Mail oder gar altmodisch postalisch. Sie kam per Telepathie. In seinem Inneren hörte er den Aufruf zu einem Treffen im Boboli-Garten in Florenz. Diesen Garten hatte er seit seinem Entstehen im Jahre 1550 nicht mehr gesehen. Cupido kannte alle Medicis von Lorenzo dem Prächtigen an bis zu Cosimo I., dem Großherzog der Toskana. Cupido hatte ihre Intrigen und politischen Schachzüge miterlebt. Ihre grässlichen Familienfehden, die sich in Grausamkeit und Gemeinheit keinen Deut von dem blutigen Zwist der Familien Borgia, Orsini und Colonna im Kirchenstaat Rom unterschieden, hatten wenig Platz für echte Liebe gelassen. Und was war schon echte Liebe? Darüber sollte beim Cupidotreffen diskutiert werden.

Sie trafen sich in der Nacht im Amphitheater. Manche saßen auf dem Rasenplatz, einige auf dem Rand des Granitbeckens, die meisten jedoch tummelten sich in den steinernen Bänken des Theaters. Viele von ihnen waren nicht erschienen.

»Wir sind zusammengekommen, um über die Liebe, also über unsere Zukunft, zu diskutieren. Wie ich sehe, ist unsere Zahl geschrumpft. Viele arbeiten mittlerweile auf Provisionsbasis – eine Schande, wenn ihr mich fragt –, andere haben ihre Köcher für immer an den Nagel gehängt und faulenzen. Sie werden jämmerlich zugrunde gehen, denn was für den Menschen gilt, gilt auch für uns: Arbeit und Liebe halten fit. Bleiben also wir, die Ernsthaften, diejenigen, die an die Liebe glauben.«

Der Vorsitzende sah betrübt in die kleine Runde. Als einziger Cupido hatte er Falten auf der Stirn und graue Schläfen. Hätte er sie nicht, wäre er nicht der Vorsitzende. Im Gegensatz zur Welt der Menschen, in dem der Jugendwahn herrschte, erreichte unter den kleinen Göttern nur derjenige einen Sitz im Vorstand, der auf eine reiche Erfahrung zurückblickte und dem das Alter anzusehen war. Das allerdings konnte, aus menschlicher Sicht, sehr, sehr lange dauern, denn Cupidos alterten nicht in Jahren, sondern in Epochen. Der Vorsitzende begann seine Tätigkeit im 13. Jahrhundert, zur Blütezeit des Hochmittelalters, und hatte demnach elf turbulente Geschichtsepochen hinter sich.

»Sammeln wir zunächst einige Gründe, warum es mit der Liebe heutzutage schlecht bestellt ist.«

»Einspruch!«, rief ein Cupido mit großen Füßen.

»Einspruch stattgegeben«, antwortete Cupido Sophia, der Vorsitzende.

»So schlecht ist es nicht bestellt, Meister. Es gibt viele junge Menschen, die ein Leben lang zusammenbleiben wollen.«

»Liebe währt drei Jahre. Das ist der aktuelle Slogan«, entgegnete ein anderer.

»Es gibt überall Versuchung, Neugier, Entdeckungslust«, meldete sich ein Dritter. Und mit einem Mal schrien alle durcheinander.

»Lust und Genuss.«

»Sobald die erste Leidenschaft abflaut, geht's auf zur nächsten Leidenschaft. Das ist die Parole. Darum brauchen wir andere Waffen. Pfeile sind definitiv out of time.«

»Schuld an allem ist Mark Zuckerberg und alles, was er in seinem Schlepptau mitführt. Auf Facebook haben die jungen Menschen dreihundert und mehr ›friends‹, die sie nie zu Gesicht bekommen und von denen sie nicht wissen, ob deren virtuelles Profil der Wirklichkeit entspricht. Von allen will man geliebt werden. Like heißt das.« Die Rede kam vom Cupido Intellectus. Er war der Professor unter den Cupidos und trug eine Brille.

»Das Internet hat eine Gesellschaft von Automaten geschaffen. Ich bin gegen das Internet! Und wollen wir weiterhin existieren, müssen wir unsere Pfeile einmotten und uns mit Kalaschnikows ausrüsten!«, schrie aufgeregt Cupido Aggressivus. Er bekam einerseits heftige Zustimmung, wurde andererseits angegriffen. Wieder redeten alle durcheinander.

»Oh, wie richtig«, meldete sich Cupido Provincial, ein kluger Liebesgott, aus dessen Ohren Blätter wuchsen. »Der heutige Mensch hat einen Teil seines Gedächtnisses an den Computer abgetreten. Sein Denken kann nicht mehr fließen, weil es ständig von E-Mails, SMS oder Anrufen unterbrochen wird. Er surft durchs Internet, googelt, telefoniert, tippt und denkt zugleich, wodurch ein heilloses Durcheinander im Kopf entsteht.« Das Ende seines Satzes erstarb in wütenden Zwischenrufen. Cupido Sophia bat um Ruhe und erteilte

Cupido Internetus das Wort. Dieser hatte Mühe, sich Gehör zu verschaffen. Seine Stimme war dünn und sein Körper im Verhältnis zu seinem Kopf erstaunlich klein.

»Eure Ablehnung erinnert mich an die gute alte Zeit in Florenz. Jede technische Revolution bringt einen Teil der Menschheit auf die Barrikaden. Als der Buchdruck aufkam, hat man das Ende der kunstvoll geschriebenen Manuskripte als böses Omen gesehen. Es kamen Kino, Radio, Fernsehen und man unkte, der Mensch verblöde. Video killed the radio star. Mittlerweile ist wissenschaftlich erwiesen, dass unser Gehirn nicht schrumpft.«

»Aber es erweitert sich auch nicht!«, kam ein Zwischenruf.

»Es hat sich verändert«, fügte Cupido Sophia hinzu. »Durch die enorm unterschiedliche Stimulanz ist es kreativer geworden. Unser Gedächtnis hat sich entwickelt, die Konzentration hingegen hat nachgelassen. Zu tiefgründigen Gedanken sind wir kaum noch fähig. Analytisches Denken leidet, womit wir bei den Philosophen der Jetztzeit angelangt sind. Sie schreiben flott, amüsant, abwechslungsreich in einer Kindersprache, die jeder versteht. Damit gewinnen sie ein großes Publikum und Preise. Große Denker muss man mit der Lupe suchen und genauso ist es mit der großen Liebe.«

»Nein!«, schrien nahezu alle im Chor. Sie schnellten von ihren Sitzen hoch oder flatterten aufgeregt unter den Wipfeln der Zypressen. »Die große Liebe feiert ihre Auferstehung. Wir werden dazu beitragen!«

Beschwichtigend streckte Cupido Sophia seine Arme aus. Nur langsam beruhigten sich die Gemüter und erst als völlige Stille herrschte, sagte er:

»Es freut mich, euch so vereint für eine Sache engagiert zu sehen, die auch mir am Herzen liegt. Nur die aufrichtige Liebe zweier Menschen zueinander nährt die Liebe der Menschen überhaupt. Aus unserer Erfahrung wissen wir von unzähligen Liebespaaren, die durch den Tod frühzeitig getrennt wurden. Romeo und Julia, Hero und Leander, Heloise und Abaelard werden uns immer als die idealen, sich ewig Liebenden vorgeführt, dabei starben sie ganz jung. Orientieren wir uns lieber an Philemon und Baucis, Perikles und Aspasia, Jorinde und Joringel, Daphnis und Chloe.

Sie lebten glücklich bis an ihr Lebensende.« Nun versammelten sich alle brav und still um Cupido Sophia. Als er nach Stunden seine ausführliche Erzählung über die Entstehung der Welt und die Liebe geendet hatte, begriffen die aufmerksamen Zuhörer, dass sie, wenn sie nicht ihren eigenen Tod wollten, weiterhin im Sinne der Liebe tätig sein mussten.

10. KAPITEL

GIMME SHELTER

»Jetzt bestimmst du auch noch, was ich anziehen soll? Das geht zu weit. Erst lese ich deinetwegen Kierkegaard, an dem ich nichts Umwerfendes finden kann, dann treffe ich meine Freundinnen seltener als üblich, weil du dich sonst aufregst, und höre mir stattdessen jede Rede des superklugen Éric Zemmour an, der mir ganz schön auf den Geist geht …«

»Und ich schaue mir stoisch alle Godard-Filme an, die du wahnsinnig gut findest, mich aber trotzdem nerven. Also reg dich ab. Wir lernen voneinander. Das ist super. Unter einer guten Beziehung verstehe ich auch, dass man gerne etwas für den anderen tut. Aber du hast natürlich noch keine Zeile des Philosophen Levinas gelesen und kapierst nichts.«

»Ich brauche keinen Levinas, um zu kapieren, was du meinst. Wer seiner Freundin vorschreibt, wie sie sich kleiden soll, der ist ein Chauvinist.«

Angesichts der kreischenden Beleidigungen wurde Julian blass. Die beiden befanden sich in Lenas Zimmer, unzählige Kleider häuften sich auf ihrem Bett, am Boden lagen Schuhe verstreut, die Türen des übervollen Schuhschranks fielen aus den Angeln, im Kleiderschrank war die Stange aus der Halterung gekracht.

Es war ein sonniger Tag Ende Juni. Seit einer Woche lebten sie zusammen. Professor Bellami befand sich auf einem Ärztekongress in den USA und wurde erst im Juli zurückerwartet. Bis zu dem Augenblick, in dem Lenas Kleiderschrank aus allen Nähten platzte und Julian Lenas kuriose Schuhsammlung mit vollem Bewusstsein erblickte, hatten sie sich blendend verstanden. Nach der Uni waren sie gemeinsam in die Avenue de Breteuil gefahren, hatten eingekauft, gemeinsam gekocht, in der Küche oder vor dem Fernseher gegessen und jeder für sich in einem Raum, ohne sich vom anderen gestört zu fühlen, gearbeitet. Für die Abende wählten sie eine DVD aus. Einmal neues Kino, einmal altes Kino. Immer im Wechsel. Einmal Woody Allen und Pedro Almodóvar oder Billy Wilder und Jean-Luc Godard. Und als Bonbon für Julian immer wieder einen Film, in dem sich Denzel Washington profilierte. Gestern hatten sie sieben Monate Beziehung gefeiert, mit Champagner, Fruchtsaft und Nüssen. Nachdem sie alles vertilgt hatten, landeten sie im Bett.

Am Morgen dieses sonnigen Junitages erblickte Julian beim Erwachen zum ersten Mal drei Paar Schuhe über dem letzten Bücherregal. Sie standen ordentlich nebeneinander und sahen in Julians Augen einfach schrecklich aus. Gigantische Absätze, mindestens zwölf Zentimeter, aus Leder oder Stoff, mit Schnallen, Nieten, schwarzer Spitze oder Fellapplikationen verunziert, im Schachbrett-/Rauten-/Netzmuster. Er seufzte: »Es ist einfach irre, was so ein Designer-Hirn alles ausbrüten kann. Und Millionen von Tussen latschen damit herum und machen ihn stinkreich. Schade, dass mir nicht so ein Mist einfällt.«

Verschlafen richtete sich Lena auf. Sie folgte seinem Blick, fiel ins Kissen zurück und maulte:

»Du bist ein Banause.« Dann schnappte sie blitzschnell nach ihrem Kissen und knallte es ihm an den Kopf. »Ich ersticke dich!«, rief sie und wälzte sich auf ihn. »Ich ersticke deine altmodischen Ansichten.«

Eine Weile rangelten sie im Spaß, bewarfen sich gegenseitig mit Kissen, bis Lena hochschnellte, aus dem Bett sprang und ins Bad flitzte.

Das war vor vier Stunden. Mittlerweile hatten die beiden geduscht, den Kater gefüttert, gegessen und aufgeräumt. Claires Gartenparty stand an diesem Samstagabend auf dem Programm und Lena wollte ungewöhnlich chic aussehen. Wenige Pariser hatten das Glück, ein Appartement mit Dachgarten zu besitzen, und ein Fest unter mildem Abendhimmel mit Blick auf die Lichterstadt Paris war das unangefochtene Sommerhighlight.

»Holt die besten Klamotten und die irresten Schuhe aus eurem Schrank«, hatte Claire sie aufgefordert. »Wir tun so, als gingen wir für Jean-Paul Gaultier über den Catwalk.«

Zu diesem Zweck hatte Lena ziemlich wild ihren Schrank durchstöbert, der daraufhin erschöpft zusammensackte. Nicht vollständig, glücklicherweise. Jedoch brach die lädierte Halterung für die Stange endgültig aus der Schrankwand. Zwei Löcher taten sich dort auf, wo die Stange angebracht gewesen war, und nicht einmal MacGyver hätte mit seinem Schweizer Messer und Einfallsreichtum das Desaster richten können.

»Bin ich ein Chauvinist, weil ich nicht will, dass meine Freundin halbnackt auf 'ne Party geht?«

»Halb nackt! So was könnte mein Vater sagen. Tut er aber nicht.« Sie tippte sich an die Stirn und drehte sich vor dem Spiegel. Das eng anliegende, tief dekolletierte Charlestonkleid hatte ringsum Fransen, die bei jeder Bewegung wippten. Es war umwerfend schön und brachte Lenas Figur zur Geltung, ohne aufdringlich zu wirken.

»Warum trägst du so was nicht für mich? Warum hast du es nicht gestern, zu unserem siebenmonatigen Jubiläum, angezogen? Aber nein, da hängst du in Leggins und T-Shirt herum.«

»Das ist ein absolutes Machogehabe, was du da loslässt.« Zum Trotz schlüpfte Lena in die High Heels aus rosa gefärbtem Leder. Der gesamte Schuh war mit schwarzer Spitze bespannt und wurde durch eine voluminöse Schleife am Fußgelenk gehalten. Zufrieden stolzierte Lena auf und ab, mitten durch das Chaos von Schuhen, Klamotten und Taschen, und dabei sah sie Julian provozierend an: »So gehe ich, ob du willst oder nicht.«

»Und ich gehe *so* nicht mit dir. Alle werden dich begaffen und …«

»Und dich um mich beneiden.« Sie klimperte mit den Wimpern. Julian rang die Hände.

»Ich will aber nicht um eine Exhibitionistin beneidet werden. Die sollen nicht denken, dass ich dich zur Schau stellen will. Ausstellen wie ein Pferd, ausstellen wie die Milliardäre ihre mit Diamanten behangenen Frauen.«

»Verdammt!« Lena schleuderte den Schuh von sich und warf den anderen nach ihm. Er flog in den Flur und knallte vor dem Kater nieder, der entsetzt Reißaus nahm. »Du bist ein echter Spielverderber. Ich hab mich so auf die Party gefreut.«

»Ich aber nicht. Dort sind nur Langweiler, Vollidioten und Schwätzer.«

»Was? So redest du von meinen Freunden? Das ist gemein.«

»Es ist wahr. Du hast selbst gesagt, dass die meisten von ihnen blöde sind.«

»Das ist gelogen. Oh, du verdrehst alles!«

»Bist du auf den Kopf gefallen, oder was? Du drehst wegen Nichtigkeiten durch.«

»Nein! Nein!« Sie stampfte mit den nackten Füßen auf. »Ich hätte auf Adrien hören sollen. Er hat mich vor dir gewarnt.«

Diesmal entgegnete Julian nichts. Fassungslos starrte er sie an. Dann nahm er seine Jacke, schlüpfte in seine Schuhe und ging. Als die Tür ins Schloss fiel, sank Lena aufs Bett. Eine oder zwei Stunden saß sie mit leeren Augen da und versuchte, geistig nachzuvollziehen, was sich in den letzten Minuten abgespielt hatte. Unwillkürlich fiel ihr ein Satz ein, den sie in einem Buch von Alain Finkielkraut gelesen hatte und der sinngemäß sagte, dass das, was geschrieben sei, immer gelöscht werden könne, aber das, was gesagt wäre, gesagt sei.[16]

Böse Worte, in der Wut hinausgeschrien, setzen sich fest, nisten sich im Herzen ein und verursachen hässliche Missklänge. Bei jeder Gelegenheit klingen sie an. Und in den schönsten Momenten sind sie am gefährlichsten, weil ihre Dissonanz alle Harmonie zerstört. Lena wollte aufstehen, an ihren Laptop gehen, um aufzuschreiben, was sie dachte, aber sie fühlte sich bleiern und blieb einfach sitzen. Julian kam an diesem Tag nicht wieder. Auch nicht am nächsten.

*

Er hastete die Treppen hinunter. Stolperte fast blind aus dem Gebäude. Rannte die Avenue de Breteuil hinunter zur Rue de Sèvres. Rannte vor Lenas Worten davon. Doch sie verfolgten ihn. Hämisch hefteten sie sich an seine Fersen. Hakten sich in seinem Kopf fest, in seinem Herzen. Er wurde sie nicht los. Immer wieder echoten die gleichen Sätze in ihm: »Du bist ein Macho. Adrien hat mich vor dir gewarnt. Adrien hat mich vor dir gewarnt.« Es war ein Getöse, ein Kampf, eine Schlacht in seinem Inneren. In diesem Strudel von unterschiedlichen Gefühlen durfte er nicht den Bus nehmen. Unmöglich würde er es jetzt zwischen blöde vor sich hinstarrenden Menschen aushalten. Von Wut, Hass und Liebe hin- und hergerissen lief er die Rue de Sèvres hinunter Richtung Métro Duroc. Die Länge des Weges wurde ihm in seinem Zustand nicht bewusst. Im Gegenteil, ihm kam die Strecke recht kurz vor. Sie reichte nicht aus, um ihn zu beruhigen. Er musste Dampf ablassen, Ordnung in sich schaffen, jeden Baustein des Streites untersuchen, um zu erkennen, wer die Schuld daran trug. Oder war es egal, wer der Schuldige war? War kitten nicht wichtiger als aufdröseln und analysieren? Allerdings wiederholte man Fehler, solange man sie nicht erkannte.

Seine Grübeleien hatten ihn, ohne dass er es bemerkt hätte, an seinem Zuhause vorbeigeführt. Mittlerweile befand er sich auf dem Marsch zum Port-Royale. Eine halbe Stunde war er unterwegs, dann bog er in die Avenue de l'Observatoire ein und betrat den Jardin de l'Observatoire. Aus den steinernen Schildkröten der Fontaine de Carpeaux stürzte das Wasser in heftigen Strahlen und besprühte Neptuns gewaltige Hengste, die mit erhobenen Vorderhufen und Schwimmflossen auf der Kruppe aus den Fluten des Brunnens steigen. In alter Gewohnheit stellte sich Julian davor und starrte auf die Wasserspiele. Er hörte Musik darin, kein monotones Plätschern. Er hörte Melodien, Tänze, Klangfarben. Das Klopfen, Klackern, Schlagen von Wasser gegen Stein, sein Trommeln und Hüpfen auf der Brunnenoberfläche, sein Perlen, Fließen, Tröpfeln über die porösen, kalten Körper der Statuen. Es war Musik von Debussy, die er hörte. *The Island of Pleasure – L'Isle joyeuse.* Von Wikipedia als dionysischer Taumel bezeichnet. Für ihn war es die absolute Beherrschung des Klaviers. Nicht die Natur wird beherrscht, sondern das Instrument, das ihr einen Chor von Stimmen verleiht.

Julian wischte sich über die Augen. Im Sonnenlicht schillerten die Wasserläufe in violetten und silbrigen Tönen. Unwillkürlich sah er Lena vor sich. Ihr Haar glänzte golden, ihre tiefblauen Augen und die schöne Haut strahlten. Sie winkte, warf ihm einen Kuss zu. Dann zwinkerte sie und löste sich in Luft auf. Vor ihm waren nur noch die funkelnden Wasserbögen, die er wie betäubt betrachtete. Er seufzte tief, sagte laut: »Ich bin ein Trottel«, und beschloss, seinen Freund Eric aufzusuchen.

11. KAPITEL

DAS GEHEIMNIS DER LIEBE

Von Gefühlen hin- und hergerissen, machte sich Lena auf zu Claires Party. Sie hatte das Charleston-Kleid anbehalten, jedoch auf die Stelzen verzichtet. Hastig, obwohl ihr ganz und gar nicht nach Eile zumute war, überquerte sie die Avenue de Breteuil und rannte zum Taxistand des Platzes. Einerseits wollte sie sich die Party nicht entgehen lassen, andererseits wollte sie so schnell wie möglich hinter sich bringen.

Verwundert riss Claire die Augen auf, als Lena allein in der Tür stand, und starrte sogleich provokativ auf Lenas rechte Seite, an der Julian hätte stehen müssen.

»Na, hast du deinen Begleiter auf dem Weg hierher verloren?«, scherzte sie.

»Nein, schon vorher.« Lenas Stimme klang erbärmlich. Sie stürzte in die Wohnung und schnappte sich das erste volle Glas, das sie finden konnte. In einem Zug kippte sie den Inhalt hinunter. »Ich brauch eine Flasche Wodka, um es zu verkraften.«

»Ach, quatsch nicht. Das geht vorbei. Komm mit auf die Dachterrasse. Von der Farbe des Himmels kannst du besoffen werden. Da brauchst du keinen Wodka.«

Ihr Täschchen an sich gedrückt, den Kopf höher als sonst, damit keiner ihre Triefnase bemerkte, stolzierte sie an Claires Seite durchs Wohnzimmer, verteilte Wangenküsse, rief übertrieben »Hallo« in alle Himmelsrichtungen. Auf dem Dachgarten angelangt, reichte ihr ein Typ mit schwarzen Locken ein Glas Champagner, das sie augenblicklich hinunterstürzte.

»Das nenne ich einen gelungenen Partystart.« Der junge Mann sah nett aus und zwinkerte.

»Füll nach, statt zu labern.« Lena hielt ihm das leere Glas hin. Er gehorchte. Nach dem dritten Glas lehnte sie sich an die Efeubewachsene Innenmauer, die den Garten vom Nachbarappartement trennte, und reckte den Kopf nach oben.

»Was für fantastische Farben um diese Zeit. Ein regelrechtes Farbenfest am Himmel, oder?« Der Schwarzgelockte sah Lena verschmitzt an.

»Ein loderndes, gigantisches Feuer über unseren Köpfen«, antwortete Lena, ohne ihn anzusehen.

»Ein perfekter William-Turner-Himmel, wie er buchstäblich an den Wänden der Tate-Gallery hängt.« Der Satz kam von einem anderen Jungen. Er hatte strohblondes Haar, eine sehr helle Haut und den Akzent eines Engländers. Lena sah ihn an. »Ich bin Henry James«, sagte er lachend und fügte sogleich hinzu, dass er natürlich nicht der Schriftsteller desselbigen Namens sei, sondern nur auch so heiße. Da Lena ihn ziemlich lang betrachtete und dabei geheimnisvoll lächelte, redete er pausenlos weiter. Er sei Student der École du Louvre und strebe den Posten des Museumsdirektors an. Seine Diplomarbeit mit dem Titel *Farbmelodie* habe er über William Turner geschrieben und nun beschäftige er sich mit den Impressionisten, die sehr von Turner beeinflusst worden waren. Interessiert hörte Lena zu. Mittlerweile umringten sie vier Männer. Zu dem Engländer hatten sich ein Studienkamerad und ein Dozent der Fakultät der Modernen Literaturwissenschaft gesellt. Sie kannte den jungen Professor, der immer aufmerksam und bereit war, alle Fragen zu beantworten.

»Ich fand Sie schon immer besonders hübsch, Lena, aber heute schießen Sie den Vogel ab. Sind Sie sich bewusst, dass Sie alle anwesenden Mädchen in den Schatten stellen?«, zwinkerte er. Ein Schatten fiel über Lenas Gesicht und Julians Sätze echoten in ihrem Kopf. Sie fiel also auf, und das vermutlich auf sehr provokante Weise.

»Was soll das heißen, ›den Vogel abschießen‹? Wollen Sie damit sagen, ich geile alle Männer auf?« Sie sprach heftig, fast ähnelte ihre Stimme einem wütenden Bellen. Während Henry James amüsiert lachte, wich der Dozent konsterniert zurück und entschuldigte sich. Der Ausdruck »aufgeilen« sei etwas unglücklich gewählt, meinte er, und lächelte. Er würde es poetischer ausdrücken.

»Und wie, bitte schön?«

Als müsste er die Antwort genau abwägen, bevor er sie aussprach, schwenkte er den Inhalt seines Glases – er trank Martini – und starrte eine Weile auf die helle Flüssigkeit. Dann sah er auf und meinte verschmitzt: »Wie Sie durch die Tür kamen und den Raum durchquerten, musste ich an einen schönen Song aus den Achtzigerjahren denken. Meiner Meinung nach einer der schönsten. Schlicht, echt, edel.« Und er summte die Melodie. Lena erkannte das Lied. Sie stimmte mit ein und steuerte den Text bei: »We go to a party and everyone turns to see, this beautiful lady that's walking around with me ...«[17] Dann hörte sie plötzlich auf und ließ ihn stehen.

Sie hatte einen dicken Kloß in der Kehle und wollte ihre Gefühle um jeden Preis verbergen. Es war nicht leicht, sich durch das Gedränge zu schlängeln, ohne dass jemand ihre Tränen sah. Es gelang ihr dennoch. Als sie endlich in der Toilette war, weinte sie lautlos ins Klopapier. Warum hatte Julian nicht auf diese Weise reagiert, statt wie ein eifersüchtiger Macho an ihr herumzumäkeln? Warum hatte er, als sie sich für die Party gerichtet und ihr blondes Haar gebürstet hatte, nicht an Eric Claptons Song gedacht: »It's late in the evening, she's wondering what clothes to wear, she puts on her make-up and brushes her long blonde hair. And than she asks me: do I look alright. And I say: Yes, you look wonderful tonight.«[18]

Für den Notfall hatte sie immer Mascara, Labello und eine kleine Puderdose dabei. Sie brauchte fast zehn Minuten, um alle Spuren von Trauer aus ihrem Gesicht zu tilgen. »Nur nicht schlappmachen«, sagte sie sich. »Es gibt Schlimmeres.« Gestärkt stolzierte sie aus der Toilette. Henry James erwartete sie. Den Dozenten hingegen sah sie weit und breit nicht.

»Gehen wir auf die Dachterrasse und diskutieren über den echten Henry James?«, sagte sie zu dem blonden Jungen, der sie angaffte, als habe er noch nie ein Mädchen im Charleston-Kleid gesehen.

»William Turner wäre mir lieber. Ich bin kein großer Literaturkenner.«

»Dann werde es!« Sie ging ihm voraus. Brav folgte er ihr.

»Für mein Studium habe ich ›Bildnis einer Dame‹ und ›Die goldene Schale‹ gelesen.[19] Seine Sprache wirkt anfangs irgendwie trocken, was vermutlich mit James' Jurastudium zu tun hat, allmählich aber wird man in sie hineingesogen, erkennt ihre subtile und vielschichtige Seite. Sie zeichnet unglaublich genaue Charakterbilder und Seelenzustände der Protagonisten. Henry James' Romane erinnern an die von Balzac, nur dass Balzacs Sprache weniger trocken ist. Ich würde sagen, in Balzacs Prosa hört man das Herz des Erzählers klopfen, in Henry James' Romanen hört man die Stimme des Wissenschaftlers.«

»Wow! Du bist ja ein echter Profi. Danke für die Infos. Leider kann ich nicht kritisch darauf eingehen. Ich kann nur wie ein Schaf dazu blöken.« Und er blökte fachmännisch. Erheitert lachte Lena. Dabei streifte ihr Blick über die ausgelassenen Gäste. Im weiten Salon waren Tische und Stühle zur Seite gerückt worden, um Platz für tanzwütige Besucher zu schaffen. Innen dröhnte die Musik so laut, dass man sich nicht gut unterhalten konnte. Dafür eignete sich die Terrasse mit Blick auf ganz Paris besser.

»Ich hingegen kann dir viel über Turner erzählen, aber erst, wenn du mir sagst, ob du einen Freund hast.«

»Oho!« Lena warf den Kopf zurück. »Und wenn ich einen habe, erzählst du mir nichts? Das finde ich ganz und gar nicht okay.«

Henry James wurde rot. Die roten Wangen bildeten einen eigenartigen Kontrast zum blonden Haar und er wirkte mit einem Mal hilflos und verwirrt. Er sah aus wie ein Kind, das einen Reim aufsagen sollte, aber aus dem Konzept geraten war. Er sah überhaupt nicht mehr attraktiv aus und plötzlich empfand es Lena als beschämend, gerade mit diesem Jungen herumzustehen. Wo war der Schwarzgelockte? Wo der Dozent? Hatte er nicht behauptet, sie mache alle Männer an? Während Henry James leidenschaftlich von William Turner faselte, entdeckte Lena den Literaturdozenten auf der Tanzfläche. Auf die unverkennbaren Rhythmen von David Guetta verrenkte er seine Glieder neben Britta, der Vollbusigen.

Lena konnte es nicht fassen. Seine Anmache hatte so ehrlich geklungen, und sie war zu Tränen gerührt gewesen, weil sie dabei an Julian und dessen blödes Verhalten hatte denken müssen. Doch kaum hatte sie dem Dozenten den Rücken gedreht, wandte er sich einer anderen zu, einer anderen auffälligen Frau. Sein Kompliment galt nicht ihr, es galt ihrer Aufmache, ihrem Schein. Das enttäuschte sie so tief, dass sie am liebsten geflüchtet wäre. Aus der Ferne drangen die Worte ihres Gesprächspartners zu ihr:

»… alles selbst beigebracht. Das musst du dir vorstellen! Keine Ausbildung in Technik oder Farbkomposition. Alles auf seinem eigenen Mist gewachsen. Er hatte ein enormes Talent.«

Mit abwesender Miene nickte Lena. Noch immer war ihr Blick auf den Dozenten gerichtet. Und plötzlich verdeckte ihr der schwarzhaarige Junge, der sie vorhin angesprochen hatte, die Sicht. Affig warf er sein Lockenhaar in den Nacken und lachte seine Tanzpartnerin an. Dabei zeigte er eine perfekte obere Zahnreihe bis zu den Ohren. Um nicht völlig desillusioniert die Party verlassen zu müssen, ließ Lena den Engländer stehen und steuerte Richtung Küche, wo sie ihre Freundinnen Claire und Josefine vermutete.

»Was ist los?«, rief Henry James verdutzt.

»Nichts«, rief Lena, sich kurz umdrehend. »Red nur weiter. Es wird dir schon jemand zuhören.« Ohne weiter auf ihn zu achten, eilte sie in die Küche. In trautem Klatsch vereint, standen die beiden Herzensfreundinnen, umringt von Bea und Clio, zwei Studienkolleginnen, da. Alle vier waren bester Laune. Sie kicherten und bogen sich vor Lachen.

Als sie Lena erblickten, zogen sie die Eintretende verschwörerisch in ihre Mitte. Innerhalb von Sekunden wurde Lenas Herz federleicht. Was für eine Wohltat war es doch, über alle herzuziehen, die ihr wehgetan hatten.

»Der Schwarzgelockte heißt Juan und hält sich für Don Juan persönlich. Er meint, keine könne ihm widerstehen. Der wird sich noch wundern. Wir haben ausgemacht, ihm den Kopf ordentlich zu verdrehen. Er soll glauben, er hätte alle Mädels heiß gemacht und nach der Party die Qual der Wahl. Aber …«, Josefine kreischte vor Vergnügen, »wir lassen ihn im Regen stehen!«

»Sehr gut«, stimmte Lena zu. »Er ist ein erbärmlicher Angeber.«

»Und ›Professor Wonderful‹ lassen wir ebenso auflaufen. Den kann ich überhaupt nicht ab. Der hat diese behämmerte Cäsar-Art: ›Come, see and win!‹ Abartig.« Claire rollte mit den Augen.

»The world's greatest. So führt er sich auf. Sieht gut aus und hat die Weisheit mit Löffeln gefressen, wie dieser deutsche Star-Philosoph.« Josefine stemmte die Hände in die Hüften.

»Deutscher Star-Philosoph?« Jetzt rollte Lena mit den Augen. Ihr fiel nicht ein, von wem Josefine sprach, als sie Claires Ellbogen zu spüren bekam.

»Jetzt tu nicht so. Er ist das Highlight jeder Talkshow und zieht vermutlich auch auf Partys seine Show ab.«

»Seltsam, dass du ihn nicht kennst.« Josefine runzelte die Stirn. »Ich jedenfalls hab mir seinen Namen nicht gemerkt, nur sein Gesicht.«

»Ist auch besser so. Sein Philosophiebuch wird vor allem auf dem Klo gelesen«, erklärte Claire.

»Das ist die beste Referenz«, lachte Lena. Ein bisschen besser fühlte sie sich, aber noch nicht hundertprozentig. Du bist viel zu nah am Wasser gebaut, pflegte ihre Großmutter zu sagen, und tatsächlich konnte das Mädchen dem Kummer, der in ihm nagte, nicht aus dem Wege gehen. Da halfen auch die fünf Gläser Champagner nicht, die sie mittlerweile intus hatte. Also ging Lena zurück und suchte nach Henry James. »Flirtet der jetzt auch mit einer anderen, kratze ich augenblicklich die Kurve«, schwor sie sich und ballte die Fäuste.

Lena fand ihn noch am selben Platz auf der Terrasse. Von hinten sah er noch witziger aus. Das blonde Haar stand struppig in die Höhe und wirkte von ihrem Blickwinkel aus wie der Irokesenschnitt von Schweinsteiger. Seltsamerweise war ihr das nicht aufgefallen, als sie mit ihm geplaudert hatte. Sie pirschte sich an, doch da entdeckte sie die Tusse neben ihm. Ärger stieg in ihr hoch. Keiner interessiert sich so für mich, dass er jede andere stehen lässt und nach mir sucht, dachte Lena. Sie sind alle gleich. Machos, Angeber, Schwächlinge. Wie Gräser im Wind. Von der kleinsten Brise lassen sie sich umpusten. Kaum weht eine im schönen Outfit daher, aufgebrezelt und frech, machen sie Bücklinge, machen ihr schöne Augen, kramen nach ihrem dürftigen Wissen und labern, was das Zeug hält. Oh, Männer! Ich könnte euch alle auf den Mond schießen. Aber ich könnte wahrscheinlich nicht ohne euch leben. Vor allem nicht ohne den einen.

Während dieser Kampf in ihr tobte und sie vor Wut hätte brüllen mögen, stand sie nicht weit von Henry James entfernt, bewegungslos, sprachlos trotz der schreienden Wörter in ihrem Kopf. Sie war auch taub, denn sie hörte weder die Musik noch das Gelaber, das aus dem Mund des Schwarzgelockten kam, der sich über sie beugte. Erst als sie ihn bewusst ansah, drangen seine Sätze zu ihr.

»Worauf wartest du? Oder besser: Worauf stierst du? Willst du nicht mit mir tanzen?«

Im gleichen Moment löste sich Henry James aus der Unterhaltung mit der kurzhaarigen Tusse und gesellte sich zu den beiden.

»Wo hast du nur gesteckt? Ich habe dich überall gesucht.«

»Das kannst du deiner Großmutter erzählen«, antwortete Lena schnippisch.

»Na ja! Ich muss zugeben, ich habe dich nur mit den Augen gesucht.«

»Aber ich habe Lena mit den Füßen gesucht. Deshalb tanzt sie mit mir und nicht mit dir, du Albino.« Schwarzlocke Juan zog Lena, die sich ein wenig sträubte, in den Salon. So richtig Laune zum Tanzen hatte sie nicht. Aber die Lust kam mit den ersten Schritten. Nach einigen Takten zuckte ihr Körper im Rhythmus der Musik. War sie auch nervtötend monoton und absurd langweilig, so hatte sie doch das bestimmte Etwas. Und dieses Etwas brachte den Körper dazu, zu tanzen, zu hüpfen, zu zucken, sich schlicht und einfach auszutoben. Genau das war es, was Lenas traurige Seele brauchte.

»David Guetta hat sich seine Finger versichern lassen«, schrie Schwarzlocke in ihr Ohr. Lena runzelte die Stirn. Statt ihr den Grund zu erklären, quietschte Juan wie ein altes Sofa und bog sich dabei in alle Richtungen. Lena tippte sich daraufhin an die gerunzelte Stirn. Da schnappte Juan nach ihrem Finger, hielt ihn fest und schrie:

»Was du gerade gemacht hast – mit dem Zeigefinger an die Stirn tippen –, macht Guetta auf drei Tasten seines Keyboards. Und das immer wieder, den ganzen Abend, ganze Abende lang, wochenlang. Ha, ha, ha!«

Das Mädchen stimmte in sein Lachen ein.

Gegen eins trudelte François ein. Er hatte eine andere Party frühzeitig verlassen, nur um Lena zu sehen. Sie hatte ihm per SMS mitgeteilt, was zwischen ihr und Julian vorgefallen war.

»Don't worry! Das renkt sich wieder ein. Ist doch nur Schwachsinn. Niemals wird eure Liebe wegen Outfitdifferenzen untergehen. Du hast doch die Sache im Griff.«

»Das hat Kapitän Edward John Smith auch gesagt.«

»Was hat der gesagt?« François machte ein sehr neugieriges Gesicht.

»Nun, er hat gesagt, dass er auf eine erfolgreiche Laufbahn als Schiffskapitän zurückblicken kann, und dass er in all der Zeit kein bedeutendes Unglück erlebt habe. Die Schiffe seien auf dem neuesten Stand und die Kapitäne sensationell ausgebildet.«

François blinzelte verständnislos. Was nun diese Feststellung mit seiner Bemerkung zu tun hätte, wollte er kopfschüttelnd wissen.

»Kapitän Edward John Smith war gut ausgebildet und fuhr zuletzt ein supermodernes Schiff. Es hieß Titanic.«

Dem jungen Mann entfuhr ein schallendes Lachen. Er hielt seinen Kopf mit beiden Händen fest, so sehr amüsierte er sich über den Vergleich.

»Titanic und ihr beide. Einfach umwerfend. Warum nennst du eure Idyll nicht gleich ›Titanic war ihr Schicksal‹, nach dem gleichnamigen Film.«

»Es gibt kein Idyll mehr. Im Übrigen heißt der Filmtitel: ›Die Caine war ihr Schicksal‹ und die passt auch viel besser zu Julian und mir als die Titanic, wegen der Intrigen an Bord und dem paranoiden Kommandanten.«

»Und wer wäre in eurer Beziehung der paranoide Kommandant?«

»Ich natürlich!«, schrie Lena und lachte aus vollem Hals. »Julian hat nichts zu sagen.«

Lena lachte noch viel. Sie lachte bis drei Uhr morgens. Dann betrat sie die Wohnung in der Avenue de Breteuil und spürte wieder den Kloß im Hals. Nachdem sie Leonard Bernstein den Napf für die Nacht aufgefüllt hatte, schossen ihr Tränen in die Augen. Unter der Dusche spülte sie Schweiß und Tränen fort, aber sobald sie im Bett war, kamen sie wieder. In trauriger Wut setzte sie sich auf, schlug mit den Fäusten auf die Bettdecke und sagte: »Verdammt noch mal. Ich will nicht für den Macho Julian so viele Tränen vergießen. Das hat er nicht verdient. Ich will jetzt schlafen und wehe, wenn er sich in meine Träume schleicht. Dann stehe ich kurzerhand auf und bleibe die ganze Nacht wach!«

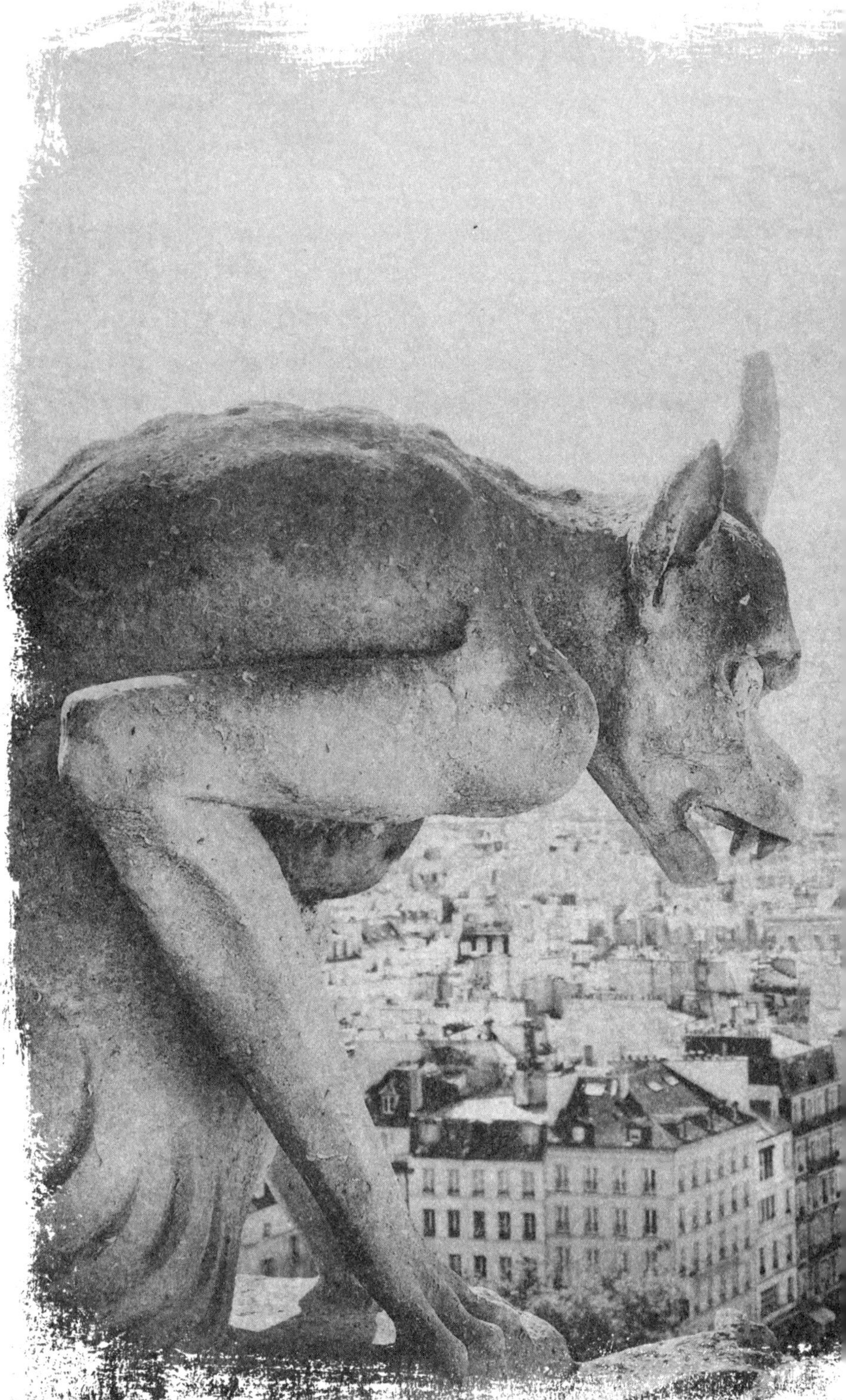

12. KAPITEL

ÜBER DEN WOLKEN

Am liebsten hätte er sich an den Flügel gesetzt. Das war allerdings um vier Uhr morgens nicht möglich. Seit einer Stunde saß er auf seinem Stuhl am Schreibtisch und starrte in den Pariser Nachthimmel. Nie ist er so dunkel wie in Dinard, nie so unheimlich, dachte er. Immer blitzte von irgendwoher Licht, tanzten glitzernde Punkte in der Luft, als schneite es. Auch jetzt im Sommer. In der Bretagne hingegen, landeinwärts auf den einsamen Gehöften, wo es keine Straßenbeleuchtung gab, war in mondlosen Nächten alles tiefschwarz. Man sah nicht, wohin man trat, man sah nicht die Hand vor Augen.

Julian dachte an den Spaziergang am Meer, an die Gespräche mit Lena. Er hörte ihre Stimme. Den ganzen Abend hatte er nur an sie gedacht. Sollte er bis zum Morgengrauen keinen anderen Gedanken mehr fassen können? Zunächst hatte er versucht, sich mit einigen Kapiteln aus Max Webers *Wirtschaft und Gesellschaft*[20] abzulenken, was natürlich nicht gelang. An jedem Satz kaute er fünf Minuten herum, bis er ihn schlucken konnte. Neben seinem Schreibtisch stapelten sich Bücher zu Politikfeldanalysen, politischer Philosophie und politischer Soziologie, zur internationalen Politik und zu vergleichender Politikwissenschaft. Auf Letztere wollte er sich spezialisieren, aber zunächst musste er seiner Basis ein solides Fundament geben. Willkürlich griff er hinein. Émile Durkheim, Karl Popper und so weiter. Nichts ging in seinen Kopf an diesem Abend. Dann griff er zu Kierkegaard.

Als er nach einer Seite Lektüre gemerkt hatte, dass die Buchstaben vor seinen Augen hüpften und sich verzerrten, löschte er das Licht und starrte im Dunkeln aus dem Fenster. Fast zwei Stunden lang.

Gähnend sah er auf die Uhr. Halb fünf. Ob er es nicht doch mit Schlafen versuchen sollte? Er zog sich im Dunkeln aus und legte sich nackt aufs Bett.

Um zehn war er hellwach. Mit einem Satz sprang er von seinem Lager auf und stellte sich minutenlang unter die Dusche. Die heißen Wasserstrahlen taten ihm gut, die Wärme entspannte. Und dann war da noch etwas Besonderes: Im Rauschen der Dusche hörte er eine Melodie. Zuerst dachte er, seine Mutter habe den CD-Player auf volle Lautstärke gestellt, aber das traute er ihr an einem Sonntagmorgen nicht zu. Er stellte die Brause ab und merkte, dass der Klang in ihm war. Eine Melodie echote in seinem Kopf wie ein Song, den man den ganzen Abend auf einer Party gehört hatte.

»Oh, wir dachten, du bist bei deiner Freun…?« Herrn Sorels Frage wurde durch einen derben Stoß gegen sein Schienbein unterbrochen. Er verkniff sich das Aufstöhnen und rief stattdessen ein fröhliches Guten Morgen.

»Es ist noch genug Kaffee da«, fügte Madame Sorel ebenso fröhlich hinzu. Die beiden waren gestern spät aus einer Theatervorstellung gekommen und hatten Julians Anwesenheit überhaupt nicht bemerkt. Als Madame Sorel die verkniffene Miene ihres Sohnes sah, die trotz Dusche und versuchtem Lächeln nicht verschwinden wollte, machte sie sich ihren Reim darauf.

»Boris hat mich also nicht verpetzt. Das finde ich super von ihm, denn gestern Abend hätte ich eure rührselige Anteilnahme nicht verkraftet.« Julian marschierte in die Küche.

»Boris schläft noch«, sagte Madame Sorel.

»Falls du Zoff mit Lena hast, reg dich nicht auf. Das kommt in den besten Beziehungen vor und wirkt wie Pfeffer«, rief Herr Sorel seinem Sohn hinterher.

»Das kommt drauf an, wohin du ihn streust, lieber Mann.«

»Du weißt wie immer alles besser.«

»Nicht besser, Fréderic, ich sehe es nur differenzierter.«

Fréderic Sorel presste die Lippen zusammen. Mit einer großen Tasse Kaffee kam Julian zurück und sagte: »Damit mir aber dieser Pfeffer, wie du ihn nennst, Papa, nicht die Nerven zerfrisst, setze ich mich eine Weile an den Steinway, okay?«

Die Eltern nickten sehr zufrieden.

Julian wollte schon immer komponieren. Mehrmals hatte er Versuche unternommen, etwas aufzuschreiben, aber alles hatte er zerrupft wie Beethoven. Heute würde er zu einem Ergebnis kommen, das wusste er. Zumindest zu dem Beginn eines Ergebnisses. Die Grundmelodie raunte in ihm, undeutlich noch, gedämpft, als sei sie durch Gläser und Wände von ihm getrennt. Bevor sie sich noch weiter von ihm entfernte, musste er sie festhalten. Sie konnte ja so leicht in den Geräuschen eines Martinshorns, der laufenden Motoren der Autos und Motorräder, dem Hupen, Klingeln, Stampfen, Pfeifen der Stadt verloren gehen. Ebenso konnte sie von seinen Gedanken wie auch von den Stimmen seiner Eltern verdrängt werden. Er stellte die Kaffeetasse auf das runde Tischchen neben dem Flügel und schlug die Töne an, die er hörte oder die er zu hören meinte. Wie hat Beethoven das gemacht? Wie Mozart?, überlegte er. Er versuchte, sich an die Filme über die beiden Komponisten zu erinnern, und dachte dabei unwillkürlich an Chopin. Waren diesem kränkelnden, hoch empfindlichen Mann nicht besonders schöne Melodien eingefallen, als er unruhig, traurig und voller Angst war? Das Präludium der Regentropfen hatte er an einem Nachmittag geschrieben, an dem er panisch auf George Sand gewartet hatte, die schon seit dem Morgen unterwegs und gegen Abend noch nicht zurückgekehrt war. Ein heftiger Regen hatte eingesetzt, es hatte geblitzt und gedonnert. Er hatte um ihr Leben gefürchtet, dabei fürchtete er schon einige Zeit um sein eigenes.

Julian spielte die Melodie abwechselnd im Bass und in der Oberstimme. Dann spielte er sie in Bass und Oberstimme, wiederholte sie in der Oberstimme und ließ im Bass Töne weg. Es klang harmlos, einfach wie ein Kinderlied. Dieses einfache Lied kritzelte er auf ein Notenblatt. Er würde es seinem Klavierlehrer zeigen, der ihm noch immer wöchentlich Unterricht gab.

»Was ist denn los? Spielst du nicht etwas Schönes?«

Etwas Schönes? War das, was er eben gespielt hatte, nicht schön? Dann eben etwas anderes: Fantasiestücke, Kinderszenen, das ist das, was die Eltern am Sonntagmorgen am liebsten hörten. Er schlug den Schumann-Band auf.

*

Sonntagnachmittag. Viertel nach zwei. In Jogginghose und Turnschuhen absolvierte er die dritte Runde im Jardin du Luxembourg. Um diese Zeit war der Garten überlaufen. Auf den Spielplätzen schienen sich die Kinder von halb Paris eingefunden zu haben, in den Anlagen sonnten sich Ausflügler, auf den Rasenflächen picknickten junge Leute. Keine gute Zeit zum Joggen, dachte er, aber es blieb ihm nichts anderes übrig. Er rannte täglich und ging einmal wöchentlich zum Fußballtraining. Das brauchte sein Körper und das brauchte sein Hirn. War er auch kein Profi, so fühlte er sich danach doch immer gestärkt, und war die Luft im Luxembourg-Garten auch nicht die beste, so hatte sie dennoch eine klärende Wirkung. Nach dem Lauf waren Körper und Gehirn durchblutet und durchgepustet. Gleichwohl gelang es ihm nicht, den Ärger über Lena loszuwerden. Zum ersten Mal in seinem Leben wurmte es ihn, so verdammt nachtragend zu sein. Früher hatte er sich in diesem Gefühl gesonnt. Hatte hochmütig gewartet, bis die angekrochen kamen, mit denen er im Clinch lag. Und kamen sie nicht, konnten sie ihm gestohlen bleiben. Fehler gestand er sich nur ungern ein, und auch Lena gegenüber glaubte er, recht zu haben. Seine Worte waren nicht so verletzend gewesen wie die ihren. Aber was brachte es ihm, den Streit auseinanderzunehmen, jedes Wort abzuwägen, zu analysieren, wer gemeiner gehandelt hat? Es machte ihn nur unglücklicher und unfähig, einen klaren Gedanken zu fassen oder konzentriert zu arbeiten. Und wie sollte er in dieser Verfassung seine Reise in die USA antreten? Das zweimonatige Praktikum in New York war seit einem Jahr geplant. Mit einem Mal verlor es seinen Reiz. Der Juli stand vor der Tür. Seine Abreise. Acht Wochen ohne Lena, dabei hatte er vor Kurzem noch überlegt, ob sie ihn nicht mal im heißen New Yorker August besuchen könnte.

Sonntagnachmittag. Zwanzig nach fünf. Seine Eltern flanierten über den Antiquitätenmarkt am Place Edgar Quinet, Boris war bei einem Geburtstag und Julian schob eine DVD ein. *Man on Fire,* Denzel Washington. Schon allein das Titelbild machte ihn schwach. Eleganz und Härte. Entschlossenheit und Zögern. Liebe und Tod. »Das Geheimnis der Liebe ist größer als das des Todes«, schrieb Oscar Wilde in seinem Einakter *Salome.*[21] Als ihm der Satz einfiel, schob sich Lenas Bild vor die erste Szene von *Man on Fire.* Sie lachte ihn an. Sie wirkte ganz und gar nicht wütend oder nachtragend. Andere Sätze von Oscar Wilde durchkreuzten seine Gedanken, während ihn der Film allmählich in seinen Bann zog. »Die Zeit ist eifersüchtig auf Sie und kämpft gegen Ihre Lilien und Rosen. Sie werden fahl und hohlwangig, und Ihre Augen werden sich trüben. Sie werden unsäglich leiden … Ach! leben Sie Ihre Jugend, solange sie da ist … Denn Ihre Jugend währt nur so kurze Zeit – so kurze Zeit.«, sagt Lord Henry zu Dorian Gray.[22]

Aber Denzel Washington und dieser packende Film schafften es, Julian endlich aus seinen Grübeleien zu zerren. Und als die letzte Szene kam, in der John W. Creasy sein Leben für das der kleinen Pita gibt, stand Julian auf und verließ die Wohnung, ohne den Fernseher auszuschalten.

*

I can be your shelter til it's done
We can make this last forever
So please don't stop the rain
Let it fall, let it fall, let it fall
Please don't stop the rain[23]

Sie lagen im Dunkeln dicht aneinandergekuschelt und hörten James Morrison. Lena hatte nicht gewartet, bis er den Satz aussprach, der ihm sichtlich schwer von den Lippen kommen wollte. »Sorry is the hardest word.«

Noch ehe er den Mund aufgemacht hatte, sagte sie:

»Ich habe wie eine Kuh reagiert.«

»Und ich wie ein beleidigter Affe. Vergessen wir's.«

»Vergessen wir die Situation, aber vergessen wir nicht, wie blöd es war.«

Sie hatten miteinander geschlafen und sich dann eine Kleinigkeit zu essen gemacht. Anschließend hatte Julian den dicken Leonard gestreichelt und gefüttert, während Lena das Geschirr wegräumte und eine Weinflasche sowie Gläser in ihr Zimmer stellte. Bis zum nächsten Morgen wollten sie es sich im Bett gemütlich machen und sich schwören, nie wieder wegen Kleinkram einen großen Streit vom Zaun zu brechen.

»Unser Ziel ist mehr als drei Jahre, oder?«

»Meinem Gefühl nach ist das Ziel: for ever.« Lena schmiegte sich an ihn.

»Und wie schafft man so was?«

»Sich nicht zu nahe zu treten, obwohl man sich ganz nah ist?«

»Hmm.« Julian starrte an die Decke. Eine Weile sagte er nichts. James Morrison sang im Hintergrund weiter, während der junge Mann zu überlegen schien. Seine Arme schlangen sich fest um Lena, als er sagte: »Ich glaube, ich weiß, was du meinst, aber ich weiß nicht, ob ich es schaffe, mich aus Angelegenheiten herauszuhalten, die mich stören.«

»Hmm«, machte nun Lena. Sie schaute zu ihm auf, tippte an seine Nase, biss in sein Kinn. »Dann hör zu. Ich erzähle dir jetzt die Sage von der Fee Melousin.«

»Bist du ein Sandmännchen?«

»Ein Sandmännchen will ich nicht sein. Dann lieber Scheherazade. Ich mache es von nun an wie sie: Damit du mich nicht umbringst, erzähle ich dir jeden Abend in meinen Worten ein Märchen, das ich auf Radio Classic gehört habe.« Lena lachte und fing an zu erzählen.

»Als Prinz Wunderbar wieder einmal durch den Wald ritt, entdeckte er von Weitem ein Mädchen. Sie hatte langes, goldenes Haar und saß ganz allein auf einem Baumstamm. Er hielt sein Pferd an und ging zu ihr. Da sah er, wie wunderschön sie war und wie grandios ihre Augen strahlten. Er verliebte sich auf der Stelle, fiel auf die Knie und fragte, ob sie ihn heiraten wolle. Sie sagte: ›Ja, klar, unter einer Bedingung: Jeden Samstag ziehe ich mich zurück und du darfst niemals fragen, was ich an diesem Tag treibe.‹

Prinz Wunderbar versprach es ihr und sie heirateten. Einige Jahre hielt er sein Versprechen, und in dieser Zeit lebten sie glücklich und bekamen Kinder. Da tauchte eines Tages der Bruder des Prinzen auf. Er blieb eine Woche und wollte wissen, warum seine Schwägerin am Samstag verschwand. Als ihn Prinz Wunderbar aufklärte, bekam der Bruder einen Lachanfall. ›So dumm bist du? Du lässt dich wie ein Kalb von deiner Frau an der Nase herumführen. Das würde ich lieber überprüfen.‹

Und so schlich Prinz Wunderbar seiner Frau hinterher und schaute durchs Schlüsselloch des Zimmers, in das sie sich samstags zurückzog. Zunächst war er nicht beunruhigt. Seine Frau saß nackt im Badezuber und seifte sich ab. Er schämte sich für seine Neugier und wollte weggehen, da stieg sie aus der Wanne und er sah ihren ganzen Leib. Es war der einer Schlange. Vor Entsetzen schrie er auf, seine Frau bemerkte ihn und verwandelte sich im gleichen Augenblick in einen Drachen. Aus ihren Armen wuchsen Flügel, mit denen sie sich aufschwang und davonflog. Von da an war sie für Prinz Wunderbar für immer verloren. Nur manchmal kam sie zurück, flog ans Fenster und spähte hinein, um ihre Kinder zu sehen.«[24]

In der Dunkelheit funkelten Lenas Augen wie Lichter. Während sie erzählte, hatte sie Julian angesehen. Er schien von der Geschichte fasziniert. Nachdenklich erwiderte er ihren Blick. Dann küsste er sie. Lena schlang ihre Arme um ihn und sie sanken ins Laken zurück.

*

Da sie sich fast sechs Wochen nicht sehen würden, zogen sie den Abschied in die Länge. Julian übernachtete weiterhin in Lenas Zimmer, obwohl Monsieur Bellami mittlerweile zurückgekommen war. Der Alte sah nicht so aus, als fände er etwas Verwerfliches daran. Hauptsache, Lena war glücklich. Er sagte den jungen Leuten, dass er Lena schon lange nicht mehr so ausgeglichen erlebt habe und dass sie ihn wieder an das kleine Mädchen erinnere, das sie einst gewesen war.

Unter der Woche verließ Bellami früh das Haus, denn oft standen schon um sieben Uhr Operationen auf seinem Plan, während Lena und Julian bis weit in den Vormittag hinein schliefen. Nach dem Frühstück gingen sie einkaufen und ließen sich abends von Herrn Bellami bekochen. Sie spazierten an der Seine entlang, besuchten Ausstellungen, gingen ins Theater und auf Entdeckungsreise in die Stadt. Besonders gefiel ihnen das älteste Viertel der Stadt. Im Herzen von Paris, vollgestopft mit Bussen, Autos, Motorrädern und Touristen, gab es Pflasterstraßen, uralte Gemäuer, die noch nicht erheblich modernisiert worden waren, Passagen, durch die ein Balzac geschlendert sein mochte, Höfe in fast ursprünglichem Zustand, in denen nur die Pferde fehlten. Und dann gab es noch den Garten des Palais Royale, zur Zeit des Sonnenkönigs Tummelplatz der Kurtisanen und Dandys und im Juli 1789 der Ort, an dem Camille Desmoulins das Volk zur Stürmung der Bastille aufgerufen hatte. Jeder Schritt durch dieses Viertel erzählt ein Stück Pariser Geschichte, jeder Pflasterstein ist ein Teil seines Mosaiks. Und genau dort treffen die alte und die neue Welt perfekt aufeinander. Eines Tages standen Lena und Julian vor der Fontaine Molière und sagten einstimmig: »Wenn wir irgendwann mal zusammenziehen, dann suchen wir hier eine Wohnung. Und finden wir eine, nehmen wir sie, egal wie teuer sie ist.« Entschieden stieß Julian seine Faust in die Luft. Lachend meinte Lena, Studenten könnten sich, auch wenn sie das Geld zu zweit zusammenlegten, ein Appartement in dieser Gegend kaum leisten.

»Mit Hilfe der Eltern schon. Weder dein Vater noch meine Eltern nagen am Hungertuch.«

»Vielleicht finden sie es übertrieben, monatlich jeweils sechshundert Euro zu berappen.«

»Zweimal sechshundert.« Er klatschte die flache Hand gegen seine Stirn. »Eine Menge Kohle. Klar. Aber für den Anfang brauchen wir ja nicht gleich hundert Quadratmeter, Lena.« Er packte ihr Handgelenk und drehte sie mitten auf dem Gehweg der schmalen Straße, durch die gerade ein Bus rauschte, im Kreis herum. Lenas Haar flog hoch. Zuerst erschrak sie, dann sah sie ihn böse an und schlug ihm auf den Hinterkopf.

»Hey! Pass auf! Willst du mich umbringen? Du kennst doch die Pariser Busfahrer. Sie kennen keine Gnade.«

Julian nahm sie in den Arm, entschuldigte sich, küsste sie auf die Stirn. Schweigend gingen sie ein Stück, und als es wieder ein wenig ruhiger in der belebten Straße war, ging sie auf seine Bemerkung ein:

»Hundert Quadratmeter kosten hier mehr als zweitausend Euro. Für zweimal sechshundert bekommt man fünfzig Quadratmeter und für tausend vierzig.«

»Woher weißt du das so genau? Hast du hier schon mal nach Wohnungen gesucht?«

Lena schüttelte den Kopf und sah ihn dabei verschmitzt an. Eine befriedigende Antwort gab sie ihm nicht. Was er hörte, war höchst geheimnisvoll. Sie flüsterte: »Woher ich das weiß, binde ich dir jetzt nicht auf die Nase. Aber irgendwann verrate ich es dir.«

Julian wollte aufbegehren. Doch da fiel ihm ganz plötzlich die Geschichte ein, die sie ihm erzählt hatte, und er schluckte seinen Protest hinunter.

13. KAPITEL

LA VIE EST UNE FLEUR, L'AMOUR EN EST LE MIEL.

DAS LEBEN IST EINE BLUME, DEREN NEKTAR DIE LIEBE IST.[25]

Schlafen konnte er nicht. Eingequetscht zwischen einem blonden, vielleicht dreißigjährigen Mann, der ständig über Kopfschmerzen klagte, und einer älteren Dame in Leggins, mit Schlafbrille und Ohropax, starrte er auf den Monitor oder in sich hinein. Hin und wieder betätigte er die Knöpfe für Filme, doch keiner packte ihn. Dann zappte er zurück zur Anzeige der Flugroute. Sie befanden sich über dem Atlantik, was nichts Aufregendes an sich hatte.

Er schloss die Augen und drehte sich seinen eigenen Film: Lena und er in einer schicken Wohnung. Kein Bruder, der im ungünstigsten Moment ins Zimmer latschte, keine Elternohren, die lauschten, keine Hemmungen, wenn sie miteinander schliefen, diese Idee war einfach perfekt und ehrlicherweise musste er gestehen, dass ihn nicht nur seine Verliebtheit zu einer eigenen Wohnung trieb, sondern auch der Wunsch, von zu Hause wegzukommen. Ein Problem war der Flügel. Ihn würde er sicher sehr vermissen, es sei denn, er besuchte zwei-, dreimal die Woche seine Eltern. Ja, das Leben verlangte manch unbequeme Entscheidung.

Julian rieb sich die Augen und seufzte. Sein Kopf rollte nach links zum Fensterplatz. Aus den Ohren der älteren Dame ragten rosa Wachspfropfen, verschwitzte Haarsträhnen hingen ihr ins Gesicht. Sie schlief mit halb geöffnetem Mund, glücklicherweise relativ geräuschlos. Sehr schön war ihr Anblick nicht. Also schloss er die Augen. Doch das Bild mit den Ohrstöpseln wollte nicht verschwinden. Es wuchs in die Höhe, in die Breite und in die Tiefe. Sein geistiges Auge trug eine 3D-Brille. Er riss die Augen wieder auf und rollte den Kopf nach rechts. Sein Nachbar rechter Hand stöhnte leise und klammerte sich dabei an den Sitz, als fürchte er, weggezerrt zu werden.

»Sie sollten eine Schmerztablette nehmen«, sagte Julian, nur um irgendetwas zu sagen, denn er nahm an, dass der Mann das längst getan hatte.

»Sie nützen nichts. Es ist eine grauenhafte Migräne. Der Schmerz strömt vom Nacken in die Schultern zum Herzen und schnürt mir die Kehle zu. Ich meine zu ersticken.« Seine Lippen bewegten sich kaum, er formulierte die Worte mühsam mit der Zunge und hauchte sie dann aus.

»Schlafen Sie.« Wieder ein Vorschlag in den Wind gesprochen. Warum sollte der von Schmerzen geplagte Mann besser einschlafen als er, dem nichts wehtat?

»Ich sollte liegen. Ich bin von oben bis unten verkrampft«, hauchte der Mann. Und es schien, als hauche er mit letzter Kraft. Seine Augen traten hervor und sein Gesicht verfärbte sich bläulich, worauf Julian kreidebleich wurde. Ohne weiter nachzudenken, öffnete er den Sicherheitsgurt, erhob sich und winkte eine Stewardess herbei. Sie kam blitzschnell herbei und sah besorgt auf den Geplagten. Sie begann, ähnlich unnötige Fragen zu stellen wie Julian zehn Minuten früher, aber der unterbrach sie mit der Frage, ob es nicht ein freies Plätzchen in der Business Class oder in der ersten Klasse gäbe. Sie sähe doch selbst, dass der Mann am Ersticken sei.

Noch ehe er das Ende seines letzten Satzes ausgesprochen hatte, war die uniformierte Dame davongeeilt. Fünf Minuten später rauschte sie in Begleitung einer anderen Stewardess wieder herbei. Als auch die zweite den armen Mann mit nutzlosen Fragen belästigte, schnappte der Betroffene nach Luft, statt zu antworten. Seine Gesichtsfarbe war mittlerweile nicht nur leicht bläulich, sie wurde deutlich blau. Eine der beiden Stewardessen riss die Sauerstoffmaske von der Decke und legte sie ihm an, während ihm die andere gut zuredete: »Ganz ruhig bleiben, tief durchatmen! Wir werden Sie gleich zu einem komfortablen Platz bringen.«

Allem Anschein nach ging es dem jungen Mann rasch besser. Taumelnd stand er auf und folgte der ersten Stewardess, während die zweite ihn von hinten stützte.

»Der hat es gut«, murmelte Julian und sank in seinen Sitz zurück. »Nur noch ein paar Schritte und er kann sich ausstrecken wie auf einem Bett. Na ja, ich will es ihm gönnen. Der gute Platz hat ihn zwar keine 2500 Euro gekostet, aber fürchterliche Kopfschmerzen. Jeder zahlt, wie er kann.« Er nickte der älteren Dame zu. Aufgeschreckt sah sie ihn an. Sie nahm die Stöpsel aus den Ohren und fragte in Englisch mit ausländischem Akzent: »What he says?«

»*Ce n'est rien du tout.* Alles ist okay. Schlafen Sie weiter.«

Diesen Ratschlag befolgte sie nicht gleich. Sie war inzwischen eher hellwach, ihre Augen funkelten neugierig, ihr nicht mehr junges Gesicht strahlte. Auf Französisch antwortete sie:

»Ich schlafe immer, solange es geht, damit ich in New York nicht schlappmache. Meine Agenda ist brechend voll. In einer Woche will ich sämtliche Museen besuchen, durch Uptown und Downtown schlendern, in der Metropolitan eine Oper und am Broadway ein Musical genießen, auf dem Green-Wood-Friedhof in Brooklyn spazieren gehen und in allen schicken Restaurants essen. Kennen Sie den Green-Wood-Friedhof?«

Zurückhaltend verneinte Julian. Nichts wünschte er weniger, als ein Gespräch mit der Dame, die plötzlich recht quirlig wurde. Wollte sie nicht schlafen? Sie sah augenblicklich nicht danach aus.

»Der ist sagenhaft. Den müssen Sie sich ansehen. Zwischen den Bäumen funkelt in der Ferne die Skyline von Manhattan.«

»Hmm. Sehr schön.« Julian war im Begriff, sich wegzudrehen, aber sie schnatterte eifrig weiter.

»Da sind die tollsten Gestalten begraben. Aus allen Gesellschaftsschichten, nur nicht aus den ärmsten. Dort liegt der blutgierige Schlächter William Poole, der Mafioso Joey Gallo, Lola Montez, Tänzerin und Geliebte Ludwig I ...«

»William Poole, der Schlächter«, wiederholte Julian und spitzte auf der Stelle die Ohren. »Sie meinen den Typ, der in Martin Scorseses ›Gangs of New York‹ als Bill der Schlächter so blutrünstig gezeigt wird?«

»Richtig, es liegen aber auch Leonard Bernstein und William Steinway dort ...«

»Steinway!« Aufgeregt drehte sich Julian der Dame zu. »Das ist ja toll. Meine Eltern haben einen Steinway-Flügel und ich spiele hin und wieder darauf.«

»Na dann.« Sie patschte ihm mit ihrer warmen, rundlichen Hand auf die Schenkel. »Ja, dann müssen Sie unbedingt hin. Die Familie hat eine majestätische Grabstätte. Dort liegen der Begründer Heinrich Engelhard und seine Söhne Henry, Charles und William. Ob der Rest dort liegt, muss ich erst herausfinden. Ich war schon zwanzig Jahre nicht mehr in New York.« In ihren Augen sprühten tausend Funken, ihre Haut rötete sich und schimmerte. Julian fand sie richtig nett, wenn ihn auch die Hand auf seinem Schenkel eindeutig gestört hatte. Sie hatte sie, Gott sei Dank, rasch wieder weggenommen.

»Ich heiße übrigens Irma wie Irma la Douce. Und genauso nennen mich Freunde, weil ich so douce bin. Ha, ha, ha!«

Eigentlich wollte er es nicht, aber er zuckte unwillkürlich zusammen und es lief ihm bei ihrem lauten Gelächter schaurig über den Rücken. Etwas Irres hatte sie an sich, diese Dame, und allmählich machte sich Julian einen Reim auf ihr Leben: Rentnerin, alleinstehend, weder Kinder noch Enkel, aber ein Eigenheim, in dem ihr die Decke auf den Kopf fällt, keine Aufgabe, aber Geld genug, die Welt zu bereisen, selbstverständlich preisgünstig. Ständig in Bewegung, immer irgendwo anders, aber nirgends mehr wirklich zu Hause, weil der Gatte gestorben ist oder es nie einen gegeben hat. Davon konnte man irre werden. Solche Gedanken wirbelten durch Julians Schädel, während er die nette Irma betrachtete, deren Lider plötzlich ein wenig zitterten. Ihre Augen drehten sich nach innen, und schon war sie wieder eingeschlafen.

Was sind das eigentlich für Gedanken?, dachte er bei sich. Das Leben dieser Leute braucht mich wahrhaftig nicht zu beschäftigen., Er stopfte sich die Kopfhörer seines iPods ins Ohr und lauschte der Musik seiner Lieblingsgruppe.

*

Im Sommer starb ganz unerwartet Lenas Großmutter. Niemand hatte so plötzlich damit gerechnet. Trotz ihrer kleinen Gebrechen schien sie bei bester Gesundheit, klagte wenig und freute sich riesig, wenn Lena zu Besuch kam. Bis vor Kurzem hatte es bei ihr stets selbst gebackenen Kuchen, Spaghetti, die in einer fantastischen Tomatensoße ertranken, und hundert Euro für jeden Enkel gegeben. Leider nahm ihre Lebenslust jährlich ein wenig ab.

Zuerst stellte sie das Kochen und dann das Backen ein, und irgendwann wurde ihr das Aufräumen auch zu viel. Mit dem Schlafzimmer fing es an. Kleider hängte sie nicht mehr in den Schrank, sondern warf sie auf das leer stehende Bett des verstorbenen Großvaters, Strumpfhosen zierten die Sessellehne, Großvaters fünf Paar Pantoffeln wurden zu Stolpersteinen. In der Diele stapelten sich die Zeitungen, am Eingang die Schuhe, in der Küche die leeren Flaschen. Irgendwann schüttelte sie nur noch die Betten auf und wusch ihr Geschirr von Hand ab. Den Geschirrspüler ließ sie aus Sicherheitsgründen nicht mehr laufen, da sie fürchtete, ein Knopfdruck könne das ganze Haus in die Luft jagen.

Kurz vor ihrem Tod wurde ihr auch das Bettenmachen zu viel, und als sie nicht mehr lebte, stellte sich Lena, die Märchen so sehr liebte, vor, Oma schüttele nun die Betten von Frau Holle. Ihre Oma war immer eine fleißige Frau gewesen. Immer hatte sie sich geweigert, eine Putzfrau einzustellen. Alles wollte sie selbst machen. Bis zum Schluss. Wie traurig das klingt: Bis zum Schluss, dachte Lena wehmütig. Bis zum Ende ihres Lebens hatte sich ihre Oma auch die Eleganz ihrer Jugend bewahrt. Sie war eine schöne junge Frau gewesen, davon zeugten die Fotografien an den Wänden und in den Alben sowie Mariannes Erinnerungen. »Ich war stolz auf meine Mama. Sie hatte dichtes kastanienbraunes Haar, das in weichen Locken um ihr schönes Gesicht fiel. Sie schminkte immer die Lippen und ein wenig die Augen, legte einen Schimmer Puder, aber niemals Make-up auf. Sie lachte gern, zog sich modisch an, ging absolut sicher auf Stöckelschuhen. Und sie hatte eine schöne Stimme. Besonders gern sang sie Operettenmelodien, hin und wieder eine Arie oder Schlager der Schweizer Sängerin Lys Assia, die heute keiner mehr kennt. Und sie roch so wunderbar nach Nivea.«

So war Lenas Oma. Nun lag sie friedlich mit geschlossenen Augen und einem sanften Lächeln auf ihrem Bett. Unwillkürlich musste Lena an eine Stelle aus Prousts *Auf der Suche nach der verlorenen Zeit* denken: »… die Prinzessin sandte uns allen ein himmlisches Lächeln zu, das sie aus ihrer Vergangenheit zu holen schien.«[26]

Großmutter hinterließ ein geräumiges Haus mit vielen Ölgemälden und antiken Möbeln, darunter auch ein Schiedmayer-Klavier. Auf ihren diversen Konten in der Schweiz und in Deutschland lagen zusammengerechnet 250.000 Euro. Das Geld erbten zu gleichen Teilen ihre drei Enkel. Und da Lena das Klavier bekommen sollte, erhielten die beiden andern jeweils einen antiken Sekretär und eine Vitrine.

Nach der Beerdigung gerieten sich Lenas Mutter und deren Bruder in die Haare. Marianne wollte das Haus erhalten, renovieren und dann vermieten. Bruder Gregor und seine Frau schüttelten die Köpfe über so viel »Dummheit«, denn eine Jugendstilvilla mit Blick auf den Kölner Dom ließ sich in diesen Zeiten zum Höchstpreis verkaufen.

Solche Diskussionen, nur wenige Wochen nach dem Tod ihrer geliebten Oma, behagten Lena überhaupt nicht, und sie war auf ihren Onkel sowie auf ihre Mutter sauer. In einer langen Mail an Julian schrieb sie sich den Kummer darüber von der Seele.

Ach, Julian, werden wir auch mal so geldgierig sein, wenn wir alt sind? Onkel Gregor schielt nur nach der halben Million, die bei einem Verkauf rausspringt, und Mutter schwafelt vom Erhalt des Familienbesitzes, denkt aber tatsächlich an die Mieteinnahmen. Da gehe ich jede Wette ein. Sie sagt: »Was soll ich mit dem vielen Geld, wenn ich verkaufe? Zur Bank bringen, wo sie mich beschwindeln und austricksen? Egal wie ich es anlege, die Bank verdient sich eine goldene Nase an ihren Kunden. Am besten ich horte meine Scheine in Zukunft in einem Heimsafe.« So schimpft sie den ganzen Tag.

Aber weißt du, Julian, ich muss das von Oma geerbte Geld bis zu meinem sechsundzwanzigsten Geburtstag anlegen. Das hat sie so bestimmt und ich finde, das war eine gute Idee. Ich würde es ohnehin dumm verschleudern. Bei Topshop und Asos jede Menge Klamotten bestellen. Und denk nur an die Schuhe, die ich mir kaufen könnte? Prada, Vuitton, Jancovek und immer die verrücktesten. Wir hätten ständig Streit, weil ich keinem ausgefallenen Design widerstehen könnte. Ist es da nicht besser, wir haben das Geld später? Falls wir beide doch zusammenziehen, werden wir davon unsere Wohnung einrichten.

Ach, herrje, ist die Mail lang geworden. Und nur ein Thema: Geld und Erbe. Von meiner guten Oma habe ich nichts erzählt. Das hole ich nach, wenn du wieder bei mir bist. Bisous, Deine Lena.

14. KAPITEL

HALT MICH FEST

Noch im Sommer löste sich der Streit zwischen Bruder und Schwester in Wohlgefallen auf. Nicht zu jedermanns Wohlgefallen, denn der Erbschlichtung lag ein Drama zugrunde. Lena erfuhr es Anfang August, als sie in Deauville bei ihrer Mutter eintraf und dort ihrem Onkel Gregor begegnete.

»Was machst du denn hier?«, fragte sie statt einer freundlichen Begrüßung. »Dich habe ich immer nur zu Familienfesten gesehen. Gibt es eines?«

»In gewissem Sinne schon«, antwortete Gregor mit finsterer Miene.

»Und was für eines?«

»Ein Wiederaufleben der alten Familienbande. Der Bande, die noch fest waren, bevor Gerlinde in mein Leben kam. Verstehst du, Lena?«

»Klar verstehe ich. Deine Frau hat nie viel von uns gehalten und uns immer gemieden.« Verächtlich verzog Lena den Mund und Marianne riet: »Hängen wir es nicht an die große Glocke.«

Am Abend, beim Muschelessen auf der Terrasse von Mariannes Häuschen am Stadtrand von Deauville, erfuhr Lena endlich die dramatische Geschichte. Seit Jahren hatte Gregors Frau Gerlinde ein Verhältnis mit dem Nachbarn schräg gegenüber, Anwalt und Single in Boss-Anzügen, Jaguar vor dem Reihenhaus. Erst jetzt war Gregor dahintergekommen. Das war ein heftiger Schlag für den bescheiden lebenden Dachdecker gewesen.

»Was für eine Schmach. Welch Erniedrigung, jahrelang hinters Licht geführt worden zu sein«, jammerte er. Während Marianne ihn mit schalen Beschwichtigungen zu trösten versuchte, studierte Lena ihren Onkel sehr genau. Sie fand ihn recht gut aussehend. Er hatte ein markantes Gesicht, dichtes, von Grausträhnen durchzogenes Haar, ein respektables Auftreten. Er war schlank und ähnelte ein wenig dem Sänger Bruce Springsteen. Falls ihn die eingebildete Gerlinde verlassen hat, kann er nur froh sein, dachte sie. Mit diesem Aussehen findet er im Handumdrehen eine neue Frau. Besonders in Deauville, wo es reiche Witwen und gestrandete Singles gibt. Um ihn ihrerseits mit konkreten Vorschlägen zu trösten, sagte sie:

»Es wäre super, wenn du so lange wie möglich in Deauville bleiben könntest, Onkel Gregor. Mama ist oft allein und wird höchstens von doofen Freundinnen besucht. Deine Gesellschaft würde ihr sehr guttun.«

»Das habe ich ganz fest vor, Lena. Nur frage ich mich, ob ich hier auch genug Geld verdienen kann. Deiner Mutter auf der Tasche zu liegen, wäre eine Unverschämtheit.«

»Dachdecker sind sehr beliebt. Hier gibt es viele ›desperate housewives‹. Die sind ganz wild auf gut aussehende Dachdecker, die auch Zäune, Fahrräder oder sonst was reparieren. An Unternehmen wenden die sich schon deshalb nicht, weil die zehnmal teurer sind als ein Dachdecker, der auf eigene Kosten kommt. Stimmt's, Mama?«

Marianne nickte lachend. Mit ihrer heiteren Bemerkung hatte Lena die etwas angespannte Situation aufgelockert und ganz plötzlich fing Gregor an zu plaudern. Er holte weit aus, erwähnte romantische Urlaubsfahrten mit Gerlinde nach Madeira, Mallorca, Sizilien. »Ja, Sizilien«, wiederholte er, als Lena und Marianne erstaunt aufsahen. Gerlinde und er hatten die Drehorte für den Visconti-Film *Der Leopard* besichtigt und sich dabei den jungen Alain Delon und die schöne Claudia Cardinale vorgestellt. Das alles sei sehr gefühlvoll gewesen und er hatte geglaubt, dieser Zustand könne anhalten. Das Wort »ewig« wolle er nun nicht aussprechen, aber gedacht hatte er es damals. Heute glaube er nicht mehr an die Liebe und schon gar nicht an die ewige.

»Das darfst du nicht sagen, Gregor! Ohne Liebe ist das Leben nur noch die Hälfte wert.« Marianne schaute so ernst, als meinte sie ihr eigenes Leben. Ihre Tochter nickte eifrig und fügte hinzu: »Sei nicht traurig, Onkel Gregor! Man kann in jedem Alter noch mal von vorn anfangen. Du hast einen Beruf, du bist kein armer Mann und du siehst passabel aus. Sei lieber froh, Gerlinde los zu sein. Sie kann Mama nicht leiden, sie kann mich und Papa nicht leiden. Sie kann dich nicht mehr leiden. Wen kann sie leiden außer den Kindern?«

»Ach die Kinder«, rief er, statt ihr zu antworten. »Ich werde sie nicht mehr oft sehen.«

»Woher willst du das wissen?«, fragte Marianne. »Vielleicht kommen sie öfter nach Deauville, nun da ihr Vater hier wohnt. Und wir werden uns endlich besser kennenlernen, was durch Gerlinde ja nicht möglich war. Ich freue mich auf Annika und Justine.«

Eine Weile schwiegen sie. Minutenlang waren nur das Schreien der Möwen und der sanfte Schlag der Wellen zu hören. Unmerklich tauchte die Nacht ins Meer und färbte es schwarz. Hier und da leuchteten Sterne auf, Fledermäuse zuckten unter dem silbrig dunklen Himmel, das Kreischen der Möwen verklang, doch weiterhin raunte das Kommen und Gehen der Wellen durch die Nacht. Niemand sprach. Lena dachte an Julian. Was er jetzt wohl machte? Wo er war? Wie er sich fühlte?

Sie lehnte den Kopf zurück und sah nach oben. Mit zusammengekniffenen Augen fixierte sie eine Weile die weiß gesprenkelte Dunkelheit, und ganz plötzlich sah sie ihn vor sich: Er stand am geöffneten Fenster einer Wohnung in Chelsea und blickte wie sie in den Himmel. Der seine war um diese Zeit strahlend hell, höchstens etwas bewölkt, dennoch war er der gleiche und sie sagte sich: Wenn ich nun ganz fest an ihn denke, dann müsste er es jetzt spüren. Liebe ist grenzüberschreitend. Liebe sprengt Zeit und Raum. Niemand kann einer Liebe wie der unseren im Weg stehen. Nicht einmal der Tod.

»Du siehst so verträumt aus, Lena. An was denkst du?«, wollte Gregor wissen. Das Mädchen reagierte nicht. Seine Konzentration war völlig von dem Bild in seinem Inneren aufgesogen. Das passierte ihr oft, seit Julian in New York war. Lena sah ihn nicht nur, sie hörte ihn auch. Und manchmal drehte sie sich um, in der Hoffnung, er könnte plötzlich durch die Tür kommen und sagen: »Bin früher aus New York zurück. Ich habe es einfach nicht länger ohne dich ausgehalten.«

»Hallo Lena, dein Onkel hat dich was gefragt.« Marianne stupste sie. Die Angesprochene zuckte zusammen. Sie entschuldigte sich bei ihrem Onkel und erzählte ihm ein wenig von ihrem Freund.

»Bald kommt Julian aus New York zurück. Ich freue mich, ihn dir vorstellen zu können. Du wirst ihn sicher mögen, meinen Julian.«

Absichtlich wiederholte sie seinen Namen. Bei seinem Klang bekam sie Schmetterlinge im Bauch, ihr Herz fing an zu klopfen und sie konnte von ihm träumen. So plastisch von ihm träumen, dass sie seinen Kuss spürte, seine Umarmung, seine Wärme. Auch jetzt, im Beisein ihrer Familie, wurde ihr ganz warm.

Gregor schien sich durch ihren Vorschlag geehrt zu fühlen. Sein scheues Lächeln und ein Anflug von Röte bewiesen es. Lena schmunzelte. Sie dachte: Trotz seiner Falten und dem grauen Kopf wirkt er wie ein großer Junge. Ein wenig schüchtern, ein wenig verloren.

*

Nach seiner Rückkehr aus New York machte Julian eine Nacht Zwischenstation bei seinen Eltern. Zeit zum Schlafen fand er kaum, außerdem war er aufgedreht. Seine Mutter jammerte, er solle bleiben und sich erst einmal ausruhen. Vater Sorel schüttelte nur den Kopf. Eilig leerte der Ankömmling seinen Koffer mit der schmutzigen Wäsche, füllte ihn mit Sommersachen, den Geschenken, die er Lena mitgebracht hatte, einer Lederjacke und einem Pulli für kühle Abende. Er packte den Chopin- und den Beethovenband ein und natürlich sein Arbeitsheft, in dem sich Note an Note reihte, sich Anfänge in Triolen und Sechzehntel-Läufen, Mittelteile in getragenen ganzen oder halben Noten und in deftigen Akkorden à la Beethoven entwickelten. Noch war kein Schlussteil zu erkennen und was er bislang komponiert hatte, unterzog der Komponist immer wieder schärfster Kritik, strich darin herum, verbesserte so oft, dass er sich in seinem eigenen Gekrakel nicht mehr zurechtfand, begann von Neuem. Unruhig, unzufrieden. Das Leben hatte noch nicht eindeutig zu ihm gesprochen.

Bevor er in den Zug nach Deauville stieg, kaufte er den schönsten Blumenstrauß, den er finden konnte. Auf den Preis schaute er nicht. Als seine Freundin die Blumen am Bahnhof in Deauville entgegennahm und ihr Gesicht in die Blüten steckte, musste er an einen Satz von Victor Hugo denken: »*La vie est une fleur, l'amour en est le miel;* Das Leben ist eine Blume, deren Nektar die Liebe ist.«[27]

Schon nach wenigen Tagen fühlte sich Julian wohl in der neuen Umgebung. Er hatte den Jetlag überwunden und sich mit Marianne und Gregor angefreundet. Das war kein Hexenwerk, denn die älteren

Herrschaften kamen ihm übertrieben freundlich entgegen. Sie behandelten ihn königlich, wollten es ihm überall recht machen. Er sollte sich wie zu Hause fühlen, deshalb fragten sie ihn nach seinen Vorlieben, was das Essen betraf. Ob er Kuchen zu essen wünsche, Meeresfrüchte liebe oder Fisch dem Fleisch vorziehe. Zu welcher Uhrzeit er frühstücke und welchen Wein er möge. Ob es ihn auch nicht störe, wenn Marianne beim Kochen, Aufräumen und Sonnenbaden – also den ganzen Tag – klassische Musik höre. Julian schielte zum Schiedmayer-Klavier und antwortete:

»Ich esse, was Sie essen, trinke, was Sie trinken zu den Zeiten, die Sie bestimmen. Ich bin ein Kuchenfan und liebe klassische Musik. Aber würde es Sie stören, wenn ich ab und zu auf diesem Instrument spiele?« Er wies auf das Piano.

»Ganz im Gegenteil«, entgegnete Marianne hocherfreut. »Wir wären überglücklich, wenn du das gute Stück wieder zum Leben erwecken könntest. Es ist neunzig Jahre alt. Meine Großmutter, meine Mutter und ich haben auf diesem Instrument gelernt. Es gehört Lena und daher gehört es auch ein wenig dir.«

Julian spielte täglich eine Stunde. Nocturnes und Walzer von Chopin, die Sonate Pathétique vom Blatt und vier der acht Schumann-Fantasiestücke aus der Erinnerung. Hin und wieder komponierte er weiter oder phrasierte eine Bewegung neu, die er am Ende doch wieder verwarf.

*

Am zweiten Wochenende nach Julians Ankunft streunten sie zu viert über den Sommerflohmarkt der Stadt, wobei die jungen Leute eine kuriose Seite an Gregor entdeckten. Sein Gespür für interessante Objekte zeigte sich bei ihm auf andere Weise als bei Julians Vater. Für Monsieur Sorel, der ebenfalls Flohmarktspezialist war, offenbarte sich der Wert eines Gegenstandes in seiner Gesamtheit, Gregor hingegen achtete aufs Detail.

Er konnte mit großen Augen vor einer Anhäufung alter Möbel stehen, die allesamt so aussahen, als hätte eine Oma ihren Speicher geleert. Er konnte vor einer wurmstichigen Kommode ausflippen, die er neben einem lädierten Stuhl und einem scheußlichen Schrank stehen sah. Dann leuchtete sein ganzes Gesicht, Falten traten auf seine Stirn und man konnte direkt sehen, wie es dahinter arbeitete. Er untersuchte das Stück dann genauer, tastete, roch am Holz und rieb sich schließlich das Kinn. Kein Antiquitätenkenner würde sich länger als ein paar Minuten vor dem Ramsch aufhalten, keiner würde sich angesichts von Sperrmüll nachdenklich das Kinn reiben, aber Gregor war nicht der Mensch, der nach dem seltenen Stück suchte. Er war im Grunde kein Kunstkenner, er war selbst ein Künstler, denn er war fähig, aus gutem Holz, den Sitzflächen ausrangierter Stühle und dem Buntglas einer Kirchenscheibe eine Vitrine oder ein Buffet zu zaubern.

Jetzt, beim Flanieren, erinnerte sich Lena an die ungewöhnliche Einrichtung seines Kölner Hauses. Sie hatte in ihrem Leben noch nie so originelle Möbel gesehen wie dort, und plötzlich fielen ihr auch wieder die Türen ein. Jedes Zimmer hatte eine andere Tür. Ob Landhaus, Bauernhaus, Fabrikgebäudestil – so ziemlich alles war vertreten. Ganz vernarrt war Gregor in Türen aus dem 19. Jahrhundert. Leider boten Flohmärkte so gut wie nie solche Gegenstände an, und so erwachte in Gregor die Idee, übers Land zu fahren, durch abgelegene Dörfer zu streifen und die Läden von Trödlern und Altwarenhändlern zu durchstöbern.

»Frankreich hat die schönsten Türen«, verkündete er kauend, als sie sich an einem Imbissstand auf dem Trödlermarkt in Deauville ausruhten. »Das ist mir schon bei meinem ersten Besuch vor zwanzig Jahren aufgefallen und das bestätigt sich, seit ich hier wohne, Tag für Tag. Ständig entdecke ich andere, ungewöhnliche Hauseingänge. Ich träume sogar von ihnen und vergesse dabei Gerlinde.«

»Wie wunderbar«, entfuhr es Marianne und Lena fast gleichzeitig.

»In der Tat träume ich von Häusern, die ich rund herum mit antiken Türen bestücke. Alle Eingänge, auch Nebeneingänge, egal ob Keller oder Garage, bekommen von mir wunderschöne Türen verpasst. Schade, dass ich mich diesbezüglich nirgends austoben kann. Ich glaube, Gerlinde wäre im Handumdrehen vergessen.«

»Für alle Zeiten?«

»Für alle Zeiten, Lena! Mein Wort drauf.«

Lenas schelmischer Blick glitt von Gregor zu Julian, von ihm zu ihrer Mutter und zurück zu Julian. Dieser runzelte nachdenklich die Stirn. Was führt sie nun wieder im Schilde, die Sphinx, dachte er und ließ sie von da an nicht mehr aus den Augen. Aber er betrachtete sie liebevoll, zärtlich und voller Bewunderung. »Ach, es gibt keine bessere als sie«, schien er sich zu sagen. Mit ihr ist alles lebensfroh, selbst ein Streit ist eine Komödie. Eine Shakespeare'sche natürlich, denn im Wortspiel steht sie Shakespeare in nichts nach. Solch schwärmerische Gedanken spiegelten sich in seiner verschmitzten Miene.

»Vielleicht habe ich Arbeit für dich, Gregor.« Ihre helle Stimme durchbrach Julians Gedankenfluss. »Allerdings gibt es drei Hürden zu überspringen, bevor du loslegen kannst. Erstens: Der Job ist eher lustig als lukrativ. Zweitens: Ich muss erst Papa fragen. Drittens: Ich muss erst Julian fragen.«

Sagte es, glitt vom Hocker der Imbissbude, zog Julian mit sich und ließ Marianne und Gregor verwundert sitzen.

*

»Manchmal bist du schrecklich geheimnisvoll«, flüsterte Julian und küsste sie aufs Ohr.

»Oh, ja! Schrecklich geheimnisvoll! Also sei vorsichtig, sonst verwandele ich mich eines Tages in einen Drachen und fliege davon.«

»Das wäre so unerträglich, dass ich alles tun würde, dich zurückzuholen.«

»Dafür müsstet du dich mit übernatürlichen Mächten ausstatten. Das schafft ein normaler Sterblicher nicht.«

»Ich bin kein normaler Sterblicher. Als Student der Philosophie und Politikwissenschaft habe ich ganz feine Antennen für das Weltgeschehen und mein Feeling für Musik und Komposition verschafft mir magische Kräfte. Ich bin ein Dreamer und ein Dreammaker gleichzeitig. Merk dir das.«

Lena lachte. Es war Mitternacht. Aus der Ferne klang die monotone Melodie der Wellen. Von ihrem Bett aus konnten sie den klaren

Sternenhimmel sehen. Vergnügt kuschelte sie ihren Kopf an seinen Hals und schmiegte sich an ihn. Nach einer Weile fragte Julian: »Sagst du mir nun, warum auch meine Meinung dazu beitragen soll, dass Gregor Türen einbaut? Das entbehrt doch jeder Logik.«

»Durchaus nicht, Julian. Heute aber erfährst du es nicht.« Sie küsste seinen Hals, seine Brust und rollte sich auf ihn. »Erzähl mir lieber von New York.« Leidenschaftlich umarmte sie ihn, und Julian spürte am ganzen Körper, dass der Zeitpunkt für eine Episode aus New York nicht ganz der richtige war. Auch er atmete heftig. Zwischen seinen Liebkosungen flüsterte er: »Wie sagt es doch Scarlett O'Hara in ›Vom Winde verweht‹ so schön? ›Verschieben wir es doch auf morgen.‹«

15. KAPITEL

BIS ANS ENDE DER WELT

Auf der antiken Gartenlaterne, deren Schein die Terrasse in ein malerisches Licht tauchte, saß Cupido und beobachtete Lena und Julian durch die großen Fenster. Im Schlaf hatten die beiden Kindergesichter. Unschuldig und völlig entspannt. Er war in sein Werk verliebt. Diesmal war ihm etwas ganz Besonderes gelungen. Und er war sicher, diesmal konnte nichts schiefgehen. Fast sicher, denn manchmal stieg ein ungutes Gefühl in ihm auf, eine dunkle Ahnung, die ihn traurig machte. Wäre sie nicht, würde er der Liebe dieser beiden jungen Menschen ein ganzes Leben geben. Aber woher kam diese Ahnung und warum belästigte sie ihn? Es gab keine ersichtlichen Gründe, schwarzzusehen. Ich bin beeinflusst, dachte er. Es sind das Geschwätz der Bischöfe und die Zweifel der skeptischen Cupidos, die mich verwirren. Etwas anderes kann es nicht sein, denn nichts deutet darauf hin, dass diese beiden sich trennen sollten. Höchstens nach vielen Jahren und Jahrzehnten, wenn überhaupt.

*

In Deauville erwachte Julian oft vor Lena. Leise stand er auf, duschte, zog die frisch gewaschene Jeans und ein blütenweißes T-Shirt an und eilte barfuß in die Bäckerei. Damit machte er auch Marianne eine Freude, die nie aus dem Hause ging, bevor sie nicht gerichtet, geschminkt und adrett frisiert war. Er besorgte Croissants, Baguette und einige Brioches. Ja, und er deckte in bester Laune den Frühstückstisch. Alles stimmte. Ein strahlender Himmel, warme, würzige Meeresluft und der Duft von Kaffee. Während Marianne das Bauernservice aufstellte, gab Julian die Croissants in einen runden Brotkorb, legte die Baguettes auf die karierte Tischdecke und schmückte Lenas Tasse mit einem Schokoladenherz.

»Das ist aber lieb von dir«, quietschte Marianne. Dabei wanderte ihr Blick vom Schokoladenherz zum Gärtner, der in dem Moment durchs Gartentor trat, und Julian musste feststellen, dass nicht Marianne, sondern das alte Tor gequietscht hatte. In letzter Zeit kam der junge Mann täglich, in Bermudas und ärmellosem Shirt, was seine kräftigen Beine und die muskulösen Arme gut zur Geltung brachte. Er begrüßte Marianne mit Handschlag und einem umwerfenden Lächeln. Hallo, hallo, dachte Julian belustigt, der hat es wohl auf Madame Bellami abgesehen. Was das schöne Wetter doch alles vollbringt.

»Guten Morgen, Michel-Jacques! Was führt Sie denn so früh in meinen Garten?«

»Madame, zehn Uhr ist für einen Gärtner nicht früh, und für mich im Besonderen ist es eher spät, denn zu Ihnen würde ich am liebsten noch früher kommen.«

Vermutlich schon in der Nacht, dachte Julian verwegen.

»Ach, hören Sie auf, Sie Charmeur!«, rief Marianne mit rotem Kopf. »Sie wollen nur mehr verdienen. Geben Sie es zu.«

»Nein! Nein!« Michel-Jacques freundlicher Gesichtsausdruck verflog schlagartig. Offensichtlich hatte Marianne ihn beleidigt.

»Ich hatte vor, nach den Rosen zu sehen. Die schauen durstig aus. Im Übrigen gibt es viel Unkraut zu jäten und den Garten von der Katzenkacke zu reinigen.«

»Leonard kackt nie in den Garten«, rief Lena empört. In einem sonnengelben, knielangen Trägerkleid erschien sie auf der Terrasse. »Er hat sein Katzenklo im Haus, pennt den halben Tag und geht nachts auf die Pirsch.« Ihr auf dem Hinterkopf zu einem Schwanz gebundenes Haar wippte, als sie energisch nickte. Michel-Jacques stand nun sichtlich betreten da und entschloss sich, den Rückzug anzutreten.

»Gut, wenn also nichts zu tun ist …«

»Es ist immer was zu tun«, kam ihm Marianne zu Hilfe. Sie sah genauso verlegen aus wie er und wollte ihn ganz offensichtlich nicht vor ihren Gästen bloßstellen, jetzt, da auch noch ihr Bruder dazukam. »Aber kommen Sie besser heute Nachmittag. Einverstanden?« Ihr strahlendes Lächeln versöhnte den Mann, und so gut gelaunt, wie er gekommen war, ging er nun wieder.

»Na, dann setzt euch mal alle hin. Ich spiel den Butler«, scherzte Gregor, hängte sich eine weiße Serviette über den linken Arm und servierte zuerst Orangensaft, dann Kaffee. Geschirr klapperte, zufriedenes Gelächter stieg in den Himmel, die Luft war erfüllt vom Duft der Blumen und der Frische des Meeres. Marianne sah verträumt zum Gartentor, und während Gregor spitzbübisch blinzelte und Lena im Sonnenlicht genussvoll das Schokoladenherz vertilgte, erzählte Julian zum ersten Mal von New York. Lena erlebte diesen Moment als einen unwirklichen und zugleich sehr einprägsamen, den sie nie vergessen würde und an den sie sich später nur unter Tränen erinnern sollte.

*

Halt mich fest! Mir wird schwindlig. Ich bin so sehr verliebt.[28]

Seine schönen Augen glänzen wie schwarze Perlen, wie jene an Frau Gaspards Chanelkette. Die gebräunte Haut leuchtet, sein dunkles Lockenhaar weht im Wind. Seine Zähne sind perfekt, alles an ihm ist perfekt. Ich finde ihn schön, meinen Julian. Ich starre auf sein Gesicht, auf seinen Mund, als er von New York erzählt, und beschließe, ihm mein Klavier zu schenken. Das Schiedmayer-Piano von Oma soll er bekommen, denn weder das ungewöhnliche Chrysler Building und die gigantischen Avenuen noch Times Square, Central Park oder die Straßen in Chelsea haben ihn so sehr fasziniert wie sein Trip nach Queens in die Steinway-Manufaktur. Ein junger Mann aus Paris, ganz plötzlich an der Pforte der besten Pianofabrik der Welt. Steinways Emblem in goldenen Lettern. Der kleine Flügel aus glänzendem, dunklem Holz im Eingang. Wer sind Sie? Was wünschen Sie? Touristen haben keinen Zugang. Und du lächelst freundlich. Du schöner junger Mann aus Paris, ohne besondere Referenzen, ohne Empfehlungsschreiben, gehst einfach weiter. Niemand hält dich auf. Sie halten dich für Chopin, denn sie wissen ja nicht, dass der längst gestorben ist. So würde Vater Bellami argumentieren, der von der Bildung des Durchschnittsamerikaners nicht viel hält. Vielleicht sehen sie in dir auch einen potenziellen berühmten Pianisten. Dennoch brauchst du ihnen nichts vorzuspielen. Ohne dir weitere Fragen zu stellen, geleiten sie dich von einem Atelier ins nächste. Von den Holzlagern über Treppen zu den Räumen, in denen das Gehäuse hergestellt und der Rimbogen[29] für den Flügel gepresst wird. Über weitere Treppen und Gänge zu den Schleifern und Polieren, vorbei am Italiener, der für die Klavierbeine zuständig ist, und den Künstlern, die den Resonanzboden fertigen und für die Besaitung verantwortlich sind. Dann zu den Tastenmachern. Es gibt einige Diamanten unter den Flügeln berühmter Klavierhersteller, doch es gibt nur einen Brillanten unter ihnen und das ist der Steinway-Flügel.

So wie es überall nette Jungs gibt, aber nur einen Julian. Das weiß ich heute mit Sicherheit. In der vorigen himmlischen Nacht, in der wir uns versprochen haben, zusammenzuziehen, habe ich deine Hand gehalten und dein Herz im Rhythmus mit dem meinen schlagen gehört. Wir werden zusammenwohnen, weil wir zusammenleben wollen und zusammenbleiben wollen. Es gibt nur eine Liebe. »Bis ans Ende der Welt, wenn es das gibt.« [30]

*

Cupido saß wieder in der romantisch verschnörkelten Halterung der Gartenfackel. Er liebte ihren großzügigen Arm, der sich um ihr längliches Bleiglas wand. Hier konnte er es sich gemütlich machen und mit übereinandergeschlagenen Beinen auf die Welt herabschauen. Unter ihm herrschte geschäftiges Treiben. Der Tisch wurde gedeckt, die Vasen mit Blumen versehen, Wein in Karaffen gefüllt. Marianne erwartete zum Abendessen ein paar Gäste. Soweit Cupido herausgehört hatte, handelte es sich um Frauen, die an den Mann gebracht werden wollten. Nicht immer war er bei solchen Anlässen anwesend, denn meistens ging es dabei nicht um Liebe. Da er sich jedoch Julian und Lena sehr verbunden fühlte, empfand er eine leise Zuneigung für Marianne und deren Bruder. Warum sollten sich nicht alle glücklich verlieben?

Monsieur Bellami hatte seine Christel und auf Marianne wartete der junge Gärtner des Viertels. Cupido hatte sofort begriffen, dass der junge Mann das beste Aufputschmittel für die resignierte Marianne sein musste. Ihre Lebensfreude nahm täglich ab und drohte unter Schuldgefühlen, Vorwürfen, Selbstmitleid und einem ständig nagenden Verdruss bald zu ersticken. Das wollte Cupido nicht zulassen, und als er zu Ferienanfang den Gärtner mit nacktem Oberkörper die Hecke schneiden sah, während Marianne im Sommerkleid die Terrasse kehrte, griff er nach einem Pfeil mit Kurzzeitwirkung und schoss ihn zwischen dessen kräftige Schulterblätter. Der Bursche stand augenblicklich in Flammen. Er hatte nur noch Augen für die Eigentümerin und musste höllisch aufpassen, im Garten nicht alles durcheinanderzubringen. Glücklicherweise war die Pflanzzeit schon vorüber, sonst hätte er in seiner Verwirrung die lange Eingangsallee mit Rapunzeln statt mit Rosenpflänzchen geschmückt.

Ein wenig wunderte sich Marianne, warum er täglich antrabte, um zu erfragen, ob alles in Ordnung sei und ob sie Hilfe brauche. Lange brachte sie es nicht mit sich in Zusammenhang. Sie schob es auf den Sommer, auf die kräftige Sonne, die herrlich auf der Haut kribbelte und alle Sinne weckte, selbst die eines abgestumpften Gärtners. Erst als Lena witzelte, der arme Mann lungere wohl am liebsten in Mariannes Garten herum, weil sie im ganzen Umkreis die netteste Frau sei und trotz ihrer Jahre, Marianne war sechsundvierzig, noch knackig aussehe, dämmerte es ihr. Und während es ihr dämmerte, studierte sie den jungen Mann genauer und fand ihn zunehmend attraktiv. Cupido brauchte keinen Pfeil zu verschießen, es genügte, ihn auf sie zu richten. Mariannes Herz öffnete sich auf der Stelle.

»Die Arme hat großen Nachholbedarf«, sagte sich Cupido verwundert. »Jedenfalls freue ich mich darüber, denn oft richten meine Pfeile bei älteren Semestern nicht mehr viel aus. Manche sind so abgeklärt und in einigen Fällen geradezu feindselig der Liebe gegenüber. Diesbezüglich ist es um die Alten schlimmer bestellt als um die Jungen.«

Julian saß im Wohnzimmer am Klavier und versuchte sich an unterschiedlichen Melodien, die er einmal durch hastige Läufe oder Arpeggien à la Schubert veränderte, dann wieder mit tragenden Akkorden versah. Cupido wurde nachdenklich. Was spielt er nur? Cupido, der beinahe jedes Musikstück kannte, das in den letzten dreihundert Jahren auf der Welt intoniert worden war, hatte das, was jetzt an seine Ohren klang, noch nie vernommen.

Als ob Julian ihn gehört hätte, sah er plötzlich zu ihm hoch. Dabei lächelte und zwinkerte er verschwörerisch. Erfreut lächelte Cupido zurück, obwohl das völlig unnötig war, denn Julian konnte ihn nicht sehen. Dennoch musste das Lächeln des Liebesgottes etwas bewirkt haben. Schlagartig hatte Julian eine Eingebung.

»Ich hab's!«, schrie er. »Endlich habe ich den Anfang!«

»Wovon?«, fragte Marianne, die gerade das Soufflé aus dem Ofen holte.

»Ach.« Julian winkte ab. Eigentlich sollte Marianne nicht wissen, woran er bastelte. Und da er Lena in der Nähe glaubte, redete er sich heraus.

»Och, das sind Kompositionsversuche für meinen Lehrer. Der will, dass ich mich darin übe. Seit Monaten schustere ich daran herum. Wenn ich in dem Tempo weiterarbeite, brauche ich vier Jahre, bis der Song steht.«

»Das macht nichts. Manche schreiben ein ganzes Leben an einem Buch oder lernen ein Leben lang ein Instrument, bis sie es beherrschen.« In Schürze, die beiden Hände in Ofenhandschuhen, stand Marianne hinter ihm und starrte auf das verkrakelte Notenblatt.

»Spiel mir vor, was du bis jetzt gedrechselt hast.« Und Julian gehorchte. Mehrmals hintereinander trug er den Anfang vor, der jedes Mal anmutiger wirkte.

»Oh, das klingt nicht schlecht. Erinnert ein wenig an den Soundtrack des Films ›Die fabelhafte Welt der Amélie‹.«

»Ich habe es ähnlich aufgebaut. Ähnlich die Wiederholungen gesetzt, aber die Melodie ist anders.«

Eine Weile blieb Marianne stehen und horchte dem Klang des Liedes nach, dann ging ein Ruck durch sie, und ohne ein weiteres Wort eilte sie in die Küche zurück.

»In Wirklichkeit hat sie nur an den Gärtner gedacht«, murmelte Cupido. »Als Randgedanke tauchte ihr Bruder auf und andeutungsweise die Überlegung, wie der am delikatesten mit Stephanie bekannt gemacht werden könne. Julians schwer erkämpfte Melodie hat sie nur flüchtig angehört.« Kopfschüttelnd blickte ihr Cupido nach. Doch gleich wurde seine Aufmerksamkeit umgeleitet. Lena kam die Treppe herunter. Sie sah frisch und munter aus. Ihr wehte ein Hauch Kokos hinterher. Es war sogar zu vermuten, dass ihr Badewasser mindestens zu einem Drittel aus dem duftenden Inhalt eines Riesenflakons von Body Shop bestanden hatte. In einem roten Leinenkleid und schicken High Heels der Hals-und-Beinbruch-Marke Christian Louboutin, das Haar in einen kunstvoll drapierten Turban gewickelt, stolzierte sie ins Wohnzimmer, beugte sich über Julian und küsste ihn aufs Haar. Sie flüsterte ihm etwas ins Ohr, worauf er flüchtig nickte, ohne sich in seiner Arbeit unterbrechen zu lassen. Während Lena in die Küche ging, wo Gregor die letzte von fünf Rotweinflaschen öffnete, arbeitete Julian ungestört weiter.

»Der Junge steckt alles in diese Musik. Jeden Atemzug, das Klopfen seines Herzens, die Regung seiner Seele, die Bilder seiner Augen, was er riecht, was er schmeckt, was er tastet. Musik ist die Trägerin der Liebe. In ihr lebt sie über Jahrhunderte, über Jahrtausende. Ja, ihr lieben und skeptischen Cupidos, die ihr mich sicherlich hören könnt: Musik ist einzigartig. Mehr als dem schönsten Gedicht gelingt es ihr, die Gefühle der Liebe einzufangen und mit ihrem Klang verströmen zu lassen.«

*

I Love a Piano[31]

Ich bin eifersüchtig auf sie, auf die Musik. Seit einer Woche liebt er sie mehr als mich. Er starrt auf die Noten, grübelt, hört mich nicht, hört nur sie, diese immer wiederkehrende Melodie. Er verziert sie, spricht mit ihr, streichelt und schlägt sie. Er schläft mit ihr, während ich auf ihn warte. Oben im Zimmer oder auf der Terrasse. Manchmal am Strand, wenn ich schon vorausgehe, weil er noch eine Note schreiben muss. Eine Note, sagt er, aber es sind unzählige, die er dann doch wieder verwirft. Ich ärgere mich darüber, dass er Stunden mit dieser Komposition verbringt. »Es ist ja nur eine kleine Arbeit für meinen Lehrer«, beschwichtigt er mich. »Warum nimmt sie uns dann so viel kostbare Zeit weg?«, frage ich. Und er legt meine Hand auf seine Wange und antwortet mit einem Spruch von Victor Hugo: »Die Musik drückt das aus, was nicht gesagt werden kann und worüber zu schweigen unmöglich ist.«[32]

Mein rätselhafter Julian. Ich habe dich angeschrien, dir Rücksichtslosigkeit und Egoismus vorgeworfen. Habe gefaucht wie ein Raubtier, als du das Haus verlassen hast und lange nicht wiederkamst. Ich hatte Angst, dich zu verlieren, wie damals nach unserem Klamottenstreit. Aber ich war böse, war wütend, wühlte mich hinein in meinen Stolz und schwor mir, dir nicht hinterherzulaufen. Niemand war da, mich zu schütteln, damit mein Stolz abfällt wie eine hässliche unnötige Hülle. Marianne war mit Michel-Jacques im Restaurant und Gregor seit Stunden mit Stephanie auf Türensuche. Sagte ich, niemand war da? Das ist nicht ganz richtig. Es war jemand im Raum oder in der Luft. Nein, es war kein Jemand, es war Etwas. Ein Klang, ein Summen, eine Erinnerung. Die Erinnerung an eine Melodie. Ich stellte mir keine Fragen mehr, sondern ging aus dem Haus, zum Strand hinunter, dorthin, wo ich Julian vermutete.

16. KAPITEL

GLÜCK WOHNT IM DRITTEN STOCK

Lena strahlte vor Zufriedenheit und kicherte dabei in sich hinein. Ein bisschen hämisch, ja ein wenig schadenfroh, denn sie hatte es fast mühelos geschafft, alle Hindernisse aus dem Weg zu räumen, der zu einer gemeinsamen, erschwinglichen Wohnung führte. Morgen würde sie Julian einweihen. Aber erst morgen.

Es war halb acht Uhr abends. Sie hatte sich mit Julian vor dem Kino verabredet. Ein Film über den Staatsfeind Nummer eins der Siebzigerjahre stand zur Wahl.

»Dieser Kerl war ein Rätsel. Irgendwie beeindruckend«, sagte Julian am nächsten Tag, als sie auf dem Weg zu einer Sache waren, die Lena geheimnisvoll als Überraschung angekündigt hatte.

»Er war kaltblütig und wirkte sympathisch. Das ist fatal. Wir kennen allerdings nur die Interpretation des Regisseurs und die starke Performance von Vincent Cassel. Mit ihm steht und fällt der Film.«

Julian nickte. Sie saßen im Bus Richtung Palais Royale.

»Der ist so gut wie Denzel Washington.«

»Nur nicht so schön.« Lena stand auf. Der Lautsprecher hatte die Comédie-Française ausgerufen. Hand in Hand gingen sie die Rue de Richelieu hinauf. Nicht weit von der Fontaine Molière blieb Julian stehen und rief: »Hey, hier waren wir schon mal und hatten ausgemacht, nur hier zu wohnen, sollten wir mal zusammenziehen. Total absurd, so was.«

»Warum?« Lena hielt an und sah ihm tief in die Augen. »Weil es hier keine Wohnungen für uns gibt?«

»Klar. So stickig und laut die Gegend im Sommer auch sein mag, sie ist teuer. Amerikaner und Russen machen sie neuerdings unbezahlbar.«

»Nicht für uns.« Sie hielt ihm einen Schlüssel unter die Nase. Julian schnappte nach Luft. Die brauchte er, denn Lena legte nun einen Zahn zu.

Die Wohnung lag im dritten Stock der Nummer 34 Rue de Richelieu. Lena klärte Julian darüber auf, dass es sich um ein Gebäude aus dem 17. Jahrhundert handele, in dem einst der Philosoph Auguste Comte gewohnt hatte und an dem der Revolutionär Saint-Just vorbeigelaufen sein musste, da er damals zwei Straßen nördlicher in einer Pension gewohnt hatte. Sprachlos glotzte Julian an der Fassade hinauf. Das Gebäude wirkte schief und war nur durch einen schmalen Gehweg von der Straße getrennt. Busse pfiffen durch wie der Wind, gefolgt von Fahrrädern, Rollern und Motorrädern. Autos standen zur Hälfte auf dem Gehweg.

»Bürgermeister Delanoë plant mit Sicherheit schon an einer Fußgängerzone für diesen Bereich. Auf die Dauer hält die Straße dem Verkehr nicht stand. Wäre auch besser, dann gibt es mehr Cafés und ausgeflippte Leute.«

Die beiden waren an ein paar super gestylten Mädchen und Jungs vorbeigekommen. Sie trugen Outfits, die Julian und Lena bis jetzt nur auf Mode-Defilees gesehen hatten, und wirkten außerirdisch, unwirklich, imaginär, gleichzeitig aber absolut real. Die Vorstellung, diesen utopisch gekleideten Menschen täglich zu begegnen, gab Julian einen Kick und etwas betäubt sagte er: »Die Gegend gefällt mir. Wie hast du es nur fertiggebracht, uns hier eine Wohnung zu besorgen.«

Lena schwieg und lächelte. Sie gab den Code ein, es summte, der Türschließer öffnete sich. Unter großer Anstrengung drückten sie gemeinsam das wuchtige Eingangstor auf.

»Mon Dieu! Gregor wird seine wahre Freunde an dieser Wahnsinnstür haben, aber keine Berechtigung, sie zu entfernen, denn das Gebäude gehört uns nicht.«

Zunächst betraten sie einen schummrigen, Kopfstein-gepflasterten Innenhof, an dessen Ende ein schmiedeeisernes Tor angebracht war, durch das Licht eindrang. Anscheinend hatte es hier einmal einen Durchgang zur rückliegenden Straße gegeben.

»Dahinter liegt das Palais Royal mit seinem Park. Schade, dass der Zugang von hier aus zugemauert wurde«, bedauerte Lena und wies auf ein drei Meter hohes Gitter, das an die Verschläge mittelalterlicher Verliese denken ließ. Rechts vom Eingang standen Mülleimer und Pflanzen hingen von einem Topf, dessen Halterung in die Wand eingelassen war. Linker Hand führte eine Tür zum Treppenhaus.

»Uh, das sieht ja aus wie ein Kellergewölbe, nur dass es nicht nach unten, sondern fünf Stockwerke nach oben geht.« Kichernd zog Lena ihren Julian die Stufen aus ziegelrotem Stein hinauf, vorbei an fleckigen, von Rissen gezeichneten Wänden.

»Wahnsinn! Wenn nicht bald ein Mensch aus dem 21. Jahrhundert auftaucht, schwöre ich, im 17. Jahrhundert gelandet zu sein. Vielleicht stoßen wir auf eine Wasserträgerin in langem Kleid und Haube à la Rembrandt, die ihre Fracht bis unters Dach schleppt.«

»Ist das nicht chic? Eine Straße, ein Gebäude, angefüllt mit Geschichte: Was könnten wir Schöneres finden in Paris? Wenn man den Worten des Vermieters glauben darf, gehörte das Gebäude im 17. Jahrhundert einem gewissen Seigneur Hulot, und das muss ein wichtiger Mann gewesen sein, sonst hätte man die Passage zehn Meter weiter nicht nach ihm benannt. Der Vermieter erzählte außerdem, es hätten vor sechzig Jahren in vielen Häusern der Straße vorwiegend Komödianten, Intendanten und Angestellte der Comédie-Française gewohnt.«

»Welcher Vermieter? Warst du auf Wohnungssuche, ohne mich zu informieren, und hast dabei geschwätzige Vermieter getroffen?«

Lena legte ihm den Zeigefinger auf den Mund.

»Sei nicht so ungeduldig. Denk an das Märchen.« Sie grinste und Julian hielt den Mund. Stattdessen machte er immer größere Augen. Er fand das alles höchst spannend. Lena hatte die Schlüssel, es gab keinen Makler, der nervige Fragen zum Lebenswandel stellte, und einen Wettstreit um die Wohnung gab es auch nicht. Üblicherweise standen die Interessenten auf der Treppe Schlange. Jeder Einzelne wurde vorgelassen und ausgequetscht wie eine Zitrone. Rauchen Sie? Sind Ihre Freunde Sozialhilfeempfänger? Wird Ihr Konto auch ordentlich gefüttert? Allein an die Kaution, die fällig würde, flößte Julian Respekt ein. Mittlerweile war man bei drei bis vier Monatsmieten Vorschuss angelangt. Für viele junge Leute das entscheidende Kriterium, weiterhin bei den Eltern zu wohnen.

Jeder Schritt, den Julian nun weiterging, zündete eine Kerze in seinem Gehirn an. Über den Parkettboden quer durch einen ungefähr fünfzig Quadratmeter großen Wohnraum, vorbei an einer urigen Holzleiter, die zum Schlafplatz unter der Decke führte, wo es sogar ein kleines Fenster gab, bis hin zu Küche und Bad. Die hohe

Decke des großen Raumes bot sich hervorragend an, umgestaltet zu werden, weshalb der Vermieter eine Maisonettewohnung daraus hatte konstruieren lassen. Am Ende seines kleinen Rundganges ging Julian ein Licht auf: »So eine smarte Wohnung lässt sich sauteuer vermieten. Ich wette deshalb, die Wohnung gehört einem Wohltäter. Und der heißt Nicolas Bellami, right?«

»Woran hast du Schlaumeier das erkannt? Details bitte!«

Julian zwinkerte ihr zu und zählte an den Fingern ab: »Keine Spur vom Maklerbüro, keine Verhöre, dafür zernagte Küchen- und Eingangstüren und zerfetzte Vorhänge. Normalerweise werden Wohnungen dieses Kalibers vom alten Mieter peinlichst sauber hinterlassen, damit er seine Kaution zurückbekommt und anschließend super hergerichtet, bevor potenzielle Mieter durchlatschen.«

»Normalerweise!« Lenas Zeigefinger schnellte in die Höhe. Dann sprang sie Julian so heftig in die Arme, dass dieser gegen die Wand taumelte und sich abstützen musste. Ihr wilder Kuss zwang ihn in die Knie. Sie sanken auf den Parkettboden. Dort, zwischen Küssen und Liebkosungen, erzählte ihm Lena, wie sie ihren Vater herumgekriegt hatte. Dabei schnitt sie Grimassen, gestikulierte, imitierte ihren Vater so gut, dass Julian immer wieder lachen musste.

»Ich erinnerte ihn einfach an die letzte Mieterin und schon bekam er wieder diese vor Zorn roten Augen, genau wie im Sommer, als er sie rausgeschmissen hatte. Sogar Schaum vor dem Mund hatte er. Er schrie: ›Ich darf nicht daran denken. Nein! Ich darf nicht!‹« Lena griff in ihren Blondschopf, um zu zeigen wie sich ihr Vater die Haare raufte. Julian krümmte sich vor Lachen. Unter Prusten fragte er: »Er wird doch jetzt, da er Kosten hat, sicherlich vermieten wollen, oder?«

»Tja, in dem Moment heißt es: Die richtige Karte ziehen. Ein Ass!« Wieder schnellte ihr Zeigefinger hoch. Julian packte ihn und biss hinein.

»Ich wette, die Karte heißt Gregor«, sagte er und wies auf die Türen. Erneut brach Julian in Gelächter aus. Sein ganzes Gesicht strahlte. Glücklich nahm er Lena in die Arme und drückte sie.

»Du bist einmalig. Dich tausche ich gegen nichts ein. Du bist mein Engel, mein kleiner Teufel, meine Sonne, mein Regen, mein Lachen und meine Tränen. Wenn ich dich nicht hätte, dann …«

»Würdest du vielleicht weiterhin bei deinen Eltern wohnen.« Sie küsste seinen Nacken. »Es ist sieben Uhr. Wollen wir gegenüber etwas Kleines essen? Dort habe ich ein nettes Bistro gesehen.«

Als sie wieder standen, nahm Julian seine Lena auf den Arm und trug sie durchs Appartement. Kurz vor der Eingangstür zappelte sie und bat, heruntergelassen zu werden. Julian protestierte, er bestand darauf, sie über die Schwelle zu tragen.

»Aber doch nicht verkehrt herum, mon amour! Das bringt Unglück.«

Erschrocken setzte der Junge das Mädchen auf sicheren Boden und flüsterte mit einem Augenzwinkern:

»Du hast recht. Verschieben wir es auf morgen!«, zitierte er wieder einmal Scarlett O'Hara

*

Seit einer Stunde saß Cupido auf der Schulter des steinernen Molières und blickte hinauf zur Wohnung im dritten Stock des Gebäudes Nummer vierunddreißig. Trotz des kühlen Oktoberwetters waren dort die Fenster geöffnet und der Wind blähte die beigefarbenen Leinenvorhänge. Sie waren neu. Vieles war neu. Cupido hatte dem Einzug aus nächster Nähe zugesehen und erlebt, wie die Tapeten gestrichen, Ikea-Möbel zusammengehämmert und die ungewöhnlichsten Türen eingebaut wurden. Im Feuereifer der Renovierung war nämlich in Lena eine wahre Leidenschaft für Türen erwacht. Onkel Gregor brachte ihr Fotos von einzigartigen Exemplaren mit, und voller Begeisterung entschloss sie sich schließlich, auch den Zugang zum Badezimmer neu zu gestalten. Der Einbau war nicht so leicht, wie Lena sich das vorgestellt hatte. Oft unterschieden sich die Maße der Türen von denen der Öffnung und Gregor musste sein handwerkliches Können einsetzen. Aber sie hatten Glück. Gregor ergatterte in Paris die Wohnungstür eines abbruchreifen Gemäuers in den Hinterhöfen Saint-Germain de Près und schliff an den zwei anderen Eichentüren aus dem 18. Jahrhundert so lange herum, bis sie perfekt in die Fassungen passten.

»Nun sag endlich, was du denkst, Cupido! Ich war Schauspieler, Theaterdirektor und Dramatiker, aber nie war ich Gedankenleser.«

Cupido stützte seinen Kopf in die Hände und sah Molière schmunzelnd an.

»Das glaube ich dir nicht, Jean-Baptiste Poquelin. Du hast sehr wohl erraten, womit du den Hof des Sonnenkönigs erfreuen konntest.«

»Ach! Was habe ich gelitten, bis der Erfolg kam. Dreizehn Wanderjahre durch ganz Frankreich. Begeisterung, Freude, dann plötzlich hämische Ablehnung, kundgetan mit fauligen Äpfeln, stinkenden Eiern und anzüglichen Bemerkungen, schließlich Schuldhaft, weil ich nicht mehr zahlen konnte.«

»Bei allem blieb die Liebe. Die gute Madeleine war dir bis an ihr Ende Begleiterin und Partnerin.«

»So wie auch Armande, Madeleines Tochter.« Er zwinkerte verwegen, was natürlich außer Cupido keiner wahrnahm.

»Also muss sie auch deine Tochter gewesen sein, denn Madeleine war deine Geliebte.«

»Ach, Dummkopf! Du bist ein Träumer, Cupido. Wir waren Libertin, wir lebten die freie Liebe und niemals habe ich von Madeleine verlangt, nur mit mir zu schlafen. Was für eine abstruse Idee, so etwas von einem Molière zu denken.«

»Warum nanntest du dich Molière?«

Bei dieser Frage kam Leben in die steinernen Glieder der Statue. Molières Brust erzitterte vor Heiterkeit.

»Oh, das ist eine unglaubliche Geschichte: Anlässlich einer lustigen Vorstellung in Italien spielte ich eine Frauenrolle und mein Partner Scaramouche hörte nicht auf, mich mit dem Wort ›Weib‹ in allen Sprachen zu hänseln, unter anderem auch auf Lateinisch. Da heißt es ›mulier‹. Da er nun den Buchstaben u wie o aussprach, wurde ein ›molier‹ daraus, und ich hatte meinen Namen weg. Verstanden?«

Cupido kicherte. Dann glitt sein Blick wieder hinauf zum dritten Stock. Die Fenster waren geschlossen, der Vorhang war zur Seite gezogen. Von Molières Schulter aus konnte er die Fachwerkbalken erkennen, die altmodische Deckenlampe, hin und wieder ein Gesicht.

»Du Schelm hast noch immer meine Frage nicht beantwortet. Mit welchen schweren Gedanken trägst du dich, mein kleiner Gott der Liebe, den ich so sehr verehre?«

»Ich denke, dass dort oben im dritten Stock das Glück wohnt. Wenn es in meiner Macht stände, würde ich es ihnen erhalten.«

Molière reckte den Kopf ein wenig und sah ebenfalls hinauf.

»Du verwirrst mich, flatterhafter Freund. Wer sonst außer dir kann das Glück der beiden erhalten?«

Es fing an zu tröpfeln. Cupidos Blick wanderte an der Fassade des Gebäudes hinauf bis zum Himmel, der hinter einem grauen Schleier verborgen war. In dieser Haltung blieb er eine Weile sitzen. Ein heftiger Wind blies, der Regen wurde stärker. Als sich Cupido endlich umwandte, sah Molière Wassertropfen auf seinen Wangen.

»Sind das etwa Tränen?«, fragte der Dramatiker.

»Denk nach, Molière, dann findest du Antwort auf beide Fragen.« Cupido schwang die Flügel. Er visierte den Garten des Palais Royal an. Dort, unter den Arkaden, gab es ruhige und trockene Nischen.

Molière zuckte mit den Schultern und fiel in seine steinerne Ruhe zurück.

17. KAPITEL

HERZKLOPFEN

Vor dem massigen Eingangstor war der Bürgersteig schmal und wer nicht aufpasste, konnte schnell seinen Kopf riskieren oder sogar seinen Fuß, den er voreilig auf die belebte, von genervten Busfahrern bedrohte Straße setzte. Julian störte die Hektik nicht, obwohl er fast täglich gegen neun oder manchmal zehn Uhr aus dem Gebäude flitzte und den Weg zur Metro hinunterjagte. Die Verbindung zu seiner Fakultät war nicht günstig. Er musste einmal umsteigen.

Den Herbst über hatte er das Vélo libre, ein Mietfahrrad, benutzt, kurz Vélib genannt. Ein gutes Fitnesstraining, denn der Weg von der Rue de Richelieu bis zur Rue des Saint-Pères hatte es in sich. Rauf und runter, über Asphalt und Kopfsteinpflaster, durch enge Straßen sowie vierspurige Avenuen. Im Winter behagte ihm das Fahrrad so wenig wie die Metro, weil er im Untergrund, eingehüllt in sein dickes Winteroutfit, kräftig ins Schwitzen kam und sich dann am zugigen Eingang eine Grippe holte. Dennoch wollte er an keinem anderen Ort in Paris wohnen.

Abgesehen von einigen dubiosen Clubs gefiel ihm die Gegend sehr. Sie hatten alles zur Hand. Der schöne Garten des Palais Royale mit seinen Arkaden, unter denen Camille Desmoulins am 12. Juli 1789 zum Sturm auf die Bastille aufgerufen hatte, zwei Katzensprünge weiter den Louvre, den die beiden Liebenden immer besuchen konnten, sobald es ihr Stundenplan erlaubte. Aus der ganzen Welt kamen Louvrebesucher, die gezwungen waren, sich sämtliche Werke an einem Tag zu Gemüte zu führen.

»… Das Ohr würde es nicht ertragen, zehn Orchester auf einmal anhören zu müssen … Den Augen aber wird bei jedem Aufwinkeln ihrer Pforten … zugemutet, ein Portrait, ein Seestück, ein Kücheninneres und einen Triumphzug einzulassen«[33], meinte Paul Valéry einmal. Julian und Lena konnten es sich leisten, sich ganz einzulassen auf die Werke in ihrer Einzigartigkeit.

Manchmal verbrachte Julian zwei Stunden am Schiedmayer-Klavier. Lena machte sich gern lustig über seine Komposition, an der er schon sechs Monate bastelte.

»Aber ich verstehe es«, sagte sie und lehnte sich an ihn, während er spielte. »Ich stelle mir Komponieren wahnsinnig schwer vor.«

»So schwer ist es nicht. Das Schlimmste daran ist die Geduldsprobe.«

»Dann musst du dich eben darin üben, in der Geduld.« Lena ging ins Badezimmer. Ihr Vater hatte zum Essen eingeladen. Er wünschte, sein Zusammenleben mit Christel offiziell zu machen. Eine Art Verlobung, also. Da im Anschluss eine Soiree bei François geplant war, wollte sich Lena besonders chic aufbrezeln. Von Anfang an war Julian eifersüchtig auf Lenas Busenfreund gewesen, aber er hielt sich mit Kommentaren zurück. Ebenso hatten sich seine Ansichten zu Outfits und Schuhen etwas gemildert. Er kam ihr entgegen und sie ihm. Und das sah so aus: Tiefgeschnittener Ausschnitt: ja, vorzugsweise im Rücken. Verrückte Schuhe: ja, allerdings nur acht Zentimeter Absatz. Cooler Schmuck in Maßen und niemals Sonnenbrille in der Nacht. Das wirke erzwungen außerirdisch, fand Julian. Nur Denzel Washington konnte sich das erlauben.

»Wow! Wie süß! Das ist der zweite in nur einer Woche. Du bist unbezahlbar.« Überglücklich hüpfte sie auf Julian zu, umarmte ihn überschwänglich und las vor, was auf dem Zettel stand, den sie im Badezimmerschrank gefunden hatte:

»›You look wonderful tonight‹, dabei bin ich noch gar nicht aufgebrezelt.«

»Und doch glänzt du jetzt schon.«

Lena drückte einen Kuss auf den kleinen Wisch und legte ihn in die bunte Lebkuchendose, ein Weihnachtsgeschenk ihrer Oma. Die Dose war nun zwei Jahre alt, doch noch immer roch es im Innern nach Lebkuchen. In ihrer Dose sammelte Lena Julians Botschaften auf Papier.

*

Parce que c'est toi[34]

Parce que c'est toi le seul à qui je peux dire
Qu'avec toi je n'ai plus peur de vieillir …
Parce que c'est toi j'voudrais un jour un enfant …

parce que c'est toi, rien que pour ça

Weil du es bist … weil du der Einzige bist,
der mir die Angst vor dem Alter nimmt …
Weil du derjenige bist, mit dem ich eines Tages
ein Kind haben möchte …
Weil du es bist, nur weil du es bist.
Axelle Red

Es ist Abend. Julian ist noch nicht von der Fakultät zurück. Ich sitze im Dunkeln am Laptop, neben mir steht die Lebkuchendose. Wirklich dunkel wird es in dieser Wohnung nie. Die Straßenlaternen, die Lichter der Nachbarhäuser und der angestrahlte Himmel werfen ihre Helligkeit bis in den hintersten Winkel. Weiß glitzern die Staubpartikel in der Luft, wie mit Puderzucker bestreut sieht der Parkettboden aus. Es ist eine silbrige Helligkeit. Sie wirkt kalt, ist es aber nicht. Ich empfinde sie als warme, flauschige Schaumwolke, auf der ich sitze und schreibe. Zwischendurch greife ich in die Dose wie in eine Tüte mit Losen und hole einen Zettel heraus. Mittlerweile sind es zweiundzwanzig und keine einzige Niete ist darunter. Nicht alle Sprüche sind von ihm selbst, manche sind geklaut. Dieser zum Beispiel: »It's amazing how you can speak right to my heart!«[35] – »Kitsch! Kitsch!«, rief ich zuerst, als ich den Anfang des Songs von Ronan Keating erkannte. Ach, wie bereue ich es, so dumm reagiert zu haben. »Was ist Kitsch?«, hat Julian gefragt. »Schmalz, falsche Töne, Pinkfarben, Klischee, heile Welt, die es nicht gibt …«, platzte es mir heraus, und rasch hat er mich unterbrochen und mich mit einem enttäuschten Lächeln gefragt: »Meine Töne nennst du falsche Töne?«

Mir ist schwindlig geworden, ich habe mich entschuldigt, tausendmal. Dann sind wir im Bett gelandet und haben uns den größten Kitsch aller Zeiten geschworen: Wie wollen niemals auseinandergehen. Erinnert an einen Hit aus den Sechzigern. Aber das klingt so irre schief. Sind es nicht schrille Misstöne in einer Gesellschaft, die der Liebe maximal drei Jahre gibt?

Mein Blick fällt auf die offene Lebkuchendose. All diese wunderbaren Wörter, die darin liegen wie Lebkuchen. Ich möchte sie essen, genießen, schlucken. Aber dann sind sie weg! Nein, sind sie nicht. Denn sie wirken wie ein Liebestrank. Noch esse ich sie nicht. Erst werde ich sie in meinen Laptop hacken. Zweimal hält besser. Ich greife in die Dose und ziehe einen anderen Zettel: »Das Herz hat seine Gründe, die der Verstand nicht kennt.[36]« Ich erinnere mich sofort, wo ich ihn fand: Er lag in einem meiner verrücktesten Stöckelschuhe. Julian hasste die ausgeflippten Treter, aber wusste, dass ich sie zu François' Party anziehen wollte. Mit Blaise Pascals Worten wollte er mir sagen, dass er mich auch mit den schrecklichsten Schuhen der Welt liebt. Ich greife noch ein paar Mal in die Lebkuchendose, lege die Papierfetzen nebeneinander und eröffne ein Dokument mit dem langen Titel: »It's only words and words are all I have to take your heart away.«[37] Geklaut aus einem angerosteten Bee Gees Song. Gefunden in Deauville im Schallplattenregal meiner Mutter. Ich schreibe:

In der ersten Septemberwoche letzten Jahres fällt aus unserem frisch gekitteten Badezimmerschrank ein länglicher weißer Zettel: »Wer könnte ein Mädchen wie dich auch nur eine Sekunde lang vergessen?«

An einem Abend des selben Jahres, kurz vor Weihnachten, als Julian bei seinen Eltern übernachtet, finde ich im Brotfach einen knallroten Zettel, auf dem in Grün steht: »Schlaf gut, mein Engel. Wenn ich morgen früh aufwache, bist du mein erster Gedanke.«

Im Januar liegt in meiner Unterwäsche: »Ein ganzes Leben. Ich schwöre es.«

An einem Morgen Ende Januar entdecke ich einen gelben Zettel in meiner dicken Kaffeetasse mit den Hasenohren. Julian ist schon zur Uni aufgebrochen, als ich lese: »Ich wünsche dir einen Tag, der so schön ist wie du.«

Eine halbe Stunde lang schreibe ich, dann höre ich plötzlich auf. Der Gedanke, die liebevollen Sätze in den kalten Laptop zu hacken, gefällt mir nicht mehr. Ich fürchte, ihr Zauber könne darunter leiden. Diese Zettel sind authentisch. Er hat sie angefasst, er hat sie geschrieben. Mal krakelig, mal glatt, mit unterschiedlichen Stiften. Der Ausspruch eines Musikers aus den Zwanzigerjahren fällt mir ein. Als er zum ersten Mal in ein Aufnahmestudio kam, sagte er, dass die Technik niemals das Gefühl vermitteln könne, das der Musiker in sein Spiel investiere.

Was in die Schallplatte geritzt werde, sei nur ein Abklatsch der wahren Empfindung.

*

»Du bist auf François eifersüchtig? Das ist ja wohl abartig. Er ist mein bester Freund, mein Kamerad, weiter nichts.«

»Das ist eine ganze Menge. Ständig redest du von ihm. François mag diesen oder jenen Film, François schreibt Gedichte und kennt sich nebenbei supergut in Bankwirtschaft aus. Zwei Dinge, die nicht zusammenpassen.«

»Das musst gerade du infrage stellen, der du das beste Beispiel dafür bist.«

»Wofür?« Er holte Spaghetti aus dem Küchenschrank.

»Für Dinge, die nicht zusammenpassen. Du machst Musik, Politik, spielst Fußball und schreibst wunderschöne Aphorismen.«

»Du willst nur von François ablenken. Es nützt nichts, mir sahnig zu kommen, deine Schwärmerei für François geht mir einfach auf die Nerven.«

»Eifersucht ist überhaupt nicht cool.«

»Aber François ist es, was? Nebenbei kann er alles und sein IQ ist unerreicht.« Wütend warf er die Nudeln ins sprudelnde Salzwasser. Er hatte diesen Abend Küchendienst. Die Idee, abwechselnd zu kochen, kam von Lena. Sie hatte eine Tabelle in die Küche gepinnt, aus der hervorging, wer an welchem Tag kochte. In der Liste wurde viel herumgestrichen, da sich die beiden ein- bis zweimal pro Woche spontan für ein Essen im Restaurant oder bei Freunden entschieden.

»Warum nur diese plötzliche Wut? Ich verstehe das nicht. Gestern saßen wir friedlich alle beisammen im Café News und diskutierten über diese verdammte Lehman Brothers.«

»Friedlich?« Er goss etwas Olivenöl ins Wasser und verteilte die Nudeln durch Rühren. »Dein François hat sich aufgeblasen, wie die Lehman Brothers die Immobilienblase aufgeblasen hat. Als sei er Professor für Finanzpolitik, hat er uns einen Vortrag gehalten, hat die ganze Geschichte von Lehman Brothers aufgerollt.«

»Die ist doch hochinteressant.« Lena stand im Türrahmen und sah Julian beim Kochen zu. Sie wirkte amüsiert, was Julian noch mehr verärgerte.

»Oh, ich habe schon gemerkt, wie interessant du sein Geschwätz fandest. Du hast ihn angestarrt, als käme von ihm die Erleuchtung.«

»Jedenfalls hat er mich im Fall Lehman ziemlich erleuchtet. Mir sind zum ersten Mal die Zusammenhänge klar geworden.« Sie verschränkte die Arme vor der Brust und wirkte nun auch durch ihre Haltung auf Julian provozierend. Sein Gesicht lief rot an. Schimpfend gab er die Zwiebel ins heiße Öl und schob sie hektisch hin und her. Lena sah mit gemischten Gefühlen zu.

»Es muss also erst Generaldirektor François kommen, damit du verstehst, was ich dir schon vor Wochen erläutert habe.«

»Entschuldige bitte, aber du musst zugeben, dass du mir diese Horrorgeschichte nie im Detail erklärt hast.«

»Gewiss habe ich das.« Auf die brutzelnden Zwiebeln gab er die geschälten Tomaten und zwei Esslöffel Tomatenmark.

»Wenn es tatsächlich so war, dann habe ich es damals nicht richtig verstanden.«

Als sie es sagte, sah er sie nicht an, aber er schien genauso zu kochen wie die Nudeln.

Aufgebracht antwortete er: »Habe ich es nicht gesagt? François ist superintelligent, heimst ständig krasse Noten ein, sieht gut aus und kann natürlich irrsinnig gut erklären.«

Von Julians heftigem Rühren aufgewühlt, knallten ständig rote Spritzer gegen die Kacheln, und da ganz nebenbei die Nudeln wie wild kochten, schickte sich Lena an, einzugreifen. Grob stieß Julian sie zur Seite.

»Hey, hast du sie nicht alle?« Lena schlug gegen seine Brust.

»Ich habe heute Küchendienst. Lass die Finger von den Nudeln!«

»Ist ja schon gut! Brauchst mich nicht gleich zu erschießen.« Sie hielt beide Hände hoch, dann atmete sie tief durch, wie um sich zu beruhigen.

»Autsch!«, schrie Julian und ließ den Topf krachend ins Spülbecken knallen. Er hatte sich beim Wasserabgießen die Hand verbrüht. »Da siehst du, was du mit deinem Geschwafel anrichtest!«

Ein Teil der Nudeln war ins Becken statt ins Sieb gefallen. Lena ging ihm zur Hand.

»Man muss schön blöd sein, das große Sieb zu verfehlen.«

»So blöd bin ich eben! Deinem François wäre das nicht passiert.« Gereizt ließ er alles liegen und ging aus der Küche. Im Wohnzimmer fauchte er weiter vor sich hin: »François das Genie, François der Künstler, François der Allwissende.« In der Zeit spülte Lena die Nudeln, gab sie in eine Schüssel und lockerte sie mit einem Schuss Öl. Im starken Feuer spritzte die Soße aus dem Topf. Lena stellte die Hitze runter.

»Ich will ihn nicht mehr sehen, den eingebildeten Affen!«

»Das kannst du nicht bringen! Ich mag ihn!«

»Na, dann geh zu ihm! Iss mit ihm zu Abend! Zieh gleich bei ihm ein, dem Großmaul.«

Lena riss die Geduld. Sie stampfte auf, nannte Julian einen Spielverderber, Stänkerer, der, nur weil er gestern die zweite Zwischenprüfung zum Thema französische Innenpolitik unter Félix Faure verhauen hatte, an François kein gutes Haar lasse. Und sie verteidigte François mehr, als Julian in seiner Verfassung vertragen konnte. Um sich abzuregen, setzte er sich ans Klavier und haute so kräftig in die Tasten, dass Lenas Geschrei von den Tönen verschluckt wurde. Das wiederum brachte diese total in Rage.

In einem finalen Schreikrampf warf sie das Glas an die Wand, das auf dem Esstisch stand, riss ihre Jacke vom Haken und stürmte hinaus.

Julian indessen spielte weiter. Keineswegs seelenruhig. Seine Finger rasten über die Klaviatur, hinauf, hinunter, schlugen Beethoven'sche Akkorde an, bis der Resonanzboden des Klaviers erzitterte. Sämtliche Stücke, die er auswendig konnte und automatisch spielte, rasselte er lärmend herunter. Lauter und lauter, polternd, klirrend, schrill. Franz Liszt kam ihm in den Sinn und er wollte es ihm gleichtun. Aber Julian konnte längst nicht so spielen wie Liszt, der mit seiner gewaltigen Interpretation sämtliche Klaviere demolierte. Immer wieder griff er daneben, produzierte Misstöne, Dissonanzen, es stockten seine Läufe, missrieten seine Arpeggien. Die Wut auf Lena kehrte sich allmählich gegen ihn.

Schließlich beendete er mit drei kräftigen Akkorden im Bass und in der Oberstimme seine Rhapsodie des missglückten Zorns, schlug den Klavierdeckel zu und sprang so abrupt auf, als habe ihn eine Tarantel gebissen.

17. KAPITEL

LÄNGER ALS DREI JAHRE

Seit 1680 befindet sich im Gebäude des Palais Royal das Theater la Comédie-Française. Im Garten, der diesem Gebäude vorgelagert ist und in dem noch im späten 18. Jahrhundert schöne, geheimnisvolle Kurtisanen flanierend nach Beute Ausschau hielten, saß Lena und sprach, ungeachtet der Spaziergänger und Tauben, mit sich selbst.

»Warum hackt er so penetrant auf François herum? Es gibt keinen Grund, auf ihn eifersüchtig zu sein. Ich liebe ihn ganz und gar nicht, ich mag ihn nur wahnsinnig gern.« Noch während sie den Satz aussprach, erhob sich in ihrem Inneren die Frage nach dem Unterschied zwischen lieben und mögen. Das deutsche und englische Vokabular bot zwei Wörter an, das spanische sogar drei: ich liebe und ich mag, I love und I like, me gusta, me encanta, te amo. Nur die Franzosen brutzelten ihre Extrawürste: Ich liebe dich wird mit »je t'aime« übersetzt, ich mag dich mit »je t'aime bien«.

»Das kleine Wörtchen ›bien‹ macht den großen Unterschied. Wie findest du das, Cupido?« Lena stellte die Frage ins Blaue hinein. So richtig ins Blaue hinein, ohne zu ahnen, wer in dieser blauen, lichten Märzluft außer Tauben und Fliegen, etwas aufgeregt und dennoch unsichtbar fürs menschliche Auge, um sie herum flatterte.

»Ach!«, rief Lena plötzlich laut und erschreckte damit einen betagten Herrn, hinter dem ein fast ebenso betagter Hund herwackelte. »Es ist schrecklich, womit wir uns das Leben vermiesen. Warum quäle ich mich? Wichtig ist es, unsere Liebe zu erhalten, sie nicht durch Banalitäten zu gefährden. Es ist banal von Julian, eine alte Freundschaft künstlich aufzublasen. Hat er denn kein Vertrauen zu mir?«

Nervös schlug Lena um sich. Sie hatte den Eindruck, ein Schwarm von Bienen schwirrte um ihren Kopf. Etwas kitzelte an der Nase, summte in den Ohren, blies durchs Haar. Entschlossen stand sie auf und ging zielstrebig zum Ausgang. Und wie sie so dahinging, wurde sie unwillkürlich schneller, als ob alle Last von ihr abfiele und sie ganz leicht würde. Ihr Herz, das beim Herlaufen so bekümmert und voller Zorn war, befreite sich vom grollenden Panzer der Rachsucht. Zum ersten Mal verstand sie die Redewendung »mein Herz bekommt Flügel«. Zuvor hatte sie in ihren Ohren kitschig geklungen, aber jetzt erschien ihr diese Redeweise plausibel. Sie flog die Rue de

Montpensier hinunter, beklagte zum x-ten Mal den verschlossenen Eingang auf der Rückseite des Gebäudes Nummer 34, bog wild um die Ecke, vorbei an lahmen Touristen, deren Nasen in die Luft zeigten und die offensichtlich nicht verstanden, warum in Paris so gerast wurde, drückte gegen die wuchtige Eingangstür, schöpfte im Innenhof kurz Atem und stolperte dann die Stufen bis zum ersten Stock hinauf, wo sie in Julians Arme fiel.

Ohne Worte umarmten sie sich, schmiegten sich aneinander und küssten sich lange, immer wieder von Neuem. Lena traten Tränen in die Augen, Julian küsste sie fort. Er wollte sich entschuldigen, Lena verschloss ihm mit einem Kuss den Mund.

»Komm, gehen wir nach oben. Dann erzählst du mir ein neues Märchen. Ich glaube, ich habe es nötig.« In seinen Augen war ganz deutlich zu lesen, wie leid ihm das Vorgefallene tat und wie blöd er sich nun vorkam. Zärtlich streichelte Lena sein Gesicht und sang leise: »Wenn du mich so ansiehst, fällt mir nichts mehr ein … ich geb dir alles, was ich bin, das ist mein Versprechen, jeder Tag ohne dich ein Verbrechen.«[38]

*

Als er auf dem Dach der Comédie-Française landete, atmete er erleichtert auf. Allmählich spürte Cupido das Alter, dabei hatte er noch keine sieben Epochen auf den Flügeln. Die letzte Stunde jedoch hatte an seinen Kräften gezehrt. Zuerst war er vor den Fenstern des Zimmers auf und ab geflogen, in dem Julian wie ein Tobsüchtiger auf die Tasten haute, hatte gegen die Scheiben geschlagen und nach großer Mühe sein aufgewühltes Herz erreicht, das mit dem Klavier um die Wette hämmerte. »Von allen Künsten kann nur die Musik uns wirklich beruhigen«, hatte sich Cupido gesagt und ihm gestattet, weiterzutoben. »Solange die Nachbarn nichts dagegen haben, soll er doch.«

Langsam hatte Julians Verstand die Oberhand über seinen Gefühlsausbruch gewonnen und Cupido konnte weiterfliegen. Er war in den Park des Palais Royal geflattert, hinein in das dürftige Gezweig der Kastanie, unter der Lena auf einer Bank saß. Das Kinn in die Hände gestützt, lauschte er ihrer Schimpftirade. Ihre Wut amüsierte ihn umso mehr, als auf der gegenüberliegenden Bank eine Frau genüsslich ihr Sandwich mit Tauben teilte und sich von Lenas aufgebrachter Rede kein Wort entgehen ließ. Das war nicht nur an ihren Ohren anzusehen, die weiß und gebogen aus dem herabhängenden Haar krochen wie Schnecken aus ihren Schneckenhäusern. Cupido verfolgte die Mimik der Frau, in der ihre Gedanken sichtbar wurden wie in einem Spiegel. Hin und wieder zuckten ihre Mundwinkel, sie hatte eine Antwort auf der Zunge, die nicht so recht über die Lippen wollte. Zu Cupidos Erleichterung hielt sie den Mund. Lena hätte eine Einmischung seitens einer Fremden nicht geduldet. Nachdem er dem Selbstgespräch des Mädchens von seinem Sitz in den Zweigen aus eine Weile zugehört hatte, war er auf die Lehne der Bank hinuntergeglitten. Dort hatte er seinerseits Selbstgespräche geführt und dabei aufgeregt mit den Flügeln geflattert:

»Die Menschen sind oft unausstehlich, begriffsstutzig und manchmal sehr böse. Man müsste ihnen ständig auf die Finger klopfen wie kleinen Kindern. Ist es nicht so, Lena?« Als er seine Frage stellte, haute er Lena auf die Backe, worauf das Mädchen mit beiden Händen um sich schlug, als wedelte sie Fliegen davon.

»Sei nicht so trotzig. Dein Julian ist ein guter Junge, der einige verständliche Macken hat. Wer hat die nicht? Da fällt mir der arme Honoré de Balzac ein. Er hat an der Liebe gelitten wie an einem Geschwür und dabei nie seinen Humor und nie die Hoffnung verloren. Ohne Liebe hätte auch Shakespeare kein einziges seiner grandiosen Stücke zustande gebracht ...«

In dem Moment war Lena unerwartet hochgeschossen und hatte Cupido damit so erschreckt, dass dieser wie ein Ball in die Höhe sauste. Er konnte ihr kaum folgen, so flink war sie plötzlich. Aber wozu flatterte er ihr eigentlich so wild hinterher? Im Fluge hielt er inne und sank in der Rue de Montpensier auf ein Verkehrsschild. »Sie ist ein gutes Mädchen. Sie geht, wohin ihr Herz sie trägt. Ich brauche ihr nicht wie ein Wächter hinterherzuhecheln.« Erneut hatte er sich hochgeschwungen und mit ein paar Flügelschlägen einen der breiten Türme der Comédie-Française erreicht.

Da saß er nun, ruhig und etwas müde. Von hier aus hatte er einen wunderbaren Ausblick. Es war früher Abend und die Luft angenehm warm. Zufrieden streckte er die Glieder auf der steinernen Umrandung des Turmes aus und sah über das Viertel hinweg bis zur Oper. Über ihm wölbte sich ein dunstiger von durchsichtigem Violett gefärbter Himmel. Der Sonnenuntergang kündigte sich an und goss langsam seine Abendröte über die Dächer. Bald glühte auf allen Zinnen ein leises Feuer, das kupfern leuchtete und wunderschön aussah.

»Geh, wohin dein Herz dich trägt. Geh, wohin dein Herz dich trägt!«, höhnte es plötzlich hinter ihm. Er drehte sich jäh um. Sie waren zu zweit. Der kleine Liebesgott erschrak und wunderte sich natürlich, was die beiden hier zu suchen hatten. Nebenbei fragte er sich, warum sie überhaupt noch existierten. Alle Cupidos, die nicht mehr an die Liebe glaubten, versteinerten zu Statuen. Tatsächlich schleppte der größere von beiden sein Bein wie einen Klotz nach und beim kleineren sahen die Flügelspitzen aus wie Eiszapfen.

»Kommst du dir nicht lächerlich vor, solche Sätze auszusprechen? In diesen und den nächsten Jahren entflieht die Zeit wie der Wind, und kein Herz kann ihr folgen. Die Menschen schießen um den Erdball wie Kugeln so schnell. Es gibt weder Raum noch Zeit für Gefühle, Cupido Romanticus.«

»An deiner Stelle würde ich lieber vorsichtig sein. Deine Versteinerung hat begonnen. Durch dummes Gerede verliert man die Orientierung und fällt um. Was passiert, wenn du von einem Dach wie diesem in die Tiefe stürzt?«

»Wir zerspringen in tausend Stücke, na und?«, lachte sein Gegenüber mit den steifen Flügelspitzen. Kopfschüttelnd wandte sich Cupido ab und sah über die Dächer von Paris gen Westen, wo die Häuser im letzten Schein der Sonne rötlich strahlten. Die Kuppel des Grand Palais funkelte. Er hätte die abendliche Schönheit der Stadt und die Zufriedenheit darüber, Lena und Julian wieder glücklich vereint zu wissen, genießen können, wäre nicht das Geschnatter in seinem Rücken gewesen. Das Unken seiner halb toten Kollegen machte ihn nervös. Da sie auch nicht aufhören wollten, als ein enormer Schatten den Himmel verdüsterte und sich die Kühle des

Abends ausbreitete, flog er einfach davon. Er wusste, dass sie ihm nicht folgen konnten. Und ehe die beiden aufsahen, hatte Cupido schon die Seine überflogen.

*

Nur zu dir fallen mir die schönsten Träume ein. Der Zettel mit Julians krakeliger Schrift war aus dem Regal mit den Handtüchern geflattert. Lena hatte ihn im Flug aufgefangen und einen Luftsprung gemacht, als sie ihn las. Sie küsste ihn, strich ihn glatt und legte ihn in die Lebkuchendose. Dann eilte sie zurück ins Bad und kramte hastig im Kosmetikschrank. Julian machte immer Witze, wenn sie mit einer Maske herumlief, deshalb wollte sie das erledigen, bevor er eintraf. Nachdem sie ihr Gesicht mit einer Feuchtigkeitspackung zugekleistert hatte, griff sie ein zweites Mal nach dem Badehandtuch, deponierte es in Reichweite der Wanne und glitt ins heiße Wasser. Sie war froh darüber, ein Badezimmer mit Wanne zu haben. Duschen reichte ihr nicht. Es erfrischte, weckte am Morgen, gab ein Sauberkeitsgefühl. Baden jedoch entspannte, und das brauchte Lena nach einer hoch konzentrierten Studienwoche mit Textanalysen, Dissertationen und Komparatistik.

Die Augen geschlossen, den Kopf auf dem Beckenrand, ließ sie die Vorlesungen und Seminare der Woche Revue passieren. In ihr echote der Satz des Professors für vergleichende Literaturwissenschaft nach: »Literatur ist ein unendlich weites Feld geworden. Deshalb arbeitet die Wissenschaft von der Literatur nicht mehr allein mit den Texten des Romans, der Lyrik oder des Dramas, sondern mit allen Texten: Filme, Blogs, Songs, Werbung. Gleichzeitig sucht sie nach Gemeinsamkeiten und Unterschieden in anderen Kulturen.«

Das Echo der Professorenstimme verebbte und tauchte allmählich ganz weg, als versinke es im Badewasser. Lena zog sich in Gedanken für die Soiree bei Claire an: das anliegende kleine Schwarze aus durchsichtiger Spitze mit dem orangefarbenen Unterkleid, dazu hauchdünne dunkle Strumpfhosen und die sensationellen Heels aus teurem Leder. Kein Schmuck außer die kleinen Diamantohrringe. Sie selbst war Schmuck genug.

Dass Julian genauso dachte, fand sie bestätigt, als sie eine Stunde später, hergerichtet und sparsam geschminkt, in die von Oma geerbte Schatulle mit dem echten Schmuck griff, um die Ohrringe herauszuholen. Unter den Ketten lag diesmal ein weißer Zettel mit vielen Ecken und Kanten. *Du bist der schönste Schmuck, strahlender als jeder Edelstein* stand darauf. Sie küsste die Zeilen und legte sie in die Lebkuchendose. Zwei an einem Tag, das ist ein echter Liebesbeweis, dachte sie bei sich.

*

Atemlos trudelte Julian wenig später ein. Er duschte, zog sich wie ein Gentleman an, schlüpfte in die feinen Treter von Bexley und sah perfekt aus. Lena stellte sich vor dem Spiegel neben ihn und rief:

»The Kooples, kann ich da nur sagen! Wir sind das absolute Highlight, die aktuelle Modelegierung: Pariser Chic, Londoner Dandy, maskulin und feminin, klassisch und modern.«

»Und dazu eine Brise Savile-Row-Stil. Das gefällt mir. Ich bin sowieso der Meinung, dass es dort die besten Herrenläden gibt. Wenn ich eines Tages genug Kohle habe, lasse ich mir meine Klamotten nach Maß anfertigen.«

»Angeber.« Sie stupste ihn mit dem Ellbogen, sodass er leicht kippte. Natürlich tat er nur so.

»Warum soll ich nicht irgendwann zu den wichtigen Leuten mit Geld zählen?«

»In der Politik erntest du nur faule Eier. Egal was ein Minister oder sonst ein Staatsmann macht, er macht immer alles falsch.«

»Dann erfinde ich eben eine Figur wie Harry Potter oder besser noch James Bond. Ian Fleming hat sich auch in der Savile Row eingekleidet.«

»Ha, ha, ha!«

*

»Auch Niederlagen sollten gefeiert werden«, behauptete Claire und lud zur Champagnerparty ein. »Ich mach es wie die russischen

Oligarchen. Sie lassen den Champagner fließen wie Wasser, kaufen sich die besten Autos, die schönsten Uhren und ihre Frauen latschen in den teuersten Klamotten herum, als wäre es selbstverständlich.«

»Ja, mach es wie wir«, antwortete Vladimir, kurz Vlad genannt. »Wir sparen nichts. Wir geben aus und leben gut. Geld kommt und Geld geht.«

»Zuerst muss es kommen«, entgegnete Julian. Ihm war der Großkotz nicht sonderlich sympathisch. Vlad warf mit dem Geld seines Vater um sich, als handelte es sich um Konfetti. Dabei wusste er sehr gut, nach welchem Rezept sein Vater und dessen Komplizen ihren Reichtum gebacken hatten: ein eingeschüchtertes Volk, geringe Investition in Infrastruktur, stattdessen Investment im Ausland.

»Ich wette, bei euch kommt das Geld durch Waffen- und Drogenhandel, Zuhälterei ...«

»Da bringst du das komplizierte Finanzsystem der Russen wieder auf eine einfache Formel«, unterbrach ihn François. »Gott sei Dank hat sich einiges geändert, aber es ist immer noch zu wenig. Und Putin ist mir nicht ganz geheuer!«, murrte Julian sauer. Er musste sich beherrschen, dem bleichen Jungen nicht an die Gurgel zu springen. Anlässlich Julians Bemerkung wurde François' längliches Gesicht noch länger. Er sieht tatsächlich aus wie ein rohes Ei, dachte Julian und musste unwillkürlich lächeln. Es ist besser, ihn nicht zu reizen, sonst zerläuft er womöglich. François schien sein schiefes Lächeln als Schadenfreude zu interpretieren, denn er erwiderte kalt. dass Putin jedenfalls wisse, wie man ein Land regieren müsse, dass nichts anderes kannte, als das Zarenreich und 70 Jahre totalitären Kommunismus. Daraufhin wandte sich der Angesprochene ab und zeigte damit ganz deutlich, wie wenig Lust er auf eine Diskussion mit seinem vermeintlichen Rivalen hatte.

»Was wird eigentlich gefeiert?«, fragte er einen weiblichen, ihm nur vom Sehen bekannten Gast.

»Claire hat das Physikum verhauen. Sie scheint aber damit gut klarzukommen. Jedenfalls viel besser als ihre Eltern, die wohl ziemlichen Stress gemacht haben.«

Das konnte sich Julian lebhaft vorstellen. Zwar kannte er Claires Eltern nicht persönlich, aber deren Ruf war ihm dank Lenas Schilderungen reichlich bekannt.

»Glückwunsch!« Julian hob sein Glas auf Claire. Sie schenkte ihm ein strahlendes Lächeln.

»Du und Lena, ihr seht absolut Vintage aus. Wie Oscar Wilde und Coco Chanel.«

Nach Julians Empfinden verlief der Abend stinklangweilig. Er war erleichtert, als Lena schon kurz nach Mitternacht nach Hause drängte. Besonders freute er sich auf das kuschelige Nest unter den Fachwerkbalken.

Durch das kleine Fenster schaute ein Stück Himmel und in den gegenüberliegenden hohen Scheiben des Wohnzimmers spiegelten sich die Lichter der Nachbarhäuser. Die Nacht schimmerte silbern, als ihre nackten Körper aneinanderdrängten und die beiden von dem Wunsch erfüllt waren, sich immer so zu lieben, wie sie es jetzt taten.

»Seit fünfundzwanzig Jahren sind meine Eltern zusammen. Ohne Unterbrechung. Auf die Frage, wie sie das geschafft haben, hat mir mein Vater eine schwammige Antwort gegeben.« Julians Kopf lag in Lenas Armbeuge. Sie streichelte sein Haar und entgegnete leise:

»Meine Großeltern lebten fünfundfünfzig Jahre zusammen. Oma sagte mir damals: Weißt du Lena, ich komme aus einer Zeit, in der die Dinge noch gekittet werden mussten. Heute wirft man weg, was einen Riss hat, und kauft es neu. So ist es mit allem.« Sie sah Julian an. Er hob ihr sein Gesicht entgegen. »Mein Opa war Omas große Liebe. Sie war fünfzehn, er sechzehn, als sie sich kennenlernten, aber bald darauf auseinandergerissen wurden. Was füreinander bestimmt ist, kommt zusammen, sagte Oma, um sich zu trösten. Und so war es bei den beiden. Fünf Jahre später fanden sie sich wieder und trennten sich erst, als Opa starb.«

Während sie erzählte, hatte sie in die helle Nacht geblickt. Nun sah sie wieder Julian an. Er hatte die Augen geschlossen. Unmerklich war er eingeschlafen.

18. KAPITEL

LIEBEN UND STREITEN

Zum dritten Mal in diesem Jahr ließ sich Cupido auf der Kuppel der Académie française nieder. Im Saal unter dieser Kuppel vereinigen sich seit bald vierhundert Jahren die vierzig Weisen, die über die Literatur entscheiden. Sie machten Proust, Baudelaire, Rostand, Rousseau, Zola und andere Schriftsteller weltbekannt. Mittlerweile litt nicht nur ihr guter Ruf, ja, sie wurden sogar verhöhnt und Cupido kam auf die seltsame Idee, dass es mit der Weisheit wie mit der Liebe ist. Alles verflachte.

Es war nun Mitte November. Obwohl ihm Temperaturen bisher nie etwas anhaben konnten, fror er erbärmlich und schwebte deshalb kurzerhand hinab zum Eingang, wo er ins Innere schlüpfte. In der Halle war es angenehm warm und weiter oben in der Kuppel sogar richtig gemütlich. Dort ließ er im Geiste einige Persönlichkeiten der Literatur auferstehen.

Und weil Cupido ein Zauberer ist, saßen sie ohne Rücksicht auf Epoche und Jahrhundert sogleich alle kunterbunt beisammen. Prousts Augen leuchteten, als er zu seiner Rechten Descartes und zu seiner linken Beaumarchais begrüßen durfte. Balzac und Stendhal saßen ihm finster blickend gegenüber. Victor Hugo schmunzelte vor sich hin.

»Seht euch die Menschen da draußen an!«, wütete Balzac. »Individualisten, Egoisten, Masochisten und Sadisten. Genau wie ich es prophezeit habe. Die menschliche Komödie, wie sie leibt und lebt und heute ihren Höhepunkt erreicht hat. Was soll nach ihr noch kommen?«

»Die Apokalypse, was sonst? Unsere guten, mit Herzblut geschriebenen Bücher werden zugunsten flacher Geschichten nicht mehr gelesen. Unsere Helden hießen Julien Sorel, Frédérique Moreau, Eugène de Rastignac. In ihnen spiegelte sich Glanz und Elend der Gesellschaft. Heute nennen sich die Helden Anke, Doris oder Allan Karlsson und ihre Geschichten sind nur ein Abklatsch.« Stendhal hatte Tränen in den Augen.

»Ha, ha, ha!«, lachte Marcel Proust. »Ich sehe das alles nicht so eng. Jede Zeit hat ihre Ausdrucksmöglichkeiten.« Er strich über seinen Oberlippenbart. In dem Moment flog Cupido von seinem Platz in einer Wandnische herunter und landete auf dem runden Tisch, um den die Herren saßen. Er hatte einen Dirigentenstock in der Hand, mit dessen Spitze er auf die Tischplatte trommelte.

»Hören Sie mir gut zu, meine Herren. Oh ja, Herr Proust, es gibt Ausdrucksmöglichkeiten, aber die sind alle vorgeschrieben. Egal ob am iPhone, iPad oder am Computer, jedes Wort wird geprüft, im Zweifelsfall gestrichen oder lässt sich nicht schreiben, weil sich das Gerät weigert.«

»Wie bitte?« Alle griffen sich an den Kopf. Beaumarchais und Descartes machten verdrießliche Gesichter.

»Und das sollen Individualisten sein.« Cupido sah Balzac aus zusammengekniffenen Augen an. »Na, was meinst du?« Der Koloss schmunzelte, während die fünf anderen den Liebesgott verwirrt musterten. Ihre Blicke wanderten zwischen Honoré de Balzac und Cupido hin und her. Und mit einem Mal verzogen sich ihre Gesichter zu einem Lächeln. Ja, und plötzlich lachten sie aus vollem Halse.

»Kommt ans Fenster und schaut sie euch an, die heutigen Individualisten.«

Sechs Männer drängten unter der Kuppel zum Fenster und schauten auf das Heer von Studenten, Professoren und Passanten, das vom Quai des Grands Augustins zum Hauptportal hochstrebte oder über die Pont Neuf spazierte. Die meisten von ihnen sprachen mit ihren Handys oder tippten etwas hinein. Aufgeregt flatterte Cupido über den Köpfen der Philosophen und Dichter. Noch immer hatte er den Dirigentenstab in der Hand.

*

Acht Monate dauerte es, Julian von der Harmlosigkeit eines Discoabends unter Mädchen zu überzeugen, und endlich, genau nach acht Monaten, ließ er Lena allein gehen. Trotz quälender Eifersucht hatte er keine Lust mehr, den Schwachsinn auf sich zu nehmen. Mehrmals hatte er Lena, die sehr auf Disco stand, begleitet, aber den Gang jedes Mal mehr bereut als genossen. »Dummes Spektakel«, hatte er gebrummt, als ihn Lena ins Innere des aktuellen Tanz-Tempels »Le Paris Paris« geschleppt hatte. Allein der Einlass schien so unüberwindbar, als ginge es darum, in den Élysée-Palast vorzudringen. Es herrschten Gesetze wie am Flughafen: absolute Kontrolle bis auf die nackte Haut. Selbst in den Nabel glotzen die Typen, dachte Julian. Es war noch schlimmer als in anderen Discos, wo Gesichtskontrolle und Bekanntheitsgrad den Eintritt sicherten. Hier nützte es nichts, sich bei The Kooples auszustaffieren und den Arm um ein hübsches Mädchen zu legen. Hier zählten Beziehungen zu berühmten Leuten sowie zum Türsteher und es zählte das absolut sichere, ja arrogante Auftreten. Im Inneren saßen smarte Jungs auf komfortablen Kanapees und tippten gegen ihre Champagnerflaschen, die auf den runden Tischen vor ihnen standen. Gesicht, Outfit, doch vor allem die Flaschen sind ihr Aushängeschild. Und die coolen Mädchen glotzen auf das Etikett der Flasche und verzeihen nur einem ganz ausgefallenen Jungen den »billigen« Veuve Clicquot.

Julian hasste das Getue und trank den Champagner lieber zu Hause oder auf einer Soiree.

»Du hast immer was zu meckern. Es ist, als ob du stoisch nach dem Haar in der Suppe suchtest.«

»Ich suche kein Haar, das nicht tatsächlich in der Suppe ist. Diese Schuppen sind in meinen Augen einfach blöd, und da ich mit der Tanzerei ohnehin nichts am Hut habe, muss ich mir die Ohren von einer Musik vollkrachen lassen, die ich grausam finde. So ein Abend ist definitiv verlorene Zeit.« Julian biss vom hart gekochten Ei. Sie saßen am Tisch unter dem Mezzanin beim ausgiebigen Samstagsfrühstück.

»Ist ja schon gut. Dann gehe ich mit den Mädels hin.« Sie hob ihre Kaffeetasse mit den Hasenohren und zwinkerte ihm zu. »Du wirst mir doch deswegen nicht wieder Stress machen?«

»Ich mache dir keinen Stress. Ich begreife nur nicht, wie du dich in ein Rudel aufgetakelter Mädchen mischen kannst, um Disco-Lackaffen aufzuheizen. Ein Mädchen wie du ist anders. Damit habe ich ein Problem, aber ich hoffe, du liebst mich deshalb nicht weniger.«

Lenas Augenbrauen zuckten. Verliebt sah sie ihn über die Kaffeetasse hinweg an, als sie antwortete:

»Liebe ist für mich keine Checkliste. Würde ich alles ankreuzen, was mir an dir auf den Keks geht, käme ich auf die Länge einer Klorolle.«

»Was?« Julian ließ den Kaffeelöffel fallen. »Das ist die Höhe! Ich finde an dir so gut wie alles okay und du an mir also nicht?«

Über seinen Ärger amüsierte sich Lena so sehr, dass sie husten musste. Julian sah verärgert aus.

»Ach, nimm's nicht tragisch.« Ihre Sätze wurden vom Hustenreiz unterbrochen. »Kommentare zu meinen Freundinnen, wie der von eben, sind zum Beispiel lästig.« Wieder musste sie husten! »Außerdem nervt es sehr, wenn du mir vor der offenen Kühlschranktür einen Vortrag über Einräumvorschriften hältst, oder am Bettrand erklärst, dass man Decken lüftet und schüttelt, ehe man die Tagesdecke drüberwirft. Ebenso bescheuert finde ich es von dir, deine Grippe bei Mama auszukurieren, statt hier zu bleiben. Es verletzt mich, wenn dein Freund Bill die schriftstellerische Leistungen meines Freundes Clement ›selbstgefällige Ergüsse‹ nennt und du dazu grinst.« Ihre Augen funkelten heiter-herausfordernd. Julian sah in ihnen keine Heiterkeit, nur bitteren Ernst. Geräuschvoll schob er den Stuhl zurück und schnellte hoch. Seine Tasse fiel dabei um und der Inhalt ergoss sich über den Tisch. Auch Lena stand auf. Mit leicht besorgter Miene rief sie:

»Aber das alles …« Sie war im Begriff, zu ihm zu gehen, da unterbrach er sie:

»Das alles ist hundsgemein …«

»Nein! Ist es nicht. Das alles ist unwichtig. Weil du Julian bist, weil du die besten Qualitäten hast und weil diese Macken zu dir gehören, wie zu einem schönen, alten Möbelstück.«

»Warum hältst du sie mir dann so penetrant vor und das an einem Tag, an dem du mit deinen komischen Tussen in die Disco willst.«

Lena lachte. Nun war sie bei ihm und schlang die Arme um ihn. Julian blieb ein wenig steif. So ganz traute er dem Frieden nicht.

»Weil ich dich ärgern wollte, und weil du ganz schön nerven kannst.« Während ihres Kusses lehnte sie sich an die Tischkante und bekam einen kaffeenassen Hintern.

*

Mittlerweile war es Frühsommer geworden. Lenas Vater lebte mit Christel, der neuen Frau, zusammen in dem schönen Appartement in der Avenue de Breteuil. Kater Leonard hatte den Austausch Lena gegen Christel mit grimmiger Miene zur Kenntnis genommen und seine Ablehnung durch kräftige Tatzenhiebe und penetrantes Kratzen an Türen kundgetan. Zwei Monate lang schmollte er, dann unterließ er das Kratzen, etwas später die Tatzenhiebe und nach dem dritten Monat hatte Christel seine Zuneigung gewonnen. Er beehrte sie mit Sprüngen auf ihre Knie und schnurrenden Nickerchen in ihrem Schoß.

Cupido betrachtete die beiden von seinem Sitz aus in der blühenden Kastanie. Im Bild der schnurrenden Katze und der lesenden Frau auf dem Sofa spiegelte sich das Glück von Nicolas Bellami und Christel. Leider war es Marianne nicht gelungen, dauerhaftes Glück mit dem Gärtner Michel-Jacques zu schmieden. Sie ging auf die fünfzig zu und bekam, im Blick auf die Zukunft, Panik. Aber auch im Rückblick zog sich ihr Herz zusammen. »War das nun schon alles?«, fragte sie sich. »Einen Beruf, eine Ehe, ein Kind, eine Scheidung, Lebensabend an der Seite des Bruders? Nein! Das akzeptiere ich nicht!«

Und so kam es, dass Marianne jedes Wochenende nach Paris reiste, während ihr Bruder das Haus in Deauville in Schuss hielt. Dort ging sie zur Kosmetik, zum Friseur und kleidete sich neu ein. Ihre Re-Look-Seancen kosteten sechshundert Euro, die Klamotten das Dreifache. Keine Spur vulgär, mit echtem, aber dezentem Schmuck, sehr darauf bedacht, nicht »bling-bling« zu wirken, Schuhe und Tasche von Chanel, einen pfiffigen Sommerhut aus dem Hutladen »Capucine«, so schritt sie am Samstagnachmittag ins Hôtel de Crillon, denn dort hatte sie ein Zimmer für eine Solo-Nacht reserviert. Sie musste es einfach noch einmal wissen.

Cupido beobachtete sie von einer der Laternen aus, die den Eingang des Hotels flankierten. Ja, Marianne wollte ihrem öden Leben zwischen Hautkrankheiten, Warzenentfernung sowie Botox- und Hyaluronsäure-Spritzen einen Kick geben. Der Liebesgott wusste es, und überlegte angestrengt, wie er ihr in einem Hotel der Superreichen helfen könnte. Warum ausgerechnet hier, wo junge und alte Milliardäre nach Models oder berühmten Schauspielerinnen schielten? Eine Frau in Mariannes Jahren musste Madonna heißen, um hier an den Mann zu kommen. Cupidos Pfeile hatten nicht die Kraft, die von übermäßigem Reichtum, Sorglosigkeit und Ausschweifung verhärteten Herzen zu durchbohren. Es sei denn …

»Was haben wir denn hier?«, rief er plötzlich erfreut. Vor den prachtvollen Eingang des Hôtel de Crillon rollte ein Rolls-Royce, die Wagentür öffnete sich, die silberne Spitze einer edlen Krücke wurde sichtbar. Sogleich half der Chauffeur einem eleganten Herrn aus dem Fond der Karosse. Sein Nadelstreifenanzug war etwas out of time, aber mit Sicherheit vom Herrenschneider der City of Manchester in London. Der Herr sah aus wie ein Gentleman. Am Arm des Portiers wackelte er durch die Drehtür. Cupido flog unsichtbar hinterher. An der Rezeption stand Marianne in ihrem zitronengelben Blazer, der schokoladenbraunen Bluse und einer Hose in gleichem Farbton. Harfenmusik bildete den Hintergrund zu Cupidos sanftem Schuss in die Herzen zweier Menschen, die vierzig Jahre und vermutlich auch vierzig Millionen Dollar voneinander trennten. Der Gentleman sah Marianne ins Gesicht und sagte: »Guten Tag, Madame, Sie sind wunderschön.« Worauf Marianne entgegnete: »Guten Tag, Monsieur, Sie sind sehr charmant.«

Wenig später saßen sie bei Tee und englischen Scones und erzählten sich gegenseitig aus ihrem Leben, zu Harfenklängen.

*

»Was hat sie jetzt wieder für einen Spleen? Sie lädt uns zum Abendessen ins ›Crillon‹ ein, um uns ihren neuen Liebhaber vorzustellen. Ist das nicht verrückt? Sicher hat sie sich einen athletischen Schönling geangelt. Einen von denen, die um elegante Hotels schnuppern wie Hunde.«

»Wenn sie es in ihrem Alter noch mal wissen will, ist das kein schlechtes Zeichen.«

»Der Gärtner hätte genügt. Der war bescheiden. Diese Gigolos hingegen erwarten für ihre Dienste gleich eine Edelkarosse oder in Ralph Lauren eingekleidet zu werden.«

»Würde ich genauso machen.«

Wütend schubste Lena ihren Freund und ging hochnäsig an ihm vorbei.

»Würdest du nicht! Du bist ein anständiger Kerl. Ich hoffe nur, Mama haut nicht ihr ganzes Erbe auf den Kopf.«

»Darauf hat sie doch ein Recht, es ist ihr Erbe.«

»Nein. Es gehört der Familie und nicht ihr allein. Sie hat es nicht selbst verdient und sollte sich deshalb verpflichtet fühlen, zumindest ihre Kinder an dem geerbten Familienbesitz teilhaben zu lassen.«

»Okay! Der Meinung bin ich auch. Zum Beispiel könnte sie dir das Hochzeitskleid kaufen.« Er grinste schief.

»Hochzeitskleid?«

*

»Hochzeit?«, schrie fünf Stunden später Marianne im verspiegelten Nobelrestaurant »Les Ambassadeurs« des Hôtel de Crillon. Schwere, kristallene Leuchter hingen von der Decke, der Marmorboden glänzte frisch poliert, die feinen Gläser reflektierten die Flammen der Kerzen. Es sah traumhaft aus, und der glitzernde Traum hätte Lena und Julian noch mehr beeindruckt und in einen Rauschzustand versetzt, wäre nicht ein livrierter Bediensteter mit einem silbernen Tablett angetrabt gekommen, auf dem eine Krawatte lag. Julian möge sie umlegen, hatte der Mann freundlich gebeten, denn hier herrsche noch immer Krawattenzwang.

Von Mariannes Schrei wachgerüttelt, reckten sich einige Köpfe, und gelangweilte Gesichter blickten zu ihrem Tisch.

»Ja!«, antwortete Lena ziemlich laut und strahlte. Fest drückte sie Julians Hand. »Wir wollen es versuchen.«

»Aber ich dachte immer, die jungen Leute halten eine Ehe nicht mehr für nötig?«

»Wir schon, wenn ihr nichts dagegen habt.«

Marianne und ihr Begleiter sahen sich an. Der Gentleman, er ähnelte ein wenig dem verstorbenen Baron Rothschild, lächelte verständnisvoll. Er habe mit zweiundzwanzig Jahren geheiratet und sei bis auf die letzten Jahre sehr gut damit gefahren.

»Das war eine andere Zeit! Heute nimmt man eine Ehe nur der Kinder wegen in Kauf.« Marianne stutzte und fügte mit gerunzelter Stirn an: »Oder bist du etwa schwanger?«

Lena lachte laut. Wieder schossen Köpfe hoch. Einige hatten verbissene Mienen, was Lena zu einer Bemerkung verleiten ließ, die sie allerdings mit gesenkter Stimme aussprach:

»Was haben die bloß? Statt blöd zu glotzen, müssten sie uns beglückwünschen, weil wir die Ideale ihrer Jugend hochhalten. Die meisten Gäste hier sehen trotz Botoxspritzen steinalt aus. Sie natürlich ausgenommen«, sagte sie schmunzelnd und sah dabei Mariannes Begleiter an.

Die vier verbrachten einen heiteren Abend. Marianne und ihr Gentleman erzählten von Hochzeiten und anderen lustigen Episoden aus ihrem Leben. Lena hatte ihre Mutter lange nicht mehr so ausgelassen gesehen.

»Ich kenne Maxime erst seit heute Nachmittag und werde dennoch die Nacht mit ihm verbringen.« Entschlossen legte sie ihre Hand auf die ihres Begleiters. Dazu hob Lena ihr Champagnerglas, Julian tat es ihr gleich.

»Dann kannst du es uns auch nicht verübeln, wenn wir nach zwei Jahren ans Heiraten denken.«

Marianne riss die Augen auf.

»Steht der Termin etwa schon fest?«

Wieder entfuhr Lena ein Lachen, diesmal ein diskretes. Amüsiert machte sie Marianne auf den Slogan des Jahres aufmerksam: »*L'amour dure trois ans* – Liebe währt drei Jahre«[39] und setzte verschwörerisch hinzu:

»Wir wollen den Sommer des nächsten Jahres abwarten. Wenn unsere Liebe bis dahin hält, hält sie auch dreißig Jahre und der Slogan muss geändert werden.«

Sichtlich erleichtert atmete Marianne auf. Unentwegt tätschelte sie Maximes linke Hand, während dieser mit der rechten immer wieder sein Glas hob und wie mechanisch »Glückwunsch, Glückwunsch!« ausrief.

19. KAPITEL

YOU ARE MY ROCK

Es ist gespenstisch dunkel, als ich erwache. Julian schläft tief. Leise richte ich mich auf und tapse zum Fenster. Dort wird mir klar, warum diese Nacht dunkler ist als andere: Die Straßenbeleuchtung funktioniert nicht. Das sieht wahrhaftig beängstigend aus. So ähnlich muss es vor zweihundert Jahren gewesen sein, als Auguste Comte hier wohnte. Schlimmer noch, denn die ganze Stadt versank nachts in Dunkelheit, während sich heute trotz defekter Laternen oder Stromausfall der Schein beleuchteter Viertel im Himmel spiegelt.

Vielleicht habe ich zu viel von dem guten Essen im »Les Ambassadeurs« vertilgt, vielleicht war auch der Abend einfach zu aufregend, jedenfalls kann ich nicht schlafen. Ich hole den Laptop und setze mich mit dem Rücken zum Fenster. Aber leider fehlt mir die Inspiration, das kalte Licht des Computers wirkt heute Nacht ernüchternd und lyrische Sätze fallen mir nicht ein, deshalb schreibe ich einfach, was mir in den Sinn kommt:

Julian hat mir gestern nicht nur einen Heiratsantrag gemacht, er überraschte mich auch mit zwei liebevollen Sprüchen. »Unsere Liebe währt ewig und drei Jahre« fand ich auf einem zerknitterten Zettel, der in meinem Nachtshirt steckte und »Einen Menschen lieben, heißt einwilligen, mit ihm alt zu werden. Albert Camus« klebte auf der Dose mit den Wattebäuschen. Beide Zettel liegen nun in meiner Lebkuchendose. Julian ist süß. Er ist einmalig und unbezahlbar. Abgesehen von dem Spaß, den wir an Dingen haben, die wir gemeinsam lieben, habe ich durch ihn auch manches schätzen gelernt, was ich zuvor unbegreiflich öde und verdummend fand. Fußball zum Beispiel. Heute verfolge ich mit Begeisterung und einer Flasche Bier jedes wichtige Match, ohne das Gefühl zu haben, dabei zu verblöden. Besonders witzig wird ein Spiel, wenn seine Kumpels mitschauen.

Wenn Julian mich eines Tages verlassen sollte, werde ich seine Zettel zusammenkleben und damit meine Wohnung tapezieren. Ja, das werde ich!

Ich schaue von den Tasten meines Laptops auf und wühle in der Lebkuchendose. Es gibt einen Zettel, den ich mehr als alle anderen liebe. Obwohl er nur zwei schlichte Sätze enhält, würde ich dieses Stück

Papier am liebsten in Gold rahmen lassen. Ich wende mich wieder dem Computer zu und schreibe auf, was den schönen Worten »Mit jedem deiner Fehler lieb ich dich mehr!«[40] vorausgegangen ist:

Es hat viele Auseinandersetzungen wegen François gegeben, doch eine verletzte mich wirklich tief und hätte fast unsere Liebe zerstört. Julian behauptete steif und fest, meine Beziehung zu François könne nicht nur freundschaftlich sein. Kein normaler Junge könne über längere Zeit nur brüderliche Gefühle für ein Mädchen wie mich hegen. Es sei denn, er ist schwul. Und da François alles andere als schwul ist, verdächtigte mich Julian, mit ihm geschlafen zu haben. Diese Anschuldigung konnte ich nicht auf mir sitzen lassen. Sie erschütterte mich dermaßen, dass ich einen Schreikrampf bekam. Zorn, Wut und Enttäuschung ballten sich in mir zusammen. Wie eine Zündschnur zischte ich, lief im Kreis, atmete heftig, wollte am liebsten um mich schlagen, und es fehlte nicht viel, da wäre ich explodiert. Heute wundere ich mich, wie es mir möglich war, unter diesen nervenzerrüttenden Umständen meinen Kulturbeutel vollzustopfen und auch noch an die Wohnungsschlüssel zu denken. Erst in der Avenue de Breteuil wurde ich ruhiger, und als ich schließlich in der elterlichen Wohnung ankam und meinem Vater den ganzen Mist, den ich eben erlebt hatte, förmlich vor die Füße spuckte – ich konnte nicht anders, es sprudelte aus mir heraus –, sah ich nicht mehr rot, sondern die Sache in einem anderen Licht. »Kannst du ihn nicht verstehen, den armen Julian«, entfuhr es Vater. »Er liebt dich total. Er liebt ein hübsches Mädchen, intelligent, geistreich und engagiert und muss dich mit François teilen. Da wird jeder normale Junge stinksauer.«

»Er muss mich nicht teilen. Was für ein Unsinn! Ich diskutiere gern mit François. Wir sind schlicht und einfach alte Freunde.«

»Schlicht und einfach alte Freunde«, hatte Vater gehöhnt und hinzugefügt: »Wenn das nur so schlicht und einfach wäre. Stell dir nur vor, er hätte eine Freundin, mit der er sich fast täglich schlicht und einfach unterhalten würde.«

Christel kam hinzu und schlug in die gleiche Kerbe. Ja, es sah so aus, als ergreife sogar Leonard Bernstein Partei für Julian. Vorwurfsvoll sah er mich vom zerrissenen Polster eines Louis-XIII-Sessels, den dicken Bauch zwischen den schlanken Beinen, den Kopf stolz erhoben, an. Während er mich so musterte, schossen mir unwillkürlich schöne Bilder durch den Kopf. Julian und ich in dieser Wohnung, auf dem Sofa mit Leonard. Dennoch sagte ich zu Vater: »So leicht lass ich mich nicht von euren altmodischen Vorstellungen weichkochen. Ich muss eine Nacht nachdenken. Kann ich bleiben?«

Im Bett konsultierte ich mein Handy. Nichts von Julian. Was für ein schrecklicher Mensch! Wie kann er mir das antun? Kein Bedauern! Kein Sorry! Mitten in der Nacht erwachte ich von einem Piepsen und griff hoffnungsvoll nach meinem Handy. Wieder nichts von Julian, nur eine blöde Einladung in die Disco »Paris Paris«.

Am nächsten Tag ging ich mit dem Entschluss zurück, ihm nur zu verzeihen, wenn er verspräche, nie mehr solche gemeinen Anschuldigungen gegen mich loszulassen. Natürlich war er nicht zu Hause. Die Wohnung wirkte aufgeräumt und so frisch, als hätte lange das Fenster offen gestanden. Der große Strauß Rosen auf dem Tisch fiel mir gleich ins Auge. An der Vase lehnte ein Foto, das uns beide am Strand von Deauville zeigt. Auf der Rückseite stand: »Es tut mir leid. Bitte verwandele dich nicht in einen Drachen. Ich will dir von nun an ganz fest vertrauen.«

So ein Streit hat seine guten Seiten, wenn er gut ausgeht, dachte ich, während ich in die Küche ging und die Pfanne hervorholte, um mir ein Spiegelei zu braten. Auch Julians gutes Gedächtnis zeigt sich besonders eindrücklich nach einem Streit. In der Pfanne lag ein Zettel mit dem Satz: »Mit jedem deiner Fehler lieb ich dich mehr.« Er hat nicht vergessen, dass mich Spiegeleier beruhigen. Eigentlich sind wir das perfekte Paar, sagte ich laut und haute das Ei in die Pfanne.

Komisch! Im Moment, da ich das Wort »Pfanne« schreibe und den Punkt dahinter setze, ist auf dem Bildschirm des Computers ein kleiner Schatten zu sehen. Ein Schatten mit menschlichen Körperformen, einem Kopf, einem Profil. Er huscht von einer Seite zur anderen. Nein, er fliegt, denn das, was aus seinem Rücken wächst, sieht wie Flügel aus. Ich reibe mir die Augen, schaue genauer hin, aber ganz plötzlich ist der Schatten verschwunden. Fange ich an zu spinnen? Dann ist es wohl besser, ich gehe wieder ins Bett.

*

Im September zog Lenas Freundin Claire ins Marais. Lena erzählte Julian von Claires aufsehenerregendem Umzug mit zig Schuh- und Klamottenkartons, Hutschachteln und unzähligen Kleiderständern. Dabei konnte sie ihren Neid nur mühsam verbergen. Alles bekäme die Freundin geschenkt, egal wie sie sich benähme. Für sämtliche Examen betreuten sie Nachhilfelehrer, und als sie dennoch die Medizinprüfung verhaute, wurde sie dafür auch noch belohnt. Durch Fingerschnippen kam sie zu einer Wohnung. Das war zu viel für Lena. Obwohl Claire ihre beste Freundin war, ließ sie an diesem Donnerstagspätnachmittag kein gutes Haar an ihr.

»Und da ihr Vater Topbeziehungen hat, wird sie auch ohne Studium unterkommen, während wir wie die Blöden büffeln müssen.«

Ständig relativierte Julian und erinnerte Lena daran, dass auch sie zu den Privilegierten gehöre, so wie er auch, so wie alle jungen Leute, deren Eltern ihren Kindern ein Zimmer oder eine kleine Wohnung in der Stadt bezahlen konnten.

»Aber sie hat es wahrhaftig genial erwischt. Und nur, weil sie ihrem Vater zu Hause auf die Nerven ging. So leicht ist das: Du machst deinem Daddy heftig Stress und schwupp hast du ’ne edle Wohnung an der Hand.«

Mit skeptischem Blick verzog sich Julian in die Küche. Seit die beiden zusammenlebten, brachten sie sich gegenseitig das Kochen bei und hatten dabei schon viele leckere Mahlzeiten gezaubert. Während sich Lena mehr aufs Backen verlegt hatte, im Gedenken an ihre Oma, die eine wahre Backkünstlerin gewesen war, probierte Julian sich an schmackhaften Fischgerichten. An diesem Sonntag möbelte er gerade einen sterbenslangweiligen Kabeljau mit Lauchgemüse auf.

»Reg dich ab, sonst hast du heute Abend bei Claires Einweihungsparty nur miese Laune.« Lena, das frisch gewaschene Haar noch immer unter dem Handtuchturban, versuchte, sich zu beruhigen. Mürrisch riss sie den Kühlschrank auf, schnappte die eisgekühlte Flasche Rosé und holte zwei Gläser aus dem Regal.

»Hier!« Lena goss ein. »Trinken wir auf neidlose Zeiten!« Sie nahm einen kräftigen Schluck. Es war erst halb sieben Uhr abends und etwas früh für das Abendessen, aber Claire erwartete ihre Gäste schon um zehn Uhr. Und Claire feierte gern mit viel Alkohol. Es gab wenig Kracker, kaum Oliven oder sonstige Magenfüller, glücklicherweise auch keinen Schnaps, Wodka oder Whiskey, hingegen literweise Rosé und Champagner. Um nicht schon in der ersten halben Stunde betrunken zu sein, war es ratsam, vorher zu essen.

Wie ein eingespieltes Ehepaar saßen sie gegen halb acht am kleinen Tisch und verzehrten Julians Kabeljau mit Baguette und Rosé. Und wie die meisten Ehepaare sahen sie dabei fern. Es lief *Le grand Journal* mit Moderator Michel Denisot und an diesem Donnerstag stöckelte Scarlett Johansson, von einem donnernden Applaus begleitet, aus den Kulissen.

»Sie ist wirklich schön.«

»Nicht so schön wie du.«

»Ach, quatsch nicht.«

»Ich quatsche nicht. Ich meine es so.«

»Okay. Das ist lieb von dir. Hugh Jackman sieht vielleicht auch besser aus als du, aber ich wollte ihn niemals im Leben in meinem Bett haben. Ihhh.«

»Danke. Das liebe ich an dir. Auf neidlosere Zeiten!« Er hob sein Glas. Sie stießen an.

20. KAPITEL

SUSPICIOUS MINDS – GEFAHRENZONEN

Seit sechs Monaten büffelte Lena ohne Unterbrechung. Keine Soiree, keine Disco, nur Studium und ein wenig Schmusen mit Julian. Lenas Endziel war die Aufnahme an die renommierteste Hochschule für Kommunikation und Medien und der sicherste Weg dahin führt über ein zweijähriges Studium der Lettres superieures – der hohen Literaturwissenschaft. In wenigen Wochen standen die Prüfungen zum zweiten Jahr bevor. Lenas Stundenplan war brechend voll.

Entweder absolvierte sie ihre Stunden in der Vorbereitungsklasse oder sie paukte in der Bibliothek. Kam sie dann gegen zehn Uhr in die Rue de Richelieu, standen ein Salat und ein gegrillter Fisch, eine magere Hühnerkeule oder ein paar Scheiben geräucherter Lachs bereit. Julian war in der Tat ein Schatz. Zwar hatte es sein Politikstudium mächtig in sich, aber Lena stand definitiv unter größerem Stress. Und warum? Weil sie sich vorgenommen hatte, nach bestandener letzter Prüfung im Juni, nicht nur die Aufnahme für die CELSA, die Hochschule für Kommunikations- und Medienwissenschaften, sondern auch die für die Siences Po zu versuchen. Wer dort einen Abschluss schafft, zählt zur französischen Intelligenzia und wird zwangsläufig eines Tages ein berühmter Philosoph oder Schriftsteller. Um ihre Aufnahme zu schaffen, hatte Lena einen Marathon gestartet, der viel Puste und einen verständnisvollen Freund verlangte.

Ganz so selbstlos und rücksichtsvoll, wie es den Anschein hatte, war Julian jedoch nicht. Er kam Lena entgegen, weil es ihm selbst entgegenkam und ihn motivierte. Häufig wäre er lieber zu einem Match nach Marseille gefahren oder hätte faul auf der Couch gelegen und sich sämtliche Denzel-Washington-Movies reingezogen. Aber Lenas knallharte Linie imponierte ihm so sehr, dass er nicht nur mithalten musste, sondern es schließlich auch wollte. Unerbittlich büffelte er bis spät in der Nacht seinen Schwerpunktbereich und ackerte in der Bibliothek sämtliche Nebenbereiche durch, die ihm bei der Prüfung zum Verhängnis werden konnten. Dabei litt er nicht einmal. Er fluchte auch nicht über das umfangreiche Wissen, das zunehmend verlangt wurde. Wenn ihn Lena abhörte, freute er sich über die Fortschritte seiner Eloquenz. Täglich wurde er besser und kurz vor den Prüfungen im Juni lieferten sich die beiden eine verbale

Schlacht von hohem Niveau über das Schicksal von Kultur und Kunst in einer politisch banalisierten Gesellschaft. Zum Schluss sagte Lena:

»Man kann sich über die politische Linie uneinig sein, aber eines müssten Linke sowie Rechte zugeben: Stil und Bildung hat auf beiden Seiten enorm gelitten. Schau dir die Typen doch an! Keiner hat das Format eines De Gaulle, eines Rocard oder meinetwegen auch eines Mitterrand.«

»In letzterem Fall wären weniger Bildung und mehr Menschlichkeit besser gewesen.«

»Okay! Aber wer in der Politik ist schon menschlich?«

»Kofi Annan!«

Lena lacht übermütig, gleichzeitig schaute sie ein wenig skeptisch.

»Na ja, ich habe gehört, dass auch manche seiner Entscheidungen umstritten sind. – Aber ganz generell: Mein Großvater behauptete von der Politik, dass sie immer korrupt mache. Sie ziehe jeden in ihren giftigen Morast aus Gier, Machtanspruch und Bosheit. Deshalb sollte sich ein guter Charakter von ihr fernhalten.« Sie zwinkerte ihm zu.

»Du willst sagen: Ich bin zu gut für die Politik.«

»Ja, das meine ich. Du bist zwar eine eifersüchtige Nervensäge, aber sonst ein ganz lieber Mensch.« Sie schlang die Arme um seinen Nacken und schmiegte sich an ihn. »Der liebste Mensch, den es gibt!«

Sein guter Charakter stand Julian bei der Prüfung nicht im Weg. In der harten schriftlichen Arbeit errang er fünfzehn von zwanzig Punkten. Das war ein super Ergebnis, dennoch zitterte er der mündlichen Prüfung entgegen. Lena redete ihm gut zu:

»Nicht am Thema vorbeireden, sondern glasklar auf den Punkt kommen, keine Schnörkel und Phrasen, keine Abschweifungen in andere Gebiete. Statt Stärke zeigst du sonst nur die Schwäche, auf dem gefragten Terrain nicht wirklich sicher zu sein.«

Julian hielt sich daran. Er erinnerte sich an die Diskussionen mit Lena, nahm sich ein Beispiel an ihrer Schlagfertigkeit, Wortgewandtheit und Selbstsicherheit.

*

Cupido, Marianne und Maxime hielten sich derweil im Louvre auf. Gemächlich spazierten sie durch den Saal im Erdgeschoss mit den griechischen Skulpturen. Nun, einen gemeinsamen Spaziergang konnte man es nicht nennen, denn während der Liebesgott unbeobachtet von Statue zu Statue flatterte, setzte sich Maxime bei jeder Gelegenheit hin. Trotz seines Alters und der Würde eines Monarchen verscheuchten die Wärter den eleganten Senior von sämtlichen marmornen Sockeln, auf die er sich erschöpft stützte, und boten ihm stattdessen einen stinknormalen Stuhl an. Mit Genugtuung bemerkte es der Liebesgott und hörte nun aufmerksam der Unterhaltung des ungleichen Paares zu.

»Ach, Gott sei Dank darfst du sitzen. Ich werde ganz kribbelig, wenn du dich zu lange alleine auf deinen Stock stützen musst.« Marianne war herbeigestolpert und legte Maxime ihre Hand auf die Schulter. »Ach, übrigens: Weißt du, wer die Venus von Milo geschaffen hat?«

»Niemand kennt den Namen ihres Schöpfers. Bauern fanden sie Anfang des 19. Jahrhunderts vergraben auf den Feldern von Milos«, antwortete er sachlich. Marianne nickte. Genau das habe auf der Plakette neben der Statue gestanden, sagte sie und schüttelte ungläubig den Kopf. »Man stelle sich vor: Hundert Jahre vor Christus stand ein schönes Mädchen einem unbekannten Künstler Modell und heute verehren wir sie wie eine Göttin.«

»Oh.« Maxime sah verwundert auf. »Ich dachte immer, die Skulptur stelle die Göttin Venus dar, nicht irgendein Mädchen.«

»Du bist ein Dummkopf«, brummte Marianne.

»Wenn das so ist, dann gehen wir.« Maxime stand auf. Mit einem Mal wirkte er resolut. Vom Louvre habe er die Nase voll, brummte er.

»Jetzt schon? Aber wir sind erst seit einer Stunde hier.«

»Unwichtig, meine Teure! Die Luft ist schlecht. Zu viele Menschen. Zu anstrengend. Außerdem kann ich es kaum erwarten, dir meine Überraschung an der Place Vendôme zu zeigen.«

»Überraschung? An der Place Vendôme?« Marianne griff sich ans Herz. Cupido erkannte den Grund ihrer Geste und war darüber nicht erfreut. Wie wild hatte Mariannes Herz bei der Erwähnung des Namens »Place Vendôme« zu pochen angefangen an. Es klopfte ihr bis zum Hals, sodass sie kaum noch sprechen konnte, sich hingegen flink bei ihrem Begleiter unterhakte und ihn hinauszerrte. Enttäuscht machte Cupido einen Sprung und flog hinaus.

»Verräterin!«, murmelte Cupido. »An der Place Vendôme befinden sich die teuersten Juweliere der Welt. Dein Herz klopft für einen Diamanten und nicht für Maxime. Du liebst den armen Mann nur seines Geldes wegen. Habe ich danebengezielt? Bin ich blind, wie Shakespeare sagte? Oder ist es wahr, was die abtrünnigen Cupidos behaupten?«

*

»Paris bei Nacht, das stille, schlafende Paris, so kennen es nur wenige Touristen. Durch die schmalen Straßen schleicht eine Katze, führt noch jemand seinen Hund spazieren, aber sonst ist alles ruhig, selbst die Autos auf den Boulevards sind kaum zu hören. Dann dieses Honiglicht der Laternen, in dem die alten Gebäude erst richtig zur Geltung kommen, und darüber ein Himmel aus grauviolettem Dunst. Einfach faszinierend. Und siehst du diese Passage?« François hielt an. Lena, die in Gedanken versunken neben ihm hergegangen war, folgte seinem Blick. »Lass das mal auf dich wirken.« Er fuchtelte mit den Armen, zeigte nach rechts, nach links und nach oben.

»Aber du hörst ja gar nicht zu. Und überhaupt: Du siehst so bedrückt aus.«

Statt ihm zu antworten, ging Lena einfach weiter. Sie bereute nun, François angerufen zu haben. Ursprünglich hatte sie sich über Julian geärgert. Ja, mehr als das. Er hatte sie verletzt, tief getroffen und gleichzeitig rasend wütend gemacht. Zuerst führte er großartig das Wort »Heirat« im Mund und dann sagt er zu seinem Freund Eric, er sei noch nicht bereit für diesen Schritt, er habe Lena gegenüber das Maul zu voll genommen. Heute Abend hatte sie die Gemeinheit von Claire erfahren und natürlich sofort François angerufen. »Lass uns etwas trinken gehen«, hatte sie ihn gebeten. Jetzt war es fast neun Uhr und Julian war noch nicht aus der Bibliothek zurück.

Unwillkürlich hatte sie ihn verdächtigt, ganz woanders zu sein. Womöglich bei dieser aufgeplusterten Brünetten, mit der er kürzlich, als sie ihn an seiner Fakultät abholte, aus dem Hörsaal kam. Fröhlich und in bester Laune ging er neben diesem Mädchen her. Zuerst hatte sie sich nichts dabei gedacht, aber jetzt, nach der finsteren Nachricht, fühlte sie sich verhöhnt.

Den ganzen Abend hatte sie ihren Kummer verschwiegen und François reden lassen, denn auch er hatte viel auf dem Herzen. Aber jetzt konnte sie sich nicht mehr beherrschen. Sie weinte, und damit François ihre Tränen nicht sehen konnte, ging sie weiter. Der alte Freund rannte ihr nach.

»Verdammt, Lena! Es tut mir leid. Den ganzen Abend quatsche nur ich und dabei …« Er war bei ihr angelangt und sah ihr verheultes Gesicht. »Oh, was bin ich für ein Idiot!« Er schlug sich an die Stirn und legte dann den Arm um Lena. »Bitte, bitte, verzeih mir. Ich bin eben auch nur ein grauenhafter Egomane. Denke nur an meine Probleme, bin taub und blind für die meiner besten Freundin und schwärme stattdessen von der romantischen Nacht. Hau mir eine runter!«

Unter Tränen lachte Lena. Sie holte aus und verpasste François eine kräftige Ohrfeige. Dann wischte sie sich mit dem Ärmel ihrer Bluse das Gesicht trocken und sagte:

»Die hast du wahrhaftig verdient. Dein Kummer mit Alexandra ist ein Klacks im Vergleich zu meinem.«

»Dann erzähle! Sag mir alles. Ich will es jetzt wissen, sonst kann ich nicht in Ruhe nach Hause gehen.«

Und Lena legte los. Sie spazierten bis zur Rue Bonaparte, überquerten sie, gingen die Allée du Séminaire hinunter und blieben an der Place Saint-Sulpice stehen. Hier kamen Lena von Neuem die Tränen und sie fing noch einmal von vorne an, erzählte, wie sie Julian kennengelernt und sich in ihn verliebt hatte. Der Platz war fast leer. Ein Clochard saß auf einer Bank, das Gesicht dem Brunnen zugewandt, eine Flasche Wein und einen Plastiksack neben sich. Leise rauschten die Blätter der Kastanienbäume, das Wasser im unteren Becken murmelte, in der Luft zitterte ein ferner Widerhall der Großstadtgeräusche. Lena machte weit die Augen auf und sagte:

»Es ist etwas Sonderbares um die Liebe. Es liegt ein Zauber auf ihr. Die Leute können sich darüber lustig machen, aber ich behaupte, man spürt es, wenn einem die Person begegnet, die für einen bestimmt ist.«

»Na ja«, nuschelte François und es klang nicht sehr überzeugend.

Als Lena nach Hause kam, erwartete sie ein aufgebrachter Julian. Stundenlang habe er versucht, sie zu erreichen. Ob sie absichtlich ihr Handy ausgeschaltet hätte. Niemand wusste, wo sie war, und natürlich habe er es vermieden, bei François anzurufen.

»Warum tust du mir das an? Warum machst du gerade mit ihm einen romantischen Spaziergang durch Paris? Und da soll ich dir glauben, du liebst nur mich?«

Lena antwortete nicht sofort und so schimpfte er weiter.

»Außerdem habe ich mir Sorgen gemacht. Bis um zwei Uhr nachts sitze ich auf Kohlen, male mir ein Horrorszenario aus, traue mich nicht, deinen Vater anzurufen, weil es ihn auch beunruhigen würde. Und so begabt wie Chopin bin ich leider nicht, um mich ans Klavier zu setzen und in meiner Angst und Einsamkeit ein schönes Präludium zu komponieren.«

Unwillkürlich musste Lena lachen. Dabei war sie durchaus nicht fröhlich gestimmt.

»Ja, lach mich nur aus! Mich, den Naiven, den Dummen, der alles mitmacht. Mit mir kann man seinen Spaß treiben.«

Noch nie hatte ihn Lena so ernsthaft gesehen. Seine Züge waren verschlossen, hart und dennoch an der Grenze der Zerbrechlichkeit. Eine Regung der Zärtlichkeit überkam sie, und fast wäre sie auf ihn zugegangen und hätte ihn in den Arm genommen, doch da regte sich etwas anderes: Wut, verletzter Stolz. Und unvermittelt drehte sie den Spieß um.

»Ja, mach du dich nur lustig bei deinen Freunden. Mach mich zur Dummen, zur naiven Tusse, die auf einen Heiratsantrag hereinfällt.« Sie schleuderte ihm ihre Worte mit einer gehörigen Portion Hass entgegen. Julian stutzte. Er runzelte die Stirn, als verstehe er nicht.

»Ja, ja! Stelle dich nur ahnungslos, aber ich glaube kaum, dass dein allerbester Freund Eric Lügen über dich verbreitet.«

Als Julian erfuhr, was Eric über ihn erzählt hatte und von wem sie diese Version erfahren hatte, schrie er wie nach einem Tritt gegen das Schienbein auf.

»Unfassbar.« Er griff sich an die Stirn. »Wirklich irre, was ein dahingesagter Satz alles bewirken kann.« Sein Kopf flog herum. In seinen Augen blitzte es auf. »Ach, was sage ich: Er wird umgedreht, aufgeblasen, aus dem Kontext gerissen und thront dann über allem als die absolute Wahrheit. Total wahnsinnig. Genauso spielt es sich in der Politik ab. Heute habe ich etwas begriffen.«

»Erkläre es mir bitte, Julian.« Lena wirkte sehr sachlich mit einem Mal. Sie kam sich kleinlich vor. Spießig, eifersüchtig, nervig wie Alexandra, die François nicht einen unkommentierten Schritt machen ließ und ihm das Wort im Munde herumdrehte. Kaum hatte Julian begonnen, sich zu rechtfertigen, da unterbrach ihn Lena:

»Lass es! Zermartere dir nicht das Hirn. Es ist alles nicht so schlimm.«

»Doch. Solange du aufgrund dieses Gequatsches an mir zweifelst, ist es schlimm.«

»Ich will nicht mehr an dir zweifeln.« Sie ging auf ihn zu und schmiegte sich an ihn.

Wenig später liebten sie sich mit einer Intensität und Zärtlichkeit, die Lena einmalig vorkam. Sie glühte am ganzen Körper. Von den Zehenspitzen bis in die Haarwurzeln durchströmte sie eine grandiose Hitzewelle, die sie fast betäubte. Danach kuschelte sie sich in seine Arme und erzählte ihm, da sie noch hellwach war, ein weiteres Märchen.

*

Ganz ruhig und aufmerksam hörte Julian ihr zu. Als Lenas Geschichte mit einer Hochzeit endete, wurde er jedoch quicklebendig, rappelte sich hoch und sprang mit einem Begeisterungsschrei aus dem Bett:

»Genau so stell ich es mir vor. Eine witzige Hochzeit auf dem Land mit Freunden und einer Marzipanziege auf der Hochzeitstorte. Und das schwöre ich.«

Amüsiert betrachtete Lena ihren Freund, der im blassvioletten Grau der Morgendämmerung eher gespenstisch aussah.

»Träume ich oder wach ich?«, lachte sie.

»Es ist fünf Uhr morgens und ich mache dir einen echten Heiratsantrag mit meinem Ehrenwort.«

Unter Gelächter erklärte Lena, dass ein simpler Heiratsantrag auf der Bettkante nicht mehr genüge, erst müsse er noch eine Prüfung bestehen.

»Wie bitte? Wo sind wir denn?«

»Im Märchen«, grinste Lena.

»Du spinnst. Unser Leben ist doch kein Märchen.« Julian setzte sich aufs Bett.

»Ein bisschen schon.« Das Mädchen richtete sich auf und sah ihn sehr ernst an. »Wir haben sicherlich eine Glücksfee, oder irgendjemanden, der über unserer Liebe wacht. Denn bis jetzt ist immer alles wieder gut geworden.«

»Warte erst mal zehn Jahre Zusammenleben ab.«

Darauf ging Lena nicht ein. Stattdessen sagte sie:

»Jedenfalls wünscht mein Vater, dass du ganz förmlich um meine Hand anhältst.«

Während Julian hochschoss, als hätte er sich in eine Nadel gesetzt, kicherte Lena in sich hinein.

*

Unschlüssig verharrte Julian hinter der Flügeltür von Herrn Bellamis Büro. Durch die verglaste Tür sah er den Arzt an seinem Schreibtisch sitzen. Den Kopf in die rechte Hand gestützt, studierte er mit gefurchter Stirn eine Akte. Würde dies der richtige Moment für seine Frage sein? Überhaupt was für eine dämliche Idee im 21. Jahrhundert. Vermutlich hatte ihn Lena verkohlt und wollte ihn so nur auf die Probe stellen. Nicht, dass er seine Entscheidung bereute. Nein, er liebte Lena und fand die Idee aufregend, mit ihr alt zu werden. Und dazu gehörte der Sprung ins kalte Wasser, der Sprung in die Ehe. Was ihm allerdings nicht so recht in den Kopf wollte, war Herrn Bellamis anachronistischer Wunsch. Wozu sollte Julian ihn um die Hand seiner Tochter bitten? Sie war nicht mehr Bellamis Eigentum, wie das eventuell vor achtzig Jahren noch gewesen sein mochte. Sie war ein selbstständiger Mensch. Ihre Hand, ihr Körper, ihr Geist, alles gehörte ihr und niemand hatte darüber zu bestimmen, nur sie allein.

»Ach, sei doch kein Spielverderber«, hatte Lena gebettelt. »Er ist einfach altmodisch. Das ist doch witzig.«

Julian trat einen Schritt vor. Wenn er nun aufsieht, entdeckt er mich, dachte er gestresst und klopfte vorsichtig ans Glas. Bellami sah auf und ganz flink stellte sich Julian einen seriösen Herrn mit Perücke vor. Einen Chirurgen, der nach neuestem medizinischen Stand operierte und gleichzeitig mit Tintenfass und Feder seine Verschreibungen unterzeichnet.

»Hallo Julian. Wirst du in der Küche nicht gebraucht?«

»Ich … ich …«, stotterte Julian, obwohl er sich vorgenommen hatte, absolut sicher aufzutreten, sich keine Schwäche anmerken zu lassen und vor allem nicht zu kneifen. So bescheuert ihm sein Vorhaben auch vorkam, Monsieur Bellami sah ihn erstaunt an. Zuerst runzelte er die Stirn, dann lächelte er aufmunternd.

»Na, die Frauen haben dich wohl weggeschickt, und nun würdest du gerne mit mir diskutieren. Stimmt das?«

Eifrig nickte Julian und versäumte dabei nicht, ihn zu korrigieren.

»Es muss nicht unbedingt eine Diskussion sein, Monsieur Bellami! Zwei Sätze genügen.«

»Was soll das heißen? Langweile ich dich etwa?«

»Überhaupt nicht. Im Gegenteil.« Wieder kam er ins Stocken. Und er hatte das untrügliche Gefühl, rot zu werden. Eine verteufelte Situation, und nun stand Herr Bellami auch noch auf. Aus der Ferne und vom grellen Licht der Schreibtischlampe ein wenig geblendet, konnte der Arzt Julians glühenden Kopf nicht genau erkennen. Würde er aber nähertreten … Julian wäre am liebsten weggelaufen, aber das wäre einer Niederlage gleichgekommen. Bellamis Augenbrauen zuckten und ganz plötzlich, als ginge ihm ein Licht auf, strahlte sein ganzes Gesicht. Er blieb auf der Höhe des Schreibtisches stehen und sagte:

»Sag, was du auf dem Herzen hast.«

21. KAPITEL

HOCHZEITS-VORBEREITUNGEN – HOCHZEITSGLOCKEN

Endlich Ferien. Wochenlange Büffelei und der Stress von schriftlichen sowie mündlichen Prüfungen lag hinter ihnen. Beide hatten die schwierigen Hürden überwunden. Ab September würde für sie ein neuer Zyklus beginnen.

Zunächst feierten sie Mariannes Hochzeit mit Maxime in dessen Wohnsitz in Saint-Germain-en Laye. Sein Küchenchef hatte ein ausgezeichnetes Sechs-Gänge-Menü gezaubert, das an runden Tischen serviert wurde. Ein großer Teil der Anwesenden war über siebzig, und dieser Teil schien sich glänzend zu amüsieren. Er machte auch den größten Krach. Lärmende Unterhaltung, schallendes Gelächter und hin und wieder erstaunte Aufschreie gingen von den Tischen mit den betagten Leuten aus, sodass die jüngeren Nachbarn Mühe hatten, sich miteinander zu verständigen. Lena und Julian erging es so. Sie saßen zwischen zwei Tischen, von denen ein Höllenlärm bis unter die Zimmerdecke stieg, an der ein riesiger Kronleuchter hing, der beängstigend schaukelte. Cupido hatte ihn in Bewegung gebracht, was allerdings niemand wissen konnte.

»Mein Gott, der Leuchter, hoffentlich fällt er nicht herunter!«, kreischte eine auffällig geschminkte Dame zwischen siebzig und achtzig Jahren.

»Es ist der Lärm, der ihn so zum Zittern bringt! Bitte mäßigen Sie sich!«, empfahl der Majordome, der von Tisch zu Tisch tänzelte, um den reibungslosen Ablauf des Menüs zu überwachen. Genau in dem Moment brach eine weniger stark geschminkte Dame zwischen siebzig und achtzig in hysterisches Gelächter aus, von dem sie sich nicht zu erholen schien. Andere konnten sich nicht länger zurückhalten und stimmten in das laute Lachen mit ein, ohne zu wissen, warum gelacht wurde. So steckte ein Tisch den anderen an, bis schließlich, es war der Moment, in dem das Dessert serviert wurde, an sämtlichen Tischen erfrischend krakeelt und lauthals gescherzt wurde. Der Raum wogte in Gelächter. Im Kronleuchter amüsierte sich Cupido köstlich. Über Mariannes Geldgier ziemlich erbost, hatte er vor einer Woche einen zweiten Pfeil auf sie abgeschossen und sie damit unwillentlich völlig verrückt gemacht. Marianne war bis über beide Ohren in Maxime verliebt. Sie überschüttete ihn mit Zärtlichkeiten und Komplimenten, überließ nichts dem Zufall, hatte nur Augen für ihn. Etwas weniger hätte auch genügt, sagte sich Cupido im Kronleuchter und schaukelte noch heftiger. Immer heftiger, denn das Gelächter zu seinen Füßen kribbelte in seinem kleinen Körper wie Sodawasser. Er perlte, er sprudelte, und beim Anblick des jungen Liebespaares Lena und Julian, inmitten all der quirligen Alten, hüpfte er vor Freude.

»Wie schön kann Liebe sein«, sagte er sich und machte einen Luftsprung, im richtigen Moment. Aus unerklärlichen Gründen löste sich die Kappe am oberen Ende der Kette, unter der sich die Kabel verbargen. Der Leuchter sackte einen halben Meter tiefer, was allen Gästen durch Mark und Bein ging und sie von ihren Sitzen auffahren ließ. Maxime reagierte prompt. Sofort eilten zehn Angestellte herbei und brachten die Sache in Ordnung. Eine Stunde später tanzten die Alten ausgelassen zu Rock-'n'-Roll-Klängen, der Musik ihrer Jugendzeit.

»Die sind aufgedrehter als wir«, grinste Julian. »Es ist schon paradox, sie befinden sich im letzten Stadium ihres Lebens und bringen mehr Leben in die Bude als manche in unserem Alter.«

»Vielleicht ist das der Sturm vor der Ruhe.«

Julian runzelte die Stirn und lachte, als er begriff, was Lena meinte.

*

Nach einem erholsamen Urlaub an der Atlantikküste, nach Festen, Sonnenbädern am Strand und allabendlichen Spaziergängen auf der Strandpromenade von Biarritz kehrten Lena und Julian Ende August nach Paris zurück. Ab September drückten beide wieder die Bänke der Hörsäle, während Marianne sich Gedanken über die Hochzeitsfeier machte und die ersten Geschäfte für Braut- und Abendmoden abklapperte. Im November wurde sie fündig und im Dezember nahm sie Lena zum ersten Mal in verschiedene Geschäfte mit. Sie bestaunten die Werke junger Stylisten, schauten sich ausgiebig in Läden mit klassischen Modellen um und landeten am Ende im teuersten Brautmodengeschäft der Stadt, den Eindruck hatte Lena jedenfalls. Es befand sich am Quai des Grands Augustins, nur durch eine dreispurige Fahrbahn von der Seine getrennt. Dort verbrachten sie drei Stunden, denn plötzlich war Marianne wie verwandelt. Traumhafte Abendroben glänzten an den Kleiderständern, riesige Fotos von Grace Kelly, Liz Taylor und Marilyn Monroe in atemberaubenden Festkleidern schmückten die Wände und statt sich um die Tochter zu kümmern, wühlte Marianne in den Größen 40 und 42. Lena kniff die Augen zusammen.

»Du siehst dich wohl mit Maxime auf dem Red Carpet neben Angelina Jolie und Brad Pitt«, scherzte Lena. Tatsächlich stand Marianne unter Starkstrom. Sie presste sich in ein cremefarbenes Seidenoberteil mit Applikationsspitze am Saum, von einem einseitigen Träger aus Seidenspitze gehalten, der sich als breites spitzenbesetztes Band um den Hals schlang. Für Hände und Unterarme gab es Halbfinger-Handschuhe aus Taft, die sich bis zum Ellenbogen bauschten. Lena machte ein Gesicht, als kaue sie auf einer Auster.

»Kümmere dich nicht um mich, liebes Kind! Begutachte die Brautmodelle und probier die schönsten an. Hast du eines gefunden, nimmt die Schneiderin Maß und wir bestellen. Beeilung ist angesagt, wenn ihr im Mai heiraten wollt.«

Angewidert schüttelte Lena den Kopf. Ihr wollte nichts gefallen. Zu viel Spitze, zu viel Rüschen, zu viel aufgeplusterte Stoffe. Zum Glück sah auch Marianne vom Kauf einer Abendrobe ab, nachdem sie den Preis für die Kleider erfahren hatte. Zehntausend Euro für drei Meter Stoff schien ihr doch zu deftig.

*

Anfang des neuen Jahres zog Lena mit Claire los. Mutter Mariannes Geschmack hatte eindeutig nichts mehr mit dem ihrigen zu tun. Allerdings waren auch die Mädchen geschlagene drei Wochen unterwegs, ohne etwas Passendes zu finden. Das hätte Lena zu Anfang ihrer Shoppingphase niemals für möglich gehalten, denn in jedem Pariser Viertel gab es mindestens zwei Läden mit Brautmoden. Gefiel ihnen aber endlich ein Modell, dann schockte sie der Preis und war der Preis akzeptabel, schockte das Modell. Ziemlich entmutigt folgte Lena am fünfundzwanzigsten Shoppingtag Claires Rat, bei Pronuptia zu stöbern. Die Boutique erstreckte sich auf zweihundert Quadratmeter über zwei Stockwerke und bot eine atemberaubende Auswahl.

»Wer dort sein Hochzeitskleid nicht findet, findet es nirgends«, behauptete Claire steif und fest. Nach zehn Anproben war Lena überzeugt, zu jener Minderheit zu gehören, die dort nicht zufriedengestellt werden kann. Claire hing völlig genervt auf dem Besuchersofa und griff abwechselnd nach ihrer Cola und ihrem Kopf. Sie konnte nicht begreifen, warum Lena nichts fand. Mindestens fünf von den fünfzehn Modellen, die sie übergestreift hatte, sahen an der Trägerin super aus.

»Du bist einfach zu anspruchsvoll!«

»You are completely right«, bestätigte Lena grinsend. »Ich habe bei einem Chanel-Defilee sagenhafte Modelle aus nächster Nähe gesehen und kann mich einfach nicht mit Barbiekostümen aus billigen Stoffen abspeisen lassen.«

»Allerdings verachtest du die teueren am Quai des Grands Augustins genauso.«

»Ja, klar. Die sind für Angeber, die ihren Reichtum an die große Glocke hängen wollen. Das ist sowieso nichts für mich.«

»Definitiv zu anspruchsvoll«, wiederholte Claire, diesmal nachhaltig und mit blitzendem Blick.

Natürlich sollte ihre Hochzeit so einmalig sein wie ihre Liebe zu Julian, nur: Wie war das zu bewerkstelligen ohne irrsinnige Kosten und nervigen Aufwand? Resigniert wandte Lena sich zum Gehen. Freundin Claire folgte ihr verärgert. Doch da, genau am Eingang, entdeckten die beiden eine besonders schöne Robe in der Vitrine und der ausgewiesene Preis war nicht minder schön.

»Was ist denn das? Warum haben Sie es mir nicht gezeigt?« Lena drehte sich um und blickte die Verkäuferin vorwurfsvoll an.

»Entschuldigen Sie, Mademoiselle, aber ich wollte Sie nicht ein weiteres Mal enttäuschen. Dieses Modell sieht nur an der Puppe gut aus. Alle jungen Damen haben es anprobiert und ausnahmslos enttäuscht zur Seite gelegt. Immer stimmte etwas nicht. Keiner stand es perfekt. Sparen Sie sich die Mühe! Da Ihnen die vorgestellten Modelle schon nicht zugesagt haben, wird Sie dieses, einmal anprobiert, total deprimieren.«

»Ach, was! Ich wage es! Drei Stunden sind wir hier, da kommt es auf zehn Minuten mehr nicht an.«

Kaum hatte sie ihren Satz zu Ende gesprochen, strömte aus allen Teilen des Geschäftes das Personal herbei. Offensichtlich wollte sich niemand diese Anprobe entgehen lassen. Mit Hilfe der Verkäuferin schlüpfte das Mädchen hinein und stolzierte dann kerzengerade, mit gestrecktem Nacken und in die Ferne geheftetem Blick den Korridor entlang.

»Wow«, rief eine Zuschauerin. Und eine andere flüsterte so laut, dass Lena es hören musste: »Unglaublich, das Modell ist für sie gemacht. Es steht ihr unheimlich gut.«

Claire hob den Daumen in die Luft. Die beiden hatten das perfekte, sensationelle und gleichzeitig erschwingliche Traumkleid aufgestöbert. Ausdauer lohnt sich.

Zurück in der Kabine, nahm die Verkäuferin Lenas Maße. Und Arm in Arm gingen die Busenfreundinnen wenig später ins nächste Café, um den Fund zu feiern.

*

Marianne beglückwünschte ihre Tochter, ein super Hochzeitskleid für »nur« siebenhundert Euro gefunden zu haben und gab ihr sofort die hundertfünfzig Euro zurück, die sie als Anzahlung aus eigener Tasche bestritten hatte.

»Nun müssen wir rasch den Festsaal mieten. Kurz vor dem Sommer sind die schönsten Räumlichkeiten schnell vergeben«, drängte Mutter Marianne.

»Diese Aufgabe überlasse ich dir und deiner charmanten Überredungskunst.«

Lena reichte ihr eine Liste von gewünschten Örtlichkeiten, worauf auch die Zahl der Geladenen notiert war.

»Bitte keine Schlösser außerhalb der Metropole, das ist zu aufwendig. Wer kann schon ein Schloss mieten und die Kosten für ein zweitägiges Festessen berappen?«

»Maxime natürlich!« Und Marianne grübelte, während Lenas Blick über die Einrichtung des luxuriösen Appartements streifte.

Teure Gemälde hingen an den Wänden, wertvolle Teppiche lagen auf dem Parkettboden, frische Blumen standen in einer unbezahlbaren Vase. Hier lebte es sich bequemer als im Häuschen in Deauville, es gab eine Hauswirtschafterin und eine Putzfrau.

Mama hat eindeutig den Jackpot gezogen, dachte Lena. Aber mit Liebe hat das ja nicht viel zu tun. Mitleid vielleicht?

Ihre Mutter schoss vom Sofa hoch.

»Also, du willst kein Schloss und auch keinen Festsaal unter der gläsernen Pyramide mit Blick auf den Pariser Nachthimmel. Das, zum Beispiel, würde 25.000 Euro kosten.« Lena schüttelte stoisch den Kopf. Ungerührt fuhr Marianne fort:

»Dann gäbe es einige Salons sowie den Garten des herrlichen Stadtpalastes der Familie Pozzo di Borgo, in dem Karl Lagerfeld die besten Jahre seines Lebens verbracht hatte, für 30.000 Euro zu haben. Und unter den Arkaden der Place des Vosges befindet sich eine exquisite Villa aus dem 17. Jahrhundert, die ihr Inhaber ab achttausend Euro aufwärts vermietet, ohne Essen und Getränke, wohlgemerkt. Wer Wein aus dem Kellergewölbe will, zahlt zweitausend Euro zusätzlich.«

Lena tippte sich an die Stirn.

»Du machst es mir wirklich schwer«, seufzte die Mutter.

»Hier nun mein vorletzter Vorschlag. Aber flippe bitte nicht aus. Orient Express. Ich habe mich schon erkundigt. Die Bahn steht für besondere Anlässe jedes Jahr von März bis November zur Verfügung, sie fährt bis Venedig und zurück, verfügt über vierzehn Einzel- und siebenundachtzig Doppelzimmer. Der Preis beinhaltet ein fürstliches Essen, jedoch nicht die Getränke.« Sie nannte den Preis und starrte mit angehaltenem Atem an die Decke. Lena konnte nicht anders, als in irres Gelächter auszubrechen. Ob sie seit der Hochzeit mit Maxime total übergeschnappt sei. 250.000 Euro für ein Hochzeitsfest zahle selbst Maxime nicht, es sei denn, er sei schon senil.

»Verrate mir deinen letzten Vorschlag, damit ich gehen kann.« Erschöpft stand Lena auf. Aus verengten Augen musterte sie ihre Mutter und machte ein Gesicht, als überlege sie, ob diese den Verstand verloren hatte.

»Wäre nicht ein Seineboot der absolute Hit? Ich habe mir Fotos und Videos von den Veranstaltern schicken lassen. Schau sie dir an.«

Obwohl Lena weder Zeit noch Lust hatte, den Rest des Nachmittages mit ihrer Mutter zu verbringen, gab sie nach und setzte sich vor Mariannes Computer. Beim Anblick der farbigen Präsentationen, erwachten ihre Lebensgeister von Neuem.

»Man wird in unterschiedliche Jahrhunderte katapultiert. Hier: ›Le Galion‹ zum Beispiel lädt in ein Ambiente der aufblühenden Renaissance ein und man glaubt sich im Florenz der Medicis. ›Charlton‹ erinnert an eine Schaluppe im Westernstil.«

Skeptisch sah Lena auf. Ihre Mundwinkel waren nach unten gezogen und ihr Blick sagte eindeutig, was sie dachte.

»Okay, okay«, stöhnte Marianne. »Vielleicht gefällt dir das Boot ›La Balle au Bond‹ besser. Es ankert vor der Notre-Dame, ist moderner und eher schlicht. Und hier das schwimmende Schlösschen ›VIP‹. Saalmiete sechshundert Euro, Essen dreißig Euro pro Person.«

Auf fünfzig Gäste hochgerechnet, wäre die Summe akzeptabel gewesen, hätte Marianne an die Feinheiten gedacht. Das Essen zu dreißig Euro beinhaltete weder Vorspeise noch Dessert, von den Getränken ganz zu schweigen. Auch fehlte der Tarif für den Discjockey sowie die Kosten für eine eventuelle Seinefahrt, auf die Lena ihren deutschen Verwandten zuliebe nicht verzichten wollte.

Schweigend blieben die beiden noch eine Weile vor den farbigen Bildern sitzen, jede in Gedanken versunken. Marianne rechnete die Kosten hoch, Lena dachte an den Aufwand. Endlich raffte sich das Mädchen auf und sagte:

»Mir ist die Lust an einer großartigen Hochzeit vergangen. Alles Schnickschnack, Theater, Glitter und Flitter. Ich will nicht prollen. Ich heirate im kleinen Kreis im Schlösschen von Madame Gaspard in Dinard, wenn sie damit einverstanden ist. Und unser Ehrengast wird eine Ziege sein.«

*

In der Nacht vor der letzten Prüfung.

Nur zu dir fallen mir solche schönen Träume ein[41]

Ich sitze so, dass ich hinaussehen kann. Das Licht der Laterne ergießt sich grell auf Molières Kopf und er sieht aus, als habe er einen Heiligenschein. Sein steinernes Haar glänzt. Sein Gesicht leuchtet, fast könnte man sagen, er lacht. Ich öffne das Fenster einen Spalt. Ein feiner Regen glitzert in der Luft. Er ist leise und wie damals im Landhaus von Claires Eltern höre ich sein Wispern. Nur diesmal stelle ich mir vor, er trage Molières gute Laune zu mir in den dritten Stock. Er hatte nie Angst. Ich aber habe sie. Angst, die Prüfung nicht zu schaffen. Angst vor der Zukunft. Ein wenig Angst vor einer überstürzten Heirat. Aber ist sie denn überstürzt? Drei Jahre sind vergangen, seit dem kalten Abend im November, als ich Julian auf der Place Saint-Sulpice gesehen habe. Manchmal blitzt dieses Bild in meinem Traum auf und ich werde wach: Der nachdenkliche Junge am Brunnen. Auf seinem Gesicht das Spiel von Licht und Schatten, in seinen Augen ein sagenhaftes Leuchten. In diesen Augen stand, dass ich ihm gefiel. Nein, darin stand mehr als das. Es war Erleichterung, Freude, Hoffnung in ihnen und niemand wird mir einreden, ich hätte mir das nur eingebildet. Diese zwanzig gemeinsamen Monate in einer kleinen, kuscheligen Wohnung haben es bewiesen: Wir gehören zusammen. Im Gespräch, im Streit, im Sex. Es flutscht überall, und ist er auch manchmal zu hektisch, im Bett zu schnell, sodass ich unbefriedigt an die Decke starre. Dann nimmt er mich ein wenig später fest in den Arm und tut sein Bestes. Er sagte mir: »Ich muss lernen, mich zurückzuhalten. Es ist nicht nur für dich wichtig, sondern auch für mich.«

»Forever«, sage ich, ohne mit der Wimper zu zucken. »Forever«, tippe ich in meinen Laptop. Mag es lächerlich klingen, utopisch, unwahrscheinlich. Mag Rousseau auch skeptisch machen, wenn er behauptet: »Es gibt kaum eine Leidenschaft, die eine größere Illusion auslöst als die Liebe. Ihre Heftigkeit halten wir für den Beweis ihrer Dauer. Unser Herz wird von Gefühlen überrollt, die sich in die Zu-

kunft hinein auszudehnen scheinen. Aber gerade die rasende Inbrunst der Liebe frisst die Liebe auf. Sie nutzt sich mit der Jugend ab, sie schwindet mit der Schönheit, sie stirbt unterm Eis des Alters. Und seit die Welt existiert, hat es keine Liebenden mit grauen Haaren gegeben.«[42]

Julian und ich werden das erste Liebespaar mit grauen Haaren sein. Daran glaube ich ganz fest. Und nun habe ich keine Angst mehr. Angst ist ein schlechter Ratgeber.

*

Drei Stunden vor der Prüfung saßen sie im »Le Village«. »Ich werde es schaffen«, prostete Lena ihrem Freund zu und hob ihr Glas Orangensaft. »Dann sind wir an der selben Fakultät. Ist das nicht super.«

»Gemäß dem Slogan, der den Brüdern Costes zugeschrieben wird: ›An Orten mit Niveau trifft man Leute mit Niveau.‹«

»An der Fakultät der Rue Saint-Guillaume verkehrt nicht nur hohes Niveau. Dort ist mir auch schon mancher Trottel begegnet.« Lena lachte fröhlich. Sie war bester Stimmung. Schwungvoll sprang sie aus ihrem Stuhl, ging um den Tisch und umarmte Julian glückstrahlend.

22. Kapitel

STERNSCHNUPPEN

»Ihr seid einfach klasse, ihr beiden! Ich liebe euch!« Madame Gaspard kam gestikulierend über den Rasen zum Eingang getippelt. Wie üblich trug sie ein anliegendes Kleid, was wenig Spielraum für ausgreifende Schritte zuließ. Dazu eine cremefarbene Weste mit dreiviertel langen Ärmeln und darunter eine helle Seidenbluse. Sie umarmte Lena und Julian überschwänglich und wiederholte den letzten Satz gleich mehrmals. »Ich liebe euch! Ich liebe euch!«, hallte es über die Terrasse des Landschlösschens. Ganz kurzfristig hatten sie beschlossen, mit Freunden nach Dinard zu fahren. Eric brauchte keine Überredungskünste anzuwenden, um seine Tante zu überzeugen. Sie war ohnehin für jeden Spaß zu haben und hier gab es ja etwas Konkretes zu feiern: Julian hatte die Zwischenprüfung mit Auszeichnung bestanden und Lena die Aufnahmeprüfung für Sciences Po ganz knapp. Es fehlten nur wenige Punkte. Um die mündliche Prüfung kam sie nicht herum. Doch zuvor: Verschnaufpause in Dinard mit Claire, Josephine, François, Eric und Julian.

Traumhaftes Sommerwetter empfing sie, ein funkelnder Himmel spannte sich über dem Landsitz und dem irrsinnig blauen Meer. Blendend weiß strahlten die Fliesen der Terrasse und leuchtend hob sich das kräftige Grün der massiven, uralten Eiche vom Sommerhimmel ab. »Sie ist so alt wie das Schloss, hundertundfünfzig Jahre«, hatte Frau Gaspard gesagt, als Lena bewundernd an dem Baum hochgeblickt hatte.

Jetzt eilte sie vor Freude fast platzend über die Fliesen zur Brüstung, stellte sich darauf und breitete die Arme aus wie Rose auf dem Bug der Titanic. Bleich vor Schreck rannte ihr Julian hinterher und schlang seine Arme fest um ihren Körper.

»Mensch, du kannst ja herunterfallen«, schimpfte er. Lena lachte und taumelte dabei leicht. Julian wurde noch blasser.

»Hab keine Angst! Es ist nicht tief. Komm, stell dich hinter mich wie Jack. Ich kann nicht fallen, wenn du mich hältst. Das ist einfach unmöglich.«

Ungern gab Julian nach. Zwar wusste er, dass der Abhang unterhalb der Brüstung sanft ins Tal abfiel und der Boden sandig und teilweise moosbewachsen war, dennoch zitterten ihm die Knie. Der absolute Held war er nicht, nur anmerken sollte man es ihm nicht. Vorsichtig kletterte er hinter Lena auf die steinerne Umrandung der Terrasse, schmiegte seinen Körper an sie und umfasste ihre Taille.

»Und jetzt Augen zu«, befahl Lena. So standen sie eine Weile, hinter ihnen Madame Gaspard zur Salzsäule erstarrt und die Freunde mit aufgerissenen Augen und statisch grinsenden Gesichtern. Niemand sagte ein Wort, keiner regte sich. Es herrschte atemlose Stille.

Erst als die beiden wieder den Boden der Terrasse unter den Füßen spürten, setzte das Gelächter und Geplapper von Neuem ein.

Gegen Abend saßen sie um den langen Tisch auf der Terrasse und genossen das gute Essen. Man unterhielt sich über das schwierige Leben der Studenten, das kaum noch an das »Studentenleben« ihrer Eltern oder Großeltern erinnerte.

»Damals verband man mit ›La Bohème‹ Revolution und Diskussion. Heute heißt es Büffeln, Ackern, auswendig lernen, Noten punkten!« Alle sahen François zustimmend an, sagten aber nichts. Nur Madame Gaspard seufzte leise und äußerte verträumt: »Ach ja, es waren schöne Zeiten damals. Im Rückblick genauso romantisch wie es Charles Aznavour in seinem Chanson beschreibt.« Und leise intonierte sie *La Bohème* von Aznavour. Die anderen sahen sich schmunzelnd an und hörten schweigend zu.

Etwas später verschwand Lena mit den Worten: »Ich freue mich auf ein entspannendes Bad« nach oben. Während sich die vier Freunde Eric, François, Claire und Josephine für einen Spaziergang bei Sonnenuntergang entschieden, setzte sich Julian ans Klavier.

Er bastelte an dem Stück, das er für Lena komponierte. Vom Esszimmer aus hörte Madame Gaspard eine Weile zu. Leise trat sie schließlich näher und mischte sich ein. »Ich finde, du solltest nach dem zehnten Takt die Tonart wechseln. Nur für wenige Augenblicke. Dadurch bekommt die Melodie eine dunklere Farbe und die braucht sie. Du hast, wie mir scheint, eine heitere Melodie konzipiert, aber diese nahtlose Heiterkeit ist langweilig und sie passt nicht zu dir.«

Verwundert hob Julian den Kopf. Madame Gaspard hat recht, dachte er. Der Melodie fehlt Tiefe. Ständig zermartere ich mir den Kopf darüber.

»Ich lasse mich gerne von Ihnen beraten.« Er lächelte sie an und bat sie, sich neben ihn zu setzen.

Fast eine Stunde verbrachten die beiden damit, das Stück zu polieren. Die Hausherrin hatte gute Ideen, worüber sich Julian nicht mehr so sehr wunderte, nachdem er erfahren hatte, dass sie am Konservatorium zwei Jahre Kompositionslehre studiert und sich in jungen Jahren an eigenen Stücken versucht hatte. Sie unterbrachen ihre Arbeit, als sie auf der Treppe Schritte hörten. In dem Moment leitete Madame auf ihre Frage nach der Hochzeit über.

»Also ihr würdet eure Hochzeit gerne bei mir feiern? Ja, da fühle ich mich sehr geehrt.« Jeanette Gaspard wandte sich Lena zu, die schuldbewusst auf Zehenspitzen näherkam:

»Oh, ich wollte euch nicht stören. Macht nur weiter.«

»Nicht nötig. Wir haben eben den Schlussakkord gespielt.«

»Nicht ganz«, berichtigte Julian. »Das Adagio ist noch nicht ausgefeilt.«

Lena sah frisch aus. Und genau so blendend, wie sie aussah, war ihre Laune. Ihr feuchtes Haar kringelte sich um ihr Gesicht, ihre Augen strahlten. Spontan sprang Julian von seinem Sitz hoch und umarmte sie.

»Hey, du bist ja wie Champagner. Du bist so richtig sonnenschön.«

»Na, und so soll es bleiben, wenn man heiraten will.« Jeanette Gaspard wollte sich entfernen, doch Lena hielt sie auf.

»Madame, Sie sollen keine Arbeit haben. Auch nicht Ihre Angestellten. Wir bereiten alles selbst vor und laden nur die besten Freunde ein.«

»Dabei entwickelt sich schnell ein großes Fest. Ich wette, ihr kommt auf hundert Leute.«

Lachend winkte das Paar ab. Schließlich verließ Frau Gaspard den Raum. Lena zog ihren Freund auf die Terrasse hinaus. Der Abend leuchtete. Dicht über dem Horizont war der Himmel fast weiß und bekam erst in der Höhe Farbe. Dort jedoch hatten Sonne und Wolken eine Farbkomposition geschaffen, die nur William Turner besser zustande gebracht hätte. Helles Violett, ein Blau so zart, als habe es der Wind auf eine Scheibe geblasen, hinter der noch eine Kerze flackerte.

Das Farbenfeuer brannte vielleicht eine halbe Stunde, dann erlosch es und es wurde dunkel. Der Zauber dieses Abends jedoch verging nicht. Am alten Gemäuer flammten Lampen auf, im Garten gingen die Lichter der Laternen an. Ihr weiches Licht flutete über die Terrasse, strahlte die mächtige Eiche an, erhellte einen Teil der Böschung und brachte die Kiesel der Auffahrt zum Funkeln. Schweigend genossen Lena und Julian den schönen Augenblick. Sie saßen aneinandergeschmiegt auf der Brüstung und blickten in die Ferne.

»Erzählst du mir wieder eine deiner irren Geschichte, Märchentante Lena?«

Die Mundwinkel des Mädchens zuckten. Julian küsste sie zärtlich.

»Lieber nicht. Mir ist aufgefallen, dass sie alle traurig enden.«

»Das sind ja nur Geschichten. Unsere endet jedenfalls glücklich.«

»Ja«, sagte Lena. »Sie muss glücklich enden, sonst werde ich sehr sauer.« Nachdenklich sah sie in den Himmel. Über ihnen blinkten Flugzeuge. Lena fing an, ein Lied von B.o.B. zu singen:

»Can we pretend that airplaines in the night sky are like shooting stars.«[43] Julian drückte sie fest an sich.

*

I can really use a wish right now[44]

Mein Wunsch erfüllt sich. Julian war in jener Nacht ein traumhafter Liebhaber. Er hat das perfekte Feeling, ein unbeschreibliches Fingerspitzengefühl. Früher sagte man so schön: Er liest mir jeden Wunsch von den Augen ab. Heute möchte ich sagen, er reagiert wie ein Seismograf auf die leiseste Erschütterung meines Körpers. Wir lieben uns die halbe Nacht und ständig fällt ihm eine neue Zärtlichkeit ein, die mich erhitzt und glücklich macht. Kann so eine Liebe jemals vergehen? Wird sie tatsächlich irgendwann mal Rost ansetzen, wie es Claire ausdrückte? Nur Claire kommt auf solche Ideen, denn sie scheint nicht zu wissen, wie stark Liebe ist, wenn Körper und Seele zusammenfinden. Wüsste sie es, ginge sie nicht ständig fremd. Wüsste sie es, verstünde sie, warum ihr Freund unter ihren Seitensprüngen leidet.

Wir sprechen von der Hochzeit und von den Gästen, die wir einladen wollen. Ich sage: »Wenn ich könnte, würde ich Marilyn Monroe, Michael Jackson und Chopin einladen.« Er antwortet: »Vielleicht schickt Chopin einen Vertreter.« Wir lachen. Dann grübeln wir über das Essen nach, die Getränke, die Musik. Julian findet die Anwesenheit eines Discjockeys blöde. »Keinen andern als David Guetta, aber den können wir nicht bezahlen«, scherzt er und meint, das Klavier und ein paar starke CDs reichten aus, um die Party steigen zu lassen.

In dieser Nacht schlafen wir erst gegen Morgen ein. Eng aneinandergeschmiegt, das Kreischen der Möwen und das sanfte Schlagen der Wellen im Ohr. Sie begleiten mich in meinen Traum. Es ist der einer lustigen Hochzeit mit einer Ziege, die sich an den Blumentöpfen vergeht, einem grasenden Pferd im Garten und zwei Hunden, die miteinander spielen. Madame Gaspard sitzt am Klavier und unterhält uns mit einer schönen, aber seltsam traurigen Melodie.

*

Es folgten zwei Tage leuchtendes Sommerwetter, Sonnentanken am Strand und Gelächter, dass der Bauch wackelte.

Am dritten Tag kehrte Lena alleine nach Paris zurück. Sie wollte einen Tag ungestört für die mündliche Prüfung büffeln und zur letzten Anprobe des Hochzeitskleides gehen. Julian sollte Ende der Woche mit den anderen aufbrechen. Zu dem Zeitpunkt würde Lena die Prüfung hinter sich haben und wissen, ob sie es geschafft hatte oder nicht.

Allerdings entschied sich Julian anders. Mitten in der Nacht wachte er durch Lenas Gewimmer auf. Zuerst glaubte er, sie läge neben ihm und tastete automatisch nach ihr, um sie zu trösten. Aber die Seite neben ihm war leer. Ein bitteres Gefühl stieg in ihm hoch. Zum ersten Mal empfand er den quälenden Schmerz des Verlassenseins. Es fühlte sich an wie ein Schnitt, als entferne man ihm ein Organ, als trenne man ihm ein Körperteil ab. Dieses unerträgliche Gefühl hinderte ihn daran, weiterzuschlafen. Nachdem er sich eine Stunde lang hin und her gewälzt hatte, stand er auf. Er duschte lange, warf seine Toilettenartikel kunterbunt in den Kulturbeutel, fuhr sich mit fünf Fingern durchs Haar und zog sich an. Im Morgengrauen packte er seine Reisetasche.

Madame Gaspard saß am langen Tisch der geräumigen Wohnküche, trank Kaffee und las Zeitung. Kein Angestellter war zu sehen. Beim Geräusch der Schritte sah sie verwundert von ihrer Lektüre auf.

»Oh, du siehst ja reisefertig aus. Planst du einen Ausflug?«

Julian verneinte. Er griff nach einer Tasse und goss sich an der Maschine Kaffee ein.

»Ich fahre nach Paris. Lena hat heute ihre Prüfung und ich möchte sie am Schultor erwarten, wenn sie das Examen hinter sich hat. Falls sie es verhaut, braucht sie Beistand. Ich glaube, sie fällt vor Freude aus allen Wolken, wenn sie mich da stehen sieht.« Er grinste zufrieden. Jeanette Gaspard nickte zustimmend.

Das Haar noch feucht von der Dusche und ein wenig zerzaust, setzte er sich Jeanette gegenüber. Er fragte, was in der Politik so laufe, und Jeanette antwortete, sie lese in der Zeitung von gestern. Im Übrigen sei es ohnehin immer dasselbe, ob sie nun die Zeitung von morgen oder die von gestern vor sich habe. Julian lachte. Angesteckt von seinem frischen Lachen, stimmte Jeanette mit ein. Sie unterhielten sich über die bevorstehende Hochzeit und das Wetter. Julian schenkte sich Kaffee nach.

»Über eurer Heirat wird sich ein blauer Himmel wölben, da bin ich ganz sicher.« Ihre Augen funkelten. »Ich freue mich, dass du das richtige Mädel gefunden hast.«

Lächelnd bedankte sich Julian. In zwei großen Schlucken lehrte er die Tasse und stand auf.

»Um diese Zeit wird nicht viel Verkehr sein. Vermutlich erreichst du Paris zur Mittagsstunde.«

Nun stand auch Frau Gaspard auf. Julian trat zu ihr und verabschiedete sich mit zwei Wangenküssen.

»Fahr dennoch vorsichtig. Landeinwärts werden heute starke Regenfälle erwartet.«

»Sorgen Sie sich nicht, Madame Gaspard. Ich bin ein wachsamer Fahrer.«

»Das genügt nicht. Oft bringen die anderen das Unheil.«

Gemeinsam gingen sie zur Tür.

»Wie schon gesagt: Falls Lena hier anrufen sollte, verraten Sie ihr nichts. Ich möchte Sie mit meinem Kommen wirklich überraschen.«

»Versprochen, Julian.« Sie nahm ihn ein letztes Mal fest in die Arme.

*

Aufgeregt flog Cupido dem jungen Mann hinterher. Er konnte sich nicht erklären, warum er so unruhig war, so besorgt und traurig. Seit Stunden fand er keine Ruhe. Aufgescheucht hatte ihn mitten in der Nacht Julians Idee, am heutigen Tag, ja genau an diesem Morgen nach Paris zurückzufahren. Ein Hellseher war Cupido freilich nicht, aber sobald er sich so schlecht, ja richtig elend fühlte, wie er es in dem Moment tat, wusste er, dass etwas in der Luft lag. Dieses Etwas war beängstigend und legte sich schwer auf sein Herz. Darum hatte er in den Morgenstunden auch versucht, Julian die Reise auszureden. Aber der Junge hatte kein Ohr für seine Bedenken. Im Gegenteil: Wild entschlossen drehte er den Duschhahn auf, verteilte Duschgel und summte dabei die Melodie, die er auf sämtlichen Klavieren spielte.

Vergeblich hatte Cupido noch auf einen handfesten Einwand vonseiten Jeanettes gehofft. Aber außer ein paar lapidaren Bemerkungen zum Wetter sagte sie nichts. Bedenkenlos ließ sie ihn gehen. Cupido konnte es nicht fassen. Angesichts ihrer Arglosigkeit sträubten sich ihm die Haare. Musste sie nicht auch spüren, dass heute nicht der Tag für eine Reise war. »Geh nicht«, hätte er ihm zugerufen. Nein, er hätte es geschrien: »Geh heute nicht, denn irgendwie stimmt was nicht.«

Nun hing alles von ihm ab. Nervös flog er um den Mini Cooper und versuchte, sich zu beruhigen: »Machen wir das Beste daraus. Nehmen wir die Dinge nicht, wie sie kommen, sondern halten sie auf. Ich sitze im Fond des Wagens und habe die Sache im Blick. Meine Anwesenheit, auch wenn er sie nicht bemerkt, wird Julian nützen und ihn beschützen.

*

Julian fuhr ruhig und das war vernünftig, denn er wollte keinesfalls Punkte verlieren. Geschwindigkeitsübertretungen kosteten nicht nur Geld, sie kosteten auch einen Punkt. Allerdings verlockten die freien Straßen und das schöne Wetter dazu, aufs Gas zu treten. Immer wieder kletterte der Tacho über das vorgeschriebene Limit von hundertdreißig Stundenkilometern. Nach einer Stunde Fahrt trübte sich der Himmel und gegen halb neun fielen die ersten Tropfen.

*

Kurz nach acht kam Eric die Treppe herunter. »Julian hat mir gesimst, er fahre nach Paris zurück. Ist er schon weg?«

Jeanette nickte. Sie saß am Klavier und hielt eine Partitur in der Hand.

»Wie dumm! Ich wäre gern mit ihm gefahren.« Eric rieb sich die Augen. Jeanette seufzte.

»So schlimm ist das auch nicht. Auf diese Weise kannst du ihm wenigstens seine Partitur mitbringen. Es wundert mich, dass er sie vergessen hat.«

»Das wundert mich auch. An diesem Stück liegt ihm sehr viel. Ich glaube, er hat die ersten Noten gesetzt, als er sich richtig in Lena verliebte.«

Madame Gaspard studierte die Einleitung und plötzlich erhellte sich ihre Miene, ganz so, als ginge ihr ein Licht auf. »Ja, du hast recht! Es fängt recht kompliziert an, ein wenig theatralisch. Zuerst hielt ich es für zu pompös, dann aber kommt dieses Spielerische und Verträumte hinein, als ob er in der Folge den schwierigen Anfang sozusagen aufdröseln will. Als ob er sagen will: Aller Anfang ist schwer, man muss es nur wagen, dann findet sich alles und alles findet zusammen.«

»Das hast du treffend ausgedrückt, Tante Jeanette. Wie wäre es, wenn du die Hochzeitsrede halten würdest?«

Eric wurde plötzlich ganz aufgeregt. Während Jeannette abwinkte und Julians Vater erwähnte, dessen Aufgabe das wohl sei, spann Eric seine Idee voller Enthusiasmus weiter.

»Das kann er ja ruhig machen, aber dann kommst du an die Reihe. Du setzt dich ans Klavier, hältst die kluge Rede, die du mir eben vorgetragen hast, sagst dann: ›Dieses Stück ist der Braut gewidmet‹ und fängst an zu spielen. Am Ende klatschen alle wie verrückt und fragen, von wem das Werk denn sei. Du stehst auf und sagst anerkennend: »Sie hörten eben ein Werk des Komponisten Julian Sorel.« Was meinst du, wie die Gäste glotzen werden?«

Nachdenklich lächelnd drehte sich Madame Gaspard dem Klavier zu. Sie stellte die Partitur auf den Notensteg und fing an zu spielen. Hin und wieder unterbrach sie sich, griff zum Bleistift und verbesserte oder strich durch. Eric schenkte sich Kaffee ein und setzte sich aufs Sofa. Aufmerksam hörte er zu. Fünfzehn Minuten vergingen, dann nahm sie die Hände von den Tasten und legte sie in den Schoß.

»Es fehlt der Schluss.« Sie blickte Eric an. »Wann wird er ihn schreiben? Viel Zeit bleibt nicht mehr, wenn die Hochzeit noch im Juli stattfinden soll.«

23. KAPITEL

DER HIMMEL KIPPT

Mittlerweile war es fast zehn Uhr. Der Regen wurde stärker. Je weiter er ins Landesinnere drang, umso heftiger stürzte Wasser vom Himmel und knallte kübelweise auf die Windschutzscheibe. An manchen Stellen der Autobahn hatten sich riesige Pfützen gebildet. Hin und wieder durchkämmte Julian so eine Wasserlache, und obwohl er vorsichtig fuhr, spritzte es massiv zur Seite. Richtung Paris war der Verkehr dünner als in der Gegenrichtung. Manche Pariser fuhren schon ins Wochenende. Einmal überholte Julian einen lahmen Peugeot, in dem ein betagter Herr saß. Julian erkannte es in einem kurzen Blick zur Fahrerseite. Der Mann krallte die Hände ins Lenkrad und klebte mit der Nase an der Windschutzscheibe.

Amüsiert drückte Julian aufs Gas. Seine Freude steigerte sich. Nur noch knappe zwei Stunden, dann würde er vor der Schule stehen und sie erwarten. Ach ja, einen Blumenstrauß muss ich noch besorgen, dachte er. Dafür reicht die Zeit. Lena kommt nicht vor Mittag aus dem Hochschulgebäude.

Er erinnerte sich an einen Blumenladen unweit der Rue Saint-Guillaume. Problematisch würde allerdings das Auto sein. Wollte er Blumen kaufen und danach Lena abholen, sollte der Wagen vernünftig geparkt sein, sonst konnte der Spaß teuer werden.

Er überlegte gerade, ob es noch zu schaffen war, den Wagen und die Reisetasche vorher zu Hause abzuliefern, da fiel ihm auf der anderen Fahrbahn ein Lieferwagen auf, der beängstigend schaukelte. Es beunruhigte ihn nicht besonders, denn von dem schleudernden Wagen auf der Gegenfahrbahn trennten ihn Leitplanke und gute zwanzig Meter. Das Auto vor ihm drosselte die Geschwindigkeit, während der Lieferwagen auf der Gegenbahn außer Kontrolle geriet, gegen die Leitplanke knallte und sie durchbrach. Das alles geschah in Bruchteilen von Sekunden. Und in diesen Augenblicken, die wie Blitze aufzuckten und Julians Herz schneller schlagen ließen, schoss Julian eine einzige Frage durchs Gehirn:

Wie kann ich dem Unheil entgehen? Unwillkürlich bremste er. Dann zerriss ein Knall die Luft. Das Auto vor ihm wurde frontal erfasst. Splitter flogen in den Himmel. Eine Blechlawine rollte auf Julian zu. Weg! Aussteigen!, schrie es in ihm, doch schon bohrte sich das Blech in den Mini-Cooper. Sonderbarerweise spürte er es nicht.

Und ebenso seltsam war es, dass er, nachdem er durch den Aufprall nach vorn geschleudert worden war, nach hinten weggezogen wurde, als geriete er in einen Strudel. In diesem Strudel schlug sein Kopf mehrmals an Gegenstände, die ihm hart wie Betonklötze erschienen. Dann plötzlich war es still.

Julian hatte das Gefühl, in Watte zu liegen. Er hörte und spürte nichts, aber sein Hirn arbeitete. So ein Mist, dachte er. Jetzt komm ich zu spät. Nur wegen diesem Vollidioten. Er hob den Kopf, sank jedoch sogleich wieder in die Vertikale zurück, da ein stechender Schmerz in seinem Nacken aufloderte. In dem Augenblick hatte er den Zustand des Wagens registriert. Die Karosserie hatte sich ins Innere des Wagens geschoben, die Scheibe war zertrümmert. Was ist eigentlich mit meinen Beinen los? Ich spüre sie nicht!

Er versuchte, sich zu bewegen. Es war unmöglich. Hinzu kam ein sonderbares Gefühl im Magen, und ein fürchterliches Zittern. Ja, er zitterte am ganzen Leib.

Das ist nicht schlimm!, beruhigte er sich. Das ist der Schock. Schatten zeichneten sich an den zersplitterten Scheiben ab. Die eingedrückte Wagentür wurde aus den Angeln gehoben. Stimmen drangen zu ihm. Er verstand nicht, was sie sagten. Sie klangen aufgeregt, hektisch. Gerne hätte er ihnen zugerufen, sie sollten nicht so schreien, es mache ihm Angst. Bringt mich schnell ins Krankenhaus. Versorgt mich, verarztet mich, damit ich rasch zu meiner Freundin kann. In sechs Wochen wollen wir heiraten und ein dreifacher Beckenbruch passt nicht ins Programm eines Bräutigams.

Die Sirene des Ambulanzwagens bohrte sich in sein Ohr. Zu viert schälten sie ihn aus dem Wrack. Behutsam betteten sie ihn auf die Trage. Ein Arzt hielt vorsichtig seinen Kopf. Seine Augen schauen ernst, dachte Julian. Warum so ernst? Es ist doch alles nicht so schlimm. Es ist nur der Wagen. Sei mir nicht böse, Mama, aber der ist hin. – In Zeitlupe nahm Julian alles wahr. In Zeitlupe streifte sein Blick über die Gesichter, die Straße, die kaputten Autos. Als er im Krankenwagen lag und die verdeckten Scheiben vor sich sah, hatte er zum ersten Mal den Eindruck, durch ein Zeitfenster zu blicken. Dahinter war nichts. Dunkelheit, Leere. So ähnlich hatte er sich heute Nacht gefühlt. Das machte ihm schrecklich Angst. Er bäumte sich auf. »Lena«, flüsterte er. »Lena, ich kann nichts dafür.«

Hilflos stand der Mann in weißem Kittel da. Er presste die Lippen zusammen.

»Was ist?«, hörte Julian seinen Assistenten auf der rechten Seite der Trage.

»Hirnblutung. Kritisch.«

Nach einer Weile hörte Julian nichts mehr. Ganz plötzlich wurde er sehr müde, richtiggehend erschöpft, und das Fenster, das er im Blick hatte, in dem er die Zeit festhalten wollte, verdunkelte sich.

Ab und zu nahm er in dieser Dunkelheit Gestalten wahr, fühlte Arme, die ihn trugen, hörte hektisches Laufen, das Rollen von Rädern, ein Gewirr von Stimmen und das Klicken von Maschinen.

Irgendwann erwachte er durch die Helligkeit, die ihn umgab. Ich bin im Krankenhaus, durchzuckte es ihn. Als er um sich blickte, entdeckte er Cupido neben sich. Kein Arzt, keine Krankenschwester, nur Cupido, und der hatte ein schrecklich verweintes Gesicht, wirkte bedrückt und unglücklich.

»Du meine Güte, Cupido. Wie siehst du denn aus? So kennen wir dich gar nicht. Du strahlst doch immer vor Glück.«

»Ach, lieber, lieber Julian. Ich möchte am liebsten auch sterben, so elend fühle ich mich.«

»Auch?« Julians Augen füllten sich mit Tränen. Cupido schlug sich auf den Mund.

»Es tut mir leid!«

»Ich verstehe das nicht. Es war doch nur ein kleiner Unfall.«

»Es war ein schlimmer Unfall. Die Insassen des Wagens vor dir sind alle tot.«

Verzweifelt starrte Julian den kleinen Gott der Liebe an. Dieser erzählte ihm, er habe eine schwere Hirnblutung erlitten, die im Krankenwagen nicht in den Griff zu bekommen war, und selbst wenn es gelungen wäre, hätte er Schäden zurückbehalten. Hinzu kam eine innere Blutung.

»Warum habe ich keinen Schmerz gefühlt? Warum kein Zeichen, dass alles vorbei ist?«

Hilflos zuckte Cupido mit den Schultern.

»Ich weiß es nicht. Was ich weiß, ist, dass ich ein Trottel bin. Machtlos saß ich neben dir. Nichts konnte ich tun, nur zusehen und weinen.«

»Wo bin ich nun?« Julian richtete sich auf und blickte um sich. Heller Dunst hing in der Luft. Dahinter zeichneten sich unklar die Umrisse eines Raumes ab.

»Das kann ja nicht der Himmel sein, oder?«, fragte er mit dem Anflug eines Grinsens, und Cupidos Gesicht, das noch immer finster dreinschaute, hellte sich dank eines schiefen Lächelns auf.

»Richtig, das ist auch nicht der Himmel. So schnell geht das nicht. Du hast das irdische Leben erst vor wenigen Minuten verlassen. Weder deine Eltern noch Lena wissen es.«

Julian fiel auf die Liege zurück. Obwohl ihn das, was Cupido sagte, aufwühlte, lag er reglos da. Aus seinem bleichen Gesicht stachen die Augen schwarz hervor.

»Irdisches Leben verlassen? Was redest du nur daher, Cupido. Und Lena! Was ist mit meiner Lena! Was wird aus ihr werden?«

Cupidos Herz krampfte sich zusammen. Er suchte nach Worten, stotterte zunächst und brachte seine Antwort nur unter großer Anstrengung über die Lippen.

»Du und Lena, ihr seid mein schönstes Werk. Ich habe euch mit Bedacht ausgesucht und zusammengeführt, denn ihr passt so wunderbar zusammen. Euch traute ich keinen Verrat zu. Bei euch glaubte ich an die ewige Liebe. Jetzt muss ich widerwillig feststellen, dass meine Kollegen recht hatten.«

»Was behaupten deine Kollegen?«

»Sie sagten, Liebe könne nur lebenslang dauern, wenn das Leben der Liebenden kurz ist, wie das von Romeo und Julia. So ist es nun mit euch: Deine einzige Liebe war Lena. Du nimmst sie mit ins Grab. Und Lena wird nach dir keinen anderen mehr lieben können.«

»Nein! Wie schrecklich du sprichst: Ich nehme meine Liebe mit ins Grab und Lena wird … Nein, das will ich nicht!«

Seine Heftigkeit irritierte Cupido.

»Ja, aber …«, stotterte dieser. »Ihr seid füreinander bestimmt. Sie wird den Verlust kaum überwinden. Und das kann ich sehr gut mitfühlen! Auch für mich ist es unfassbar, nach allem, was ich für euch getan habe. Ich … ich konnte … es nicht verhindern, aber Lena wird dir ewig treu bleiben!«, stotterte er und sah unendlich traurig aus. »Warum habe ich nicht mehr Macht? Warum bin ich nur ein kleiner Gott der Liebe?« Und wieder rollten Tränen über sein Gesicht.

»Ich muss zu ihr zurück. Tu etwas für mich, Cupido. Tu etwas!«

»Ich kann es nicht, Julian. Wie ich schon sagte: Ich bin kein großer Gott.«

Julian sah verzweifelt aus und wollte sich aufbäumen. Doch da legte sich plötzlich eine seltsame Ruhe über ihn. Seine Züge entspannten sich, das Licht in seinen Augen flammte nur noch schwach.

»Wenn du tatsächlich nichts für mein Leben tun kannst, dann tu etwas für Lenas Leben. Sie darf mir nicht ewig treu bleiben. Der Gedanke, Lena für immer unglücklich zu wissen, weil ich nicht mehr bin, ist unerträglich. Ich werde dort, wo ich sein werde, keine Ruhe finden. Ich zähle auf dich, Cupido! Du hast es in der Hand, sie wieder glücklich zu machen.« Eine Weile starrte er durch die Schleier, als suche er dahinter Lena.

»Werde ich sie noch einmal sehen?«, fragte er unruhig. Nachdenklich blickte Cupido ihn an.

»Das ist schwierig, aber nicht unmöglich. Wir müssen uns beeilen. Komm!« Er nahm Julian an der Hand, und zusammen verließen sie den Raum. Sie überflogen den Ort, flogen über Felder und Wiesen, teils durch Regen, teils unter der Sonne, und bald schon entdeckten sie das Wahrzeichen von Paris.

»Es ist schön hier in der Luft.«

Sie waren nun über der Stadt und erreichten das Universitätsgebäude der Rue Saint-Guillaume.

*

»Schau! Der Innenhof, dort können wir landen. Vielleicht sitzt Lena auf einer der Bänke unter den Kastanienbäumen.« Cupido täuschte sich. Die beiden drangen ins Innere und mussten durch drei Stockwerke, bevor sie Lena fanden. Da saß sie auf einer Bank, mit geschlossenen Augen, die Schultasche zwischen den Beinen, in der rechten Hand einige Unterlagen.

»Wie schön sie aussieht.«

»Und so konzentriert. Wir dürfen sie nicht stören.«

»Ich werde ihr nochmals sagen, wie sehr ich sie liebe, und ihr das Versprechen abnehmen, sich bald in einen anderen Jungen zu verlieben.«

»Tu das, aber tu es diplomatisch.« Der kleine Liebesgott flog auf die Schulter der Statue im Wartesaal, während sich Julian neben Lena setzte. Eine Weile blickte er sie nur an. Er studierte ihre Gesten, die Weise, wie sie ihr Haar aus dem Gesicht strich, den Kopf zurücklehnte. Sie atmete tief aus und ein. Das war ihre Art, sich zu beruhigen. Er wollte ihre Wange streicheln, ihre Lippen küssen, ihre Hand halten. Zuerst zögerte er, dann näherte er sich ihrem Mund und gab ihr einen sanften Kuss. Seine Finger glitten durch ihr Haar, strichen über ihren Nacken. Sie verzog das Gesicht zu einem Schmollen.

»Julian«, sagte sie leise. »Ich muss mich konzentrieren.«

Er zuckte zusammen. Sie spürt mich, dachte er. Oh, Wahnsinn, vielleicht sieht sie mich sogar.

»Ja, Lena. Ich bin gekommen, weil ich es ohne dich nicht ausgehalten habe. Eigentlich wollte ich dich nach der Prüfung …«

»Bitte, Julian! Verschwinde! Dränge dich nicht ständig in meine Gedanken. Ich muss mich jetzt vollkommen auf die Prüfung konzentrieren«, sagte sie entschlossen und wedelte mit der Hand, als wolle sie ein Insekt vertreiben.

»Es tut mir leid, aber mir bleibt nicht mehr viel Zeit. Ich bin gekommen, um dir zu sagen, dass du der wichtigste Mensch in meinem Leben warst. Niemanden habe ich so geliebt. Und jetzt, wo ich nicht mehr bin, klingt es nicht kitschig, wenn ich sage, ich liebe dich in alle Ewigkeit. Mein irdisches Leben war kurz, und ich frage mich, warum gerade ich so früh gehen musste und ein Mädchen zurücklasse, das vielleicht daran zerbricht. Das darfst du nicht. Ich will, dass du stark bist. Ich will, dass du glücklich bist, Karriere im Beruf machst und einen Mann findest, den du liebst wie mich, und irgendwann … ja irgendwann sehen wir uns wieder. Vielleicht!« Julian versagte die Stimme. Über Lenas Gesicht rollten Tränen. »Mist, noch mal!«, schimpfte er sich. »Ich war alles andere als diplomatisch. Sie weiß von nichts, und ich bringe sie kurz vor der Prüfung völlig aus dem Konzept.«

»Schluss!«, rief sie aus. »Ich muss sofort aufhören, an ihn zu denken, sonst schaffe ich es nicht. Julian kann warten. Was jetzt zählt, sind die Antworten, die ich dem Prüfer auf seine Fragen gebe. Sie müssen absolut sitzen.« Lena schlug mit der Faust auf die Bank. Dann stand sie auf und vertrat sich ein wenig die Beine. Dabei sah sie auf die Uhr, biss sich auf die Lippen, sah wieder auf die Uhr. Das macht sie, wenn sie nervös ist, dachte Julian und ein letztes Gefühl von Wehmut durchströmte ihn. Bald wird man sie aufrufen. Sie wird eine gute Prüfung ablegen. Sie wird eine ernste Studentin sein. Sie wird ihren Weg gehen. Ohne mich.

Julian sah nach oben in die Richtung, in der er Cupido vermutete. Sein Blick streifte durch den Saal, über die Wände mit den Gemälden von Personen aus Politik und Wissenschaft bis hin zu der Statue, auf der Cupido saß. »Drei Jahre habe ich hier studiert. Manchmal habe ich mich auf die Vorlesungen gefreut, an manchen Tagen habe ich sie gehasst. Nun werde ich nie wieder hierherkommen.«

Sein Blick fiel ein letztes Mal auf Lena. Sie strebte auf eine Tür zu. Vermutlich war sie aufgerufen worden. Julian hatte es nicht gehört. Er fühlte, dass er gehen musste. Es fiel ihm unendlich schwer. »Leb wohl, Lena. Lebe wohl und lebe glücklich, das wünsche ich dir«, flüsterte er.

Und als ob sie ihn gehört hatte, drehte sich Lena um und blickte irritiert zu der Bank, auf der sie eben noch gesessen hatte. Dann zuckte sie die Schultern, ging eilig weiter und verschwand hinter der Tür.

»Ach, Julian, wenn ich dich so sehe. So traurig und das Herz voller Sorge, dann wünsche ich mir, ich könnte Leben geben statt Liebe.« Cupido landete neben ihm auf der Bank.

»Aber ohne Liebe wäre das Leben, so kurz es auch für manche ist, nicht einmal halb so schön.« Noch eine Weile starrte er auf die Tür. Aber Lena kam und kam nicht heraus.

»Komm! Wir müssen gehen.«

»Nein, Cupido, noch nicht! Ich möchte das Ende der Prüfung abwarten. Ich will die Freude in ihrem Gesicht sehen.«

Wieder schaute Cupido sehr traurig. Julians Wunsch erschien ihm so natürlich, dass er nicht anders konnte, als nachzugeben.

»Gut, bleiben wir. Leider kann ich nicht die Dauer bestimmen. Doch das ist nun einerlei. Du wirst den Zeitpunkt selbst spüren.«

Solange sie warteten, betrachtete Julian das rege Treiben. Inmitten des Gewusels von Studenten entdeckte er Menschen, die er lange nicht gesehen hatte, oder andere, die nicht hierher passten. Seinen Onkel aus Alabama zum Beispiel, den er bewunderte, doch selten traf. Eine Freundin aus dem Sandkasten, die stolz durch die Tür schwebte. »Früher war sie hübsch, heute ist sie schön«, sagte Julian leise. Dann tauchte sein Bruder auf, an der Hand der Mutter. Sie sprachen miteinander und lachten. Und da plötzlich trat Madame Gaspard neben seinem Vater durch die große Eingangspforte. Wie seltsam, sie weinte und ihre Tränen tropften auf die Partitur, die er für Lena komponiert hatte.

Lena! Da war sie wieder. Mit strahlendem Gesicht. Ihr Haar glänzte golden wie damals, als sie ihm nach ihrem ersten Streit an der Fontaine de l'Observatoire erschienen war. Auf ihrer Haut lag ein sonniger Schimmer, in ihren Augen ein sanftes Glitzern. Er wollte sie streicheln, sie in die Arme nehmen, aber ein weißer Nebel sank herab und umhüllte Lenas Gestalt. Nur das Glitzern blieb. Das Glitzern ihrer Tränen. Cupido nahm Julian auf den Rücken. Sie flogen über die Stadt weit hinauf in die Wolken.

»Habe ich einen Wunsch frei, den du mir ganz ehrlich erfüllst?«

»Ich schwöre es, Julian! Was in meiner Macht steht, tue ich für dich.« Cupido blinzelte. Diesmal war es ein himmlisches Blinzeln.

»Bitte, verschieße bald zwei Pfeile für Lena und einen liebenswürdigen Typen. Ziele gut und triff beide mitten ins Herz, damit sie glücklich wird und mich vergessen kann.«

Über die Schulter hinweg blickte Cupido rügend seinen Fluggast an. »Dein Wunsch wird erfüllt, ich verspreche es! Aber merke dir eines: Lena wird dich niemals vergessen. Für immer wirst du in ihrem Herzen sein. Daran will und kann ich nichts ändern.«

»Ach«, flüsterte Julian. »Das ist ganz gut so. Es macht mich zufrieden. Aber ich habe noch eine Bitte. Ich hoffe, du schlägst sie mir nicht ab, denn sie verlangt ein wenig Zauberkraft.«

»Ein wenig Zauberkraft besitze ich. Leider nicht die, dich ins Leben zurückzuführen kann. Was soll ich für dich tun?«

Julian, dessen Kopf ganz nah an Cupidos Ohr lag, flüsterte es ihm zu. Über Cupidos Gesicht huschte ein Lächeln, gleichzeitig wirkte er sehr traurig. Mit Tränen in den Augen versprach er:

»Es soll geschehen, wie du es wünschst. Verlass dich auf mich!«

Julian seufzte. Sein Körper wurde leichter.

»Nun ist nichts mehr zu tun, und ich kann in Ruhe einschlafen.« Und sie flogen weiter hinauf.

24. KAPITEL

EIN LETZTES MAL

Kurz nach elf verließ Lena den Prüfungsraum. Sie ging beschwingt, ja, sie tanzte ein wenig. Die Befragung war super gelaufen. Sie hatte die perfekten Antworten gegeben, sie hatte sich so befreit und leicht gefühlt, dass ihr zu sämtlichen Fragen mehr eingefallen war, als nötig gewesen wäre, und sie sich hatte bremsen müssen, um nicht zu weit vom Thema abzuschweifen. Stolz trat sie aus dem Gebäude und streckte ihr Gesicht dem Himmel entgehen. Die Sonne strahlte über Paris. Lena blinzelte. Vor ihr lag die Stadt und vor ihr lag das Leben und die Welt. Alles war offen. Mit der gelungenen Prüfung konnte sie an der renommiertesten Hochschule von Paris studieren. Gleichzeitig würde sie Ehefrau und irgendwann, in absehbarer Zeit, Mutter sein.

Sie zitterte, als sie nach ihrem Handy griff. Ihr Herz klopfte bis zum Hals. Jetzt wollte sie nichts anderes als Julians Stimme hören. Sie gab seine Nummer ein und wartete. Ärgerlicherweise reagierte seine Mailbox. Sie stutzte, denn damit hatte sie nicht gerechnet. In ihrer Vorstellung saß Julian aufgeregt vor seinem Handy und erwartete brennend ihren Anruf. Da sie ihm die grandiose Nachricht persönlich mitteilen wollte, sprach sie nur die Bitte aufs Band, er möge rasch zurückrufen. Etwas später versuchte sie es ein zweites, ein drittes Mal. Vergeblich. Das kam ihr sehr sonderbar vor. Zunächst machte es sie wütend.

»Was soll das denn?«, brummte sie vor sich hin. »Hat er sein Handy verloren? Würde mich wundern, gerade jetzt, da er es doch ununterbrochen bei sich haben müsste.« Nervös gab sie François' Namen ein. Auch er antwortete nicht. Aufgebracht versuchte sie es bei Claire. Dasselbe Lied. Schließlich simste sie einen nach dem anderen mit den Worten an: *Wollt ihr mich veräppeln? Dass ich die Prüfung bestanden habe, interessiert wohl niemanden.*

Wenig später antwortete François in einer kurzen SMS: *Ich gratuliere dir von Herzen und melde mich später.*

»Wie bitte? Hecken die was aus, oder was?« Ihre Wut verrauchte ein wenig. Um sich abzulenken, schritt sie eilig über den Platz Richtung Metro. Vorgesehen war die letzte Anprobe des Hochzeitskleides. Gemeinsam mit Mutter Marianne, die gebraucht wurde, falls das Kleid tadellos passte und Lena es mitnehmen konnte. Sie suchte das Wort »Mama« im Display und drückte darauf. Nicht zu fassen, dachte Lena. Alle sind heute beschäftigt. Das sieht verdächtig nach einem Komplott aus. – Bevor sie in die Metro stieg, wo Funkstille herrschte, gab sie eine SMS an ihre Mutter ein: *Du spielst also auch das dämliche Spiel mit. Findet ihr das etwa witzig? Fahre jetzt nach Hause.*

Als sie an der Haltestelle Palais Royale die Treppe hinaufging, schien die Sonne so grell, dass sie die Antwort ihrer Mutter nicht lesen konnte. Während sie hastig und ziemlich missgelaunt die Rue de Richelieu zur Nummer 34 hinaufstakste, vergaß sie die SMS. Ihre Wut galt Julian. Warum machte er diesen Blödsinn mit? Er wusste, dass sie Scherze dieser Art nicht leiden konnte. Außerdem hielt er sich nicht an die Vereinbarung: Nach der Prüfung wollten sie sofort miteinander telefonieren. Es hätte ja auch alles danebengehen können. Dann hätte sie dringend seinen Trost gebraucht.

Übellaunig stapfte sie die Treppe hinauf, hektisch steckte sie den Schlüssel ins Schloss. Die Wohnung kam ihr schrecklich leer vor. Es schmerzte richtig, sie anzusehen. In hohem Bogen warf sie den Schlüssel in die Schatulle auf der Kommode im Eingang, ließ sich aufs Sofa plumpsen und schleuderte die Schuhe von sich.

»So habe ich mir die Stunden nach meiner Prüfung wahrhaftig nicht vorgestellt.«

*

Julians Eltern waren benachrichtigt worden, und sie wiederum hatten in Dinard angerufen.

Madame Gaspard saß auf dem Klavierhocker, Julians Partitur in den Händen. Ihre Tränen tropften darauf. François, der hilflos im Kreis ging und nicht aufhörte zu seufzen und die Hände zu ringen, nahm sie ihr aus der Hand.

»Entschuldigen Sie, Madame! Aber die ist nun etwas Heiliges und darf nicht ruiniert werden.« Er sagte es stockend, seine Stimme klang gebrochen. Madame nickte. Apathisch hingen Claire und Josephine auf dem Kanapee des Salons. Josephine schluchzte und Claire, die trotz der Sommerbräune blass war, schüttelte ständig den Kopf. Wie ein Automat bewegte sie ihn langsam hin und her, den Blick starr ins Leere gerichtet. Und Eric saß auf dem Boden, den Rücken gegen die Wand gelehnt, die Hände vors Gesicht gepresst. Fassungslos saß er da und wimmerte unaufhörlich: »Es kann nicht sein. Nein, es kann nicht sein. Lieber Gott, mach, dass es nicht wahr ist!«

Vermutlich merkte niemand, dass Eric, der von keiner Religion viel hielt, zum ersten Mal Gott ansprach. Mehrmals bat er diesen Gott, das Schreckliche ungeschehen zu machen. Er redete sich ins Delirium, wurde lauter, stammelte und lallte. Schließlich nahm er die Hände vom Gesicht und faltete sie. Seit seiner Kinderzeit hatte er nicht gebetet. Jetzt scheute er sich nicht mehr. Es gab niemanden, an den er sich in seinem Schmerz hätte wenden können. Niemanden, von dem er Hilfe erwarten konnte. Auch von diesem Wesen, diesem Geist oder der Instanz, wie auch immer er es nennen mochte, durfte er sich nicht viel erhoffen, und doch rief er Gott an. Madame Gaspard tat dasselbe.

So verging die Zeit. Eine Stunde. Immer wieder klingelte ein Handy. Niemand bis auf François reagierte. Dann plötzlich stand Claire auf.

»Wir müssen hin!«

»Nein«, wimmerte Eric.

François half Madame Gaspard. Seit einer Stunde saß sie reglos da. Steif und starr wie eine Puppe. Genauso leer die Augen, genauso ausdruckslos das Gesicht. Nur ihre Tränen, die noch immer flossen, waren Zeugnis ihres Schmerzes. Als plötzlich alle standen, rührte sie sich. Noch immer statisch, als habe sie das, was sie erfahren hatte, eingefroren. Niemand dachte daran, sich umzuziehen. Sie gingen, wie sie waren. In Sandalen, Jeans oder Sommerkleid. Das Herz voller Kummer. François setzte sich ans Steuer.

*

Julian war in einen Raum des örtlichen Krankenhauses gelegt worden. Äußerlich unversehrt lag er da, sein stilles Gesicht schöner als im Leben. Seine Mutter hatte die Arme um seinen Körper geschlungen und den Kopf auf seine Brust gebettet.

»Ich verlasse dich nicht, mein Kind. Niemals!«, klagte sie viele Male. Auf der anderen Seite des Bettes stand reglos der Vater. Seine linke Hand lag auf dem Haar des Sohnes.

»Er ist noch warm«, sagte er hilflos zu den Eintretenden. Die Worte klangen gläsern, als kämen sie aus dem Eis, und tatsächlich wirkte Monsieur Sorel fürchterlich starr. Sein Züge waren statisch, die Augen lagen tief in den Höhlen, und er wirkte eher tot als lebendig. Ebenso Madame Gaspard. Mit steinernem Gesicht und steifen Gliedern bewegte sie sich auf Julians Bett zu, während Eric in Tränen schwamm. Er war ein richtiges Nervenbündel. François stützte ihn, zog es dann aber vor, mit ihm den Raum zu verlassen.

»Was hat man ihm angetan? Warum? Er war so jung, so lebendig. Warum, mein Gott, warum? Man nimmt ihm einfach das Leben weg!« Er ballte die Faust, sah an die Decke und schrie: »Du nimmst ihm einfach das Leben weg! Einfach so, wie es dir passt. Ich hasse dich!«

Erschöpft sank er in die Knie. Je schwächer er wurde, umso stärker fühlte sich François. Jedenfalls streckte er den Rücken durch und trotzte aufrecht dem Kummer, der ihn umgab und der noch auf ihn zukam. Denn da war Lena. Sie wusste es noch nicht. An sie dachte er. Nur an sie. Ihretwegen legte sich seine Stirn in Falten, bildete sich eine Kerbe zwischen seinen Brauen und blickten die Augen schwarz und voller Ernst. Ihretwegen sagte er kaum ein Wort und hielt die Tränen zurück. Er sammelte seine ganze Kraft, um ihr beistehen zu können. Er sammelte sie, seit er von dem Unglück wusste. Wenn es so weit war, würde sie alles von ihm fordern. Es würde schrecklich schwer sein, schrecklich traurig, aber er schwor sich, Lena niemals im Stich zu lassen.

*

»Cupido, ich kann nicht schlafen. Meine Mutter hält mich mit aller Macht fest, und mein Vater ist so furchtbar unglücklich, dass es eine Qual ist. Wie kann ich ihm helfen? Tu etwas, Cupido!«

Unsichtbar für die Anwesenden hockte der Liebesgott an Julians rechter Kopfseite. Er hatte seine Wange an die des jungen Mannes geschmiegt. Leise antwortete er:

»Es ist schwierig. Das Einzige, was den armen Menschen hier im Raum helfen würde, ist deine leibhaftige Auferstehung. Aber das kann ich nicht veranlassen, ich dummer Cupido.«

»Hör auf zu jammern! Menschen müssen sich damit abfinden, zu sterben, ob es nun Alter, Unfall oder Krankheit ist. Wo kämen wir denn hin, wenn alle wieder auferständen. Ich hatte einen Unfall und bin bereit, den Weg anzutreten, nur wie werden Lena, meine Mutter, mein Vater und mein Bruder damit fertig?«

»Sie brauchen Zeit ...«

»Und deine Hilfe. Fülle ihre Herzen mit mehr Liebe zu anderen Menschen. Zu denen, die sie umgeben. Mutter hat immer mich bevorzugt. Sie darf jetzt den anderen nicht das Gefühl geben, die Welt gehe unter, weil ich nicht mehr bin. Und Vater leidet doppelt. Nicht nur, weil er mich verloren hat, sondern auch denjenigen, in dem er einen Teil seiner Träume verwirklicht sah.« Julians Gedanken verflüchtigten sich. Nur noch vage nahm er wahr, was um ihn geschah. Und je weiter die Zeit fortschritt, umso weniger empfand er für die ihn umgebende Welt, umso näher rückte er dem kleinen Liebesgott. »Lass uns fliegen, Cupido! Weit hinauf! Vielleicht ins Ungewisse, und sollte ich dich aus den Augen verlieren, so versprich mir, dich besonders intensiv um Lena zu kümmern.«

»Ich habe es dir versprochen! Und was Cupido verspricht, hält er auch. Außerdem lass dir gesagt sein: Menschen wie du fliegen nicht ins Ungewisse.«

»Danke, Cupido. Es tut gut, das zu hören.« In diesen letzten Sekunden seines Aufenthaltes auf Erden vernahm Julian die Melodie seiner Komposition, und es fiel ihm ein, dass er ihren Titel auf einen Zettel gekritzelt hatte. Aber wo hatte er den Wisch hingelegt? In ein Schubfach seines Schreibtisches? Oder hatte er ihn im Übermut in einer Pfanne, einer Tasse oder sogar in einem Schuh versteckt? Er erinnerte sich nicht mehr an den Ort, aber sehr gut erinnerte er sich an den Satz, den er auf diesen Zettel geschrieben hatte. Es handelte sich um den Titel eines berühmten Songs aus den Siebzigern und er hatte lange überlegt, welche Zeile der Verse er wählen sollte. Sie alle trafen sein Gefühl:

Ain't no sunshine when she's gone,

it's not warm when she's away.
Ain't no sunshine when she's gone
And this house just ain't no home
Anytime she goes away.[45]

*

Völlig verwirrt warf sich Lena auf das Sofa ihres Appartements und starrte auf ihr Handy. Weder eine Nachricht von Julian noch eine von François. Sie konnte es nicht glauben. Warum diese Scherze? Warum diese blöden, nervigen Scherze? Zuerst hatte sie noch gehofft, es erwarte sie eine Überraschung im Appartement. Aber außer angesammeltem Staub gab es hier nichts Neues. Wütend warf sie das Handy in den Sessel ihr gegenüber. Da klingelte es an der Tür.

»Wer ist da?«, rief sie genervt und rührte sich nicht. Mit kläglicher Stimme antwortete Marianne.

»Ich bin es, mein Kind.«

»Nicht zu fassen! Bist du es wirklich?«

Trotzig blieb sie sitzen, bis Marianne ein zweites Mal, aber diesmal kräftiger »Mach mir bitte auf!« rief. Gemächlich bewegte sich Lena zur Tür. Die haben mich warten lassen, nun sollen sie auch warten!, dachte sie verächtlich, während sie die Tür öffnete. Sie prallte zurück. Ihre Mutter sah sterbenselend aus. Das Gesicht verheult, die Augen rot, der Blick Angst einflößend.

»Oh Schreck! Du siehst ja aus wie eine Leiche. Bist du krank? Komm herein! Es tut mir leid, wenn ich so böse war. Ich konnte ja nicht wissen …« Vorsichtig zog sie die zitternde Mutter ins Innere. Sie streichelte beruhigend ihre Schultern, führte sie zum Sofa und drückte sie hinein.

»Falls dich Maxime verlassen hat, ist es nicht schlimm. Der war ohnehin zu alt.« Lena setzte sich ihr gegenüber. Mit aufgerissenen Augen starrte Marianne ihre Tochter an. Ihre Zähne schlugen aufeinander, als wäre sie eine Stunde durch die Kälte gelaufen. Auch wie sie die Arme um sich schlang, ließ an einen Frierenden denken.

»Nun spuck es schon aus, Mama! Mir kannst du alles sagen.«

Panikartig schüttelte Marianne den Kopf. Ihre Augen füllten sich mit Tränen, die in dicken Rinnsalen über ihre Wangen rannen.

»Mama!« Aufgebracht sprang Lena hoch. »Ich kann nicht mit ansehen, wie du leidest. Erzähl mir deinen Kummer!«

Stoisch schüttelte Marianne den Kopf und dieses Schütteln übertrug sich auf den gesamten Körper. Selbst ihr Herz zuckte und während Lena ihre Mutter so betrachtete, ihr in die Augen sah, den tieftraurigen Zug im Gesicht studierte, rührte sich Angst in ihr. Mit einem Mal kam ihr der Gedanke, die Leidensmiene der Mutter habe andere Gründe. Bebend hielt sie den Atem an, fixierte Mariannes Gesicht.

»Was ist?«, fragte sie tonlos und sank aufs Sofa zurück. Ihre Mutter antwortete nicht.

»Geht es vielleicht um mich?«

Marianne nickte kaum merklich.

»Und was ist so Schreckliches passiert, dass du diese Leidensmiene machst?«

Mit zusammengepressten Lippen saß Lenas Mutter da und mied ihren Blick.

»Sag es! Hat mich Julian verlassen? Brauche ich kein Hochzeitskleid mehr?« Lenas Blick wurde durchdringend. Ihre Fragen riefen bei Marianne einen Sturzbach von Tränen hervor. Sie schluchzte nun so stark und zitterte dabei so schrecklich, dass sie kein Wort herausbrachte. Aus leeren Augen und mit sehr blassem Gesicht sah Lena das Nervenbündel an.

»Aber warum? Was habe ich getan? Wieso ändert er so plötzlich seine Meinung?« Stockend stieß sie die Worte aus, sah durchs offene Fenster zum Himmel. Er war leuchtend blau. Die Sonne schien, doch die Welt stürzte ein.

Es klingelte. Von einer unwirklichen Hoffnung aufgerüttelt, schnellte sie hoch und sprang zur Tür. Es war Nicolas Bellami.

»Lena, mein Lenamädchen …« Er unterbrach sich, schluckte, versuchte sich zu beherrschen. »Was kann ich nur tun!« Unwillkürlich nahm er sie in den Arm. Doch Lena stieß ihn zurück.

»Was ist denn bloß in euch gefahren? Weil er mich verlassen hat, tut ihr so, als sei die Welt …« Irgendetwas hielt sie ab, ihren Satz zu vollenden, etwas Unheimliches, etwas, was sie keinesfalls denken wollte und niemals aussprechen. Ohne es zu wollen, gab Nicolas Bellami den Anstoß, das Entsetzliche zu denken.

Zuerst sagte er: »Verlassen?« Dann wiederholte er das Wort und fügte einige Sätze an, durch die Lena ihre Orientierung verlor und taumelte. »Ja, verlassen! Gott, wenn du es so nennen willst. Aber er hat dich nicht wirklich verlassen … er ist nur …« Er zögerte, sprach mit erstickter Stimme. »Nur gegangen.« Es gelang ihm nicht mehr, die Tränen zurückzuhalten. Bevor Lena umkippte, hatte Bellami sie fest im Arm, hielt sie still in seinem Arm. Lena bewegte sich nicht, war steif, fast leblos. Sie wartete ohne Atem. Wartete auf die Bestätigung des Schrecklichen, das sie niemals akzeptieren würde.

»Gegangen?« Ihre Stimme hatte keinen Atem. »Wohin gegangen? Ich verstehe nichts. Gar nichts!«, stieß sie aus. Bellami verbarg sein Gesicht in ihrem Haar. Auch seine Stimme klang dünn.

»Heimgegangen. Aber er ist bei uns!«

Lena versteifte sich noch mehr. Sie fühlte eisige Kälte in ihrem Nacken. Einen beißenden Wind, der durch sämtliche Glieder fuhr und sie für Sekunden erstarren ließ. In dieser gläsernen Betäubung löste sie sich von ihrem Vater, stand ihm mit vor Schrecken geweiteten Augen gegenüber und riss den Mund auf. Zuerst kam nur ein Röcheln, ein Zucken, ein Kopfschütteln. Dann sagte sie »Nein«.

Sie sagte es lauter. Sie schrie es: »Nein! Nein! Ihr lügt!«, schüttelte dabei den Kopf, schüttelte die Starre ihres Körpers ab, die klirrend abfiel. Ihr Vater hielt sie fest, denn nun fing sie an zu zittern. Am ganzen Leib, als habe sie einen epileptischen Anfall. Er versuchte, sie zu streicheln, sie zu beruhigen. Sie schlug nach seinen Händen, stieß mit den Füßen nach ihm und schrie immer wieder: »Was ist passiert?«

*

The End of the World[46]

Sie lügen. Was sie sagen, ist nicht wahr. Wie könnte es auch wahr sein? Wer sollte uns so entsetzlich bestrafen wollen? Gestern Nacht haben wir noch miteinander gesprochen. Vor wenigen Stunden hat er mir gesagt, wie lieb er mich hat und dass er sich ein Leben ohne mich nicht vorstellen kann. Ich habe seine Stimme ganz deutlich im Ohr. Ich werde ihren Klang nie vergessen. Niemals. Und überhaupt: Bald wird er kommen.

*

Während Lenas Vater in knappen und vorsichtig gewählten Worten vom Unfall erzählte, krallte das Mädchen die Nägel seiner rechten Hand tief in die Haut seines linken Armes, bis sie ins Fleisch drangen. Die Eltern sahen mit entsetztem Ausdruck zu, unternahmen aber nichts dagegen. Sie wussten: Lena versuchte, ihren Seelenschmerz zu mildern. Besser wurde ihr Zustand dadurch nicht. Im Gegenteil. Sie sah aus, als müsse sie sich übergeben. Ihr blasses Gesicht wurde grün und mit einem Mal würgte sie, schnappte nach Luft, beugte sich nach vorn und es schien, als schlage sie jeden Moment mit dem Gesicht auf dem Boden auf. Vater Bellami tat, was er konnte, um sie daran zu hindern, während Marianne aufstand und auf das Klingeln an der Tür antwortete.

François lehnte im Türrahmen. Leichenblass, niedergeschmettert, mit tiefen Augenringen. Vermutlich wurde sein Kommen von Lena am Rande wahrgenommen und löste jene abrupte Reaktion aus, die alle in Panik versetzte. Von einer unbeschreiblichen Kraft hochgerissen, schnellte sie auf, rannte zum Fenster und hätte den wahnsinnigen Sprung hinaus geschafft, wäre nicht François schon zur Mitte des Zimmers gelangt, um sie abzufangen, und hätte sich ihr Vater ihr nicht geistesgegenwärtig in den Weg geworfen.

Am Rande eines Nervenzusammenbruches rief Marianne per Handy einen Notarzt.

*

Why does the sun go on shining …[47]

why does the sea rush to shore?
Don't they know it's the end of the world?
…
Why do the birds go on singing,
why do the stars glow above
don't they know it's the end of the world«
Skeeter Davis

*

Und nun lag sie da. Die Augen geschlossen, entspannt, mit sanftem Gesicht. Der Arzt hatte ihr eine Beruhigungsspritze gegeben, woraufhin sie eingeschlafen war. Marianne entschied, das Hochzeitskleid abzuholen, François und Nicola Bellami setzten sich neben die schlafende Lena und sahen sich lange schweigend an. Ihre Gedanken kreisten um eine einzige Frage: Wie soll es weitergehen?

25. KAPITEL

DAS ENDE DER WELT

Why life goes on the way it does[48]

Ich gehe mit dir einen schmalen, von Wiesen umsäumten Weg entlang. Wir spazieren Hand in Hand, sehen uns an, halten uns fest. Warm ist der Wind, der in unser Haar greift und unsere Gesichter streichelt. Er biegt die Gräser, weht uns den würzigen Geruch von Erde und Sommer in die Nase. Der Himmel strahlt im Glanz einer goldenen Sonne. Arm in Arm gehen wir weiter bis zu einem Kornfeld. Die Ähren leuchten so stark, dass es mich blendet. Ich drehe mich zu dir, sehe dir in die Augen, in diese dunklen, schimmernden Augen, tauche in sie mit Leib und Seele. Wir lassen uns in das Kornfeld fallen. Es ist weich wie ein Bett, und es ist unser Schutz. Das hohe Korn bildet einen Baldachin über unseren Köpfen. Es ist unser Zuhause. Wir lieben uns. Zärtlich, wild, brausend. Die Stimmen von Kindern rufen uns, Kinderarme ziehen uns hoch. Und wir gehen. Durch Regen und Schnee, über erdige Pfade, glatte Straßen, an zerklüfteten Küstenwegen entlang. Zum Strand in Dinard. Dort setzen wir uns an die Stelle, an der wir einst gesessen und den Leuchtturm betrachtet haben. »Sie sind die Kathedralen des Meeres«, hast du gesagt. Es wird dunkel. Der Scheinwerfer der Kathedrale rotiert auf dem Wasser. Er dreht sich immer schneller. Dabei erklingt Musik, schwankend, ungenau, als spiele sie ein Leierkastenmann. Es macht mich schwindelig. Obwohl ich mich wie auf einem schaukelnden Boot fühle, erkenne ich die Melodie. »Wie heißt sie?«, frage ich dich. »Ain't no sunshine when she's gone«, antwortest du. Dein Gesicht verblasst. Du entfernst dich, immer mehr. Weit hinaus, wo der Leuchtturm steht. Doch dort ist es kalt. Dort ist Eis. Dort erfriert man. Es wartet der Tod. »Wer zur rechten Zeit stirbt, wer vollbringend lebt, für den verliert der Tod seinen Schrecken.«[49], schreibt Friedrich Nietzsche. Aber du konntest dein Leben nicht vollbringen. Nein, Julian. Du bist noch bei mir. Ich weiß es. Du bist nur für kurze Zeit untergetaucht. Ich werde dich wiederfinden. Wir werden zusammen alt werden und über diesen schrecklichen Albtraum lachen.

*

Als Lena nach Stunden die Augen aufschlug, standen alle um sie herum und fragten in großer Sorge, wie sie sich fühle. Ein fernes Lächeln war die Antwort, sonst nichts. Sie richtete sich auf, sah von einem zu anderen und sagte kein Wort. Ihrem Gesichtsausdruck konnte man nichts entnehmen. Wut? Trauer? Erleichterung? Todessehnsucht? Nichts. Schweigend ging sie zum Fenster. Die Umstehenden zuckten zusammen, blickten verängstigt, harrten startbereit. François machte einige Schritte in dieselbe Richtung. Marianne, die mittlerweile mit dem Hochzeitskleid zurückgekommen war, musterte ihren Exmann vorwurfsvoll. Die Frage »Warum hast du nicht daran gedacht, das Fenster zu schließen?« lag ihr auf der Zunge. Um jedoch nicht den Bann zu brechen, unter dem Lena offenkundig stand, sagte sie nichts, und auch die anderen wagten nicht, sich zu bewegen oder zu reden. Jeder fürchtete einen neuen schrecklichen Ausbruch.

François hingegen hatte Mut. Als Lena am Fenster angelangt war, befand er sich schon auf selber Höhe. Lena beachtete ihn kaum. Sie sah zum Himmel. Sah in die Sonne und hielt sich dabei im Fensterrahmen fest. Dann blickte sie lange zur Statue von Molière auf der anderen Seite der Straße. Hin und wieder nickte sie, lächelte, schloss die Augen und öffnete sie dann sehr vorsichtig. Nur einen Spalt, fast so, als wolle sie nicht wirklich sehen, als wolle sie das Bild in ihrem Innern vor dem hässlichen Verfall schützen, der ihm in der Wirklichkeit drohte.

Von diesem Tag an redete Lena nicht mehr.

*

Mittlerweile war Julian nach Paris überführt worden. Er ruhte in einem kühlen Raum der Kirche Saint-Sulpice.

Am Arm ihres Vaters ging Lena über den vertrauten Platz. François folgte in angemessener Entfernung. Kurz vor dem Brunnen blieb sie unvermittelt stehen und betrachtete gebannt das Spiel des Wassers mit dem Sonnenlicht. In ihrem ausdruckslosen Gesicht bewegten sich nur die Augen. Aber in ihnen tanzten tausend Funken, ein wahres Feuerwerk sprühte in jenem engen

Raum unter den Lidern. Bellami war so gerührt, dass ihm die Tränen kamen.

»Etwas Besonderes ist hier geschehen«, flüsterte er. Für einen Moment schloss Lena die Augen. Unter ihren Lidern drangen Tränen hervor. Still rollten sie über ihr Gesicht, das weiterhin ausdruckslos blieb, wie versteinert. Nicolas Bellami lief es eiskalt den Rücken hinunter.

Durch einen Seiteneingang gelangten sie ins Innere der gewaltigen Kirche, die architektonisch einer Kathedrale glich. Nun spürte Monsieur Bellami Lenas Griff fast schmerzhaft. Eisern krallten sich ihre Finger in seinen Unterarm. Bevor sie den Raum, in dem Julian lag, betraten, gesellte sich von linker Seite Monsieur Sorel hinzu und nahm Lenas Arm. Weder Marianne noch Madame Sorel hielten sich in nächster Nähe des Mädchens auf. Marianne, weil sie wusste, dass sie damit das Unglück der Tochter nicht erleichterte, und Madame Sorel, weil sie Lena für das Unglück verantwortlich machte. »Ohne sie wäre er um diese Zeit überhaupt nicht nach Dinard gefahren«, wiederholte sie mit weinerlicher, vorwurfsvoller Stimme und machte es ihrem Mann dadurch nicht leichter.

Auf der Schwelle versagten Lenas Knie ihren Dienst. Kraftlos hing sie zwischen den beiden Männern. Tränen strömten aus ihren Augen, ohne dass ein Wort über ihre Lippen kam. Nur Atem, schwerer, stockender Atem. Verloren stand sie vor der Bahre und starrte ihn an, ohne ihn wirklich zu sehen. Ihre Tränen verschleierten die Wirklichkeit. Allmählich fasste sie sich. Die Kraft kam zurück. Sie konnte alleine stehen und befreite sich von den Händen, die sie hielten. Durch Zeichen vermittelte sie den Anwesenden, den Raum zu verlassen.

Und endlich war sie allein mit ihm. Wie früher. Niemand belauschte ihre zärtlichen Gespräche. Nur Cupido hörte zu und mischte sich hin und wieder ein.

*

»Sprich mit ihm. Noch versteht er dich. Noch spürt er deine Anwesenheit. Das mag unglaublich klingen, aber es ist so. Das Gehirn arbeitet nach dem Tod weiter. Nicht lange natürlich, doch lange genug, ein wenig Abschied zu nehmen. Ein wenig.«

Cupido saß am Fußende und selbstverständlich konnte ihn Lena nicht hören. Aber da er anwesend war, atmete Lena mit der Luft auch etwas von der Kraft des Geistes ein. Sie beugte sich zu Julian herab und küsste seine kalten Lippen. Ihre Hand strich über das reglose, erfrorene Gesicht, das unter ihrer Berührung aufzutauen schien. Sie sprach leise. Der Klang ihrer Stimme gehörte Julian, das hatte sie beschlossen. Ihm gehörte auch ihr Lächeln, ihr Blick, ihr Körper. Sie gehörte ihm.

»Darum will ich deine Frau werden. So wie wir es ausgemacht haben. Der Tod trennt uns nicht. Ich lache ihn aus! ›Wo wir sind, sehen wir uns nicht; nur, wo wir nicht sind, da weilt unser Blick auf uns‹, schrieb Wagner.[50] Aber warum spreche ich davon? Weil ich etwas sagen muss und weil du so still bist, so unheimlich still.« Sie legte ihren Kopf auf seine Brust und weinte. »Mein liebster Julian, mein Mann, mein Geliebter. Dein Mörder ist vom Hals abwärts gelähmt. Er sitzt im Rollstuhl und spürt es nicht. Er steckt in einem Korsett, das ihn aufrecht hält. Ich hasse ihn und werde ihn umbringen, wenn ich ihm begegne. Tausendmal werde ich das Messer in ihn hineinstoßen, bis er verblutet. Vielleicht lässt mein Schmerz dann ein wenig nach. Er wollte unsere Hochzeit in Gefahr bringen, aber das gelingt ihm nicht.«

Sie schloss die Augen. Besorgt betrachtete Cupido das Mädchen. Unter ihren Lidern quollen erneut Tränen hervor. Ihr Gesicht glänzte, ihre Lippen zitterten. Plötzlich riss sie den Kopf hoch. Ein fürchterlicher Weinkrampf erschütterte sie. Ihre Haut zog sich zusammen, ihre Glieder verrenkten sich, ihre Hände waren verkrampft und zuckten. Auch ihr Gesicht zuckte, ihre Lider, ihr Mund. Es sah aus, als müsse sie ersticken, als schlängen sich eiserne Ketten um ihren Körper und schnürten sie fester. Sie wehrte sich mit einem herzzerreißenden Schrei aus tiefer Brust. Es war ein langer, schrecklicher Klagelaut, der die Wartenden vor der Tür panikartig in den Raum stürzen ließ.

Lena zuckte am ganzen Körper, hatte jegliche Kontrolle über sich verloren, war dem tyrannischen Schmerz hilflos ausgeliefert.

Sie konnte kaum atmen. Vater Bellami war blass vor Sorge und versuchte, sie von der Bahre wegzuziehen. Monsieur Sorel half ihm. Zuerst hatten sie große Mühe damit, denn Lena sträubte sich mit Händen und Füßen. Trotz ihres desolaten Zustandes schien sie ungeheuerliche Kräfte zu entwickeln. Unentwegt redete Bellami ihr gut zu. Sorel streichelte sie und François griff nach ihrer Hand. »Ich bin immer bei dir, Lena. Julian und ich sind immer bei dir«, wiederholte er, wobei er sich anstrengte, so überzeugend wie möglich zu klingen.

Endlich beruhigte sich das Mädchen ein wenig. Das Zucken ging zurück, hörte allerdings nicht ganz auf. Noch zitterten die Beine, die Hände und die Zähne klapperten. Ihre Haut war fast durchsichtig, ihre Augen starr wie die einer Puppe. Willenlos ließ sie sich von der Bahre wegschleppen. Bevor sie aus dem Raum traten, bäumte sich ihr Körper noch einmal unter einem heftigen Druck auf. Lena beugte sich nach vorn und erbrach Wasser und Schleim. Sie würgte ein zweites Mal, diesmal gewaltsamer, dann sackte sie zusammen und verlor das Bewusstsein.

*

Tatenlos sah Marianne zu, wie Lena das Hochzeitskleid anlegte. Sie hatte es aufgegeben, zu kämpfen. Sie war mit ihren Nerven am Ende. Noch nagte an ihr das Gezerre darüber, in welcher Wohnung Lena die Zeit bis zur Beerdigung verbringen sollte, was umso komplizierter abgelaufen war, da das Mädchen nicht sprach. Konsequent hatte sie sich geweigert, irgendwo anders zu leben als in der Nummer 34 der Rue de Richelieu. Daraufhin hatte der Streit um die Bekleidung stattgefunden. Einen Streit konnte man es nicht unbedingt nennen, da Lena der Hände ringenden Mutter nichts entgegnete, kein Wort, keinen Ton von sich gab, sondern ganz ruhig mit traurig ernstem Gesicht genau das Kleid anzog, das ihr für diesen Tag angemessen schien. Sie trägt Julian nicht zu Grabe, dachte Marianne bitter. Sie richtete sich mit ihm neu ein. Irgendwo an einem Ort, der uns nicht zugänglich ist. In einem siebten Himmel, den sie sich einbildet. Oh Gott, was soll aus dem armen Kind werden?

Die Zeit wird ihr helfen, dachte Bellami, als er seiner Tochter die Tür öffnete. François setzte sich zu ihr in den Fond des Wagens, Marianne an ihre linke Seite. Schweigend verharrte Lena in ihrer Mitte, reglos und so durchsichtig, als sei nur ihr Schatten anwesend. Ihr Schatten in weißer, glänzender Seide.

Bellami fuhr, auf dem Beifahrersitz hockte zusammengesunken Christel. Die ganze Fahrt schluchzte Bellamis Lebensgefährtin und flüsterte dabei: »Es ist unfasslich. Unfasslich! Ich kann es nicht glauben. Ich will es nicht. So jung. So feingeistig, so schön.«

»Bitte, Christel. Mach es nicht noch schlimmer.«

»Das Leben ist ungerecht. Schrecklich ungerecht«, fuhr Christel fort, ohne auf ihn zu hören.

Lena reagierte nicht darauf. Nichts war ihr anzusehen. Sie sah aus wie eine Puppe und wirkte auch so. Reglos, ausdruckslos. Wunderschön in dem Kleid, das ihr perfekt stand, gleichzeitig gespenstisch blass. Wie schwarze Kugeln glänzten ihre normalerweise blauen und fröhlichen Augen. Ihre Lippen waren blutleer, ihre weißen, gefalteten Hände hielten einen Strauß weißer und roter Rosen.

Sie standen in der ersten Reihe, neben den Familien Sorel und Bellami; François, Clement, Gabrielle, Claire, Josephine. Niemand machte eine Bemerkung zum Hochzeitskleid und Marianne, die vor Peinlichkeit nicht um sich zu schauen wagte, atmete erst allmählich auf. Je weiter die Zeremonie voranschritt, umso mehr hob sie den Kopf und musterte unter ihrer Sonnenbrille die Anwesenden. Viele Menschen waren gekommen. Studenten, Professoren, Freunde, Verwandte. Alle trugen Schwarz, manche hatten die Gesichter durch Hüte oder Schleier verhüllt. Und an manchen wirkte das Leiden wie eine Verkleidung.

Julians Vater hielt eine ergreifende Rede, die den Großteil der Trauernden deutlich aufwühlte. Er gab eine einfühlsame Retrospektive seines Lebens, sprach von seinen Ambitionen, Wünschen, Vorstellungen und erwähnte Lena als die Person, mit der er seine Zukunft plante. Als er sagte, die Hochzeit sei im Juli vorgesehen gewesen, ging ein heftiges Schluchzen durch die Reihen. Es wollte sich nicht beruhigen, obwohl Monsieur Sorel die Gemüter zu sänftigen versuchte, indem er zu Mut, Zuversicht und Liebe aufrief.

»Das wünsche ich vor allem dir, liebe Lena, und meiner Familie. Es wird eine schwierige Zeit auf uns zukommen, in der uns Julian näher sein wird als zuvor«, schloss er mit erstickter Stimme und ging sichtlich bewegt zum Sarg. Dort starrte er eine Weile schweigend auf das schimmernde Holz, bevor er sich von seinem Sohn für immer verabschiedete: »Adieu, mein geliebter Julian. Adieu«, wiederholte er mehrere Male wobei er zum Himmel schaute.

Lenas Knie gaben nach. François und ihr Vater stützten sie von links und rechts. Es sprachen noch ein Professor und zwei Freunde, dann schritt man gemeinsam dem Sarg hinterher, der hinausgetragen und in eine dunkle Limousine geschoben wurde. In ihren Autos folgten die Trauergäste. Lena hatte Mühe, zu gehen und einzusteigen. Ihr Gesicht war feucht vom Schweiß, wodurch sie wächsern wirkte. Im Innern des Wagens drückte François fest ihre Hand: »Denk immer daran, dass du nie allein bist. Ich verlasse dich nicht, und Julian ist für immer bei uns.« Vermutlich waren es nicht die richtigen Worte, denn Lena reagierte mit einem mörderischen Blick. In ihm stand deutlich, was sie nicht aussprechen wollte: »Verschont mich mit eurem triefenden Trost. Er übertüncht nur eure jämmerliche Unfähigkeit. Kann ihn jemand zurückbringen? Nein, das kann keiner von euch Jammerlappen. Dafür muss ich schon selbst sorgen.«

Langsam schritt sie zum Grab. Der Strauß zitterte in ihren Händen. Rosenblätter fielen in die Tiefe. François und Monsieur Sorel hielten sie von beiden Seiten fest. Zuerst sah sie in den hellen Himmel. Im Sonnenlicht glänzte ihr tränenüberströmtes Gesicht. Alles an ihr glänzte: die schimmernde Seide des Kleides, die eingestickten Perlen am Ausschnitt, ihre Porzellanhaut, das blonde, lose aufgesteckte Haar. Solange sie nach oben schaute, stand sie aufrecht, war ihr Blick klar, als fixierte sie etwas. Doch dann senkte sie den Kopf, sah ins Grab hinunter, warf den Strauß und schwankte. Schwankte immer stärker, kippte nach vorn, sodass es sekundenlang den Anschein hatte, sie falle in die Tiefe. Stützende Arme und Hände verhinderten es. Clements Gesicht näherte sich dem ihren und sagte mit fester Stimme: »Du schaffst es, Lena. Du schaffst es.«

Nicolas Bellami und Claire stürzten ebenfalls herbei. Lena konnte nicht aus eigener Kraft stehen, weshalb Monsieur Sorel Anstalten machte, sie hochzuheben, um sie wegzutragen. Doch dagegen wehrte sich die Trauernde mit aggressiver Wut. Heftig stieß sie die helfenden Arme zurück. Empörung funkelte in ihren Augen. Ihr Gesicht drückte Verachtung aus. »Ich brauche niemanden«, stand flammend darin geschrieben. »Und vor allem nicht euch, die ihr nur Heuchler seid.«

Gewaltsam streckte sie sich und ließ Beileidsbekundungen, vor Mitleid triefende Blicke, Umarmungen und sanftes Tätscheln auf die Schultern mit letzter Kraft über sich ergehen. Keine der gut gemeinten Gesten erreichte ihr Ziel. Im Gegenteil: Im Trost saß ein giftiger Stachel. Er verschlimmerte ihren Kummer, weil er ihn zur Wirklichkeit machte. Doch Lena hatte beschlossen, die Wirklichkeit auszublenden.

*

Seit der Beerdigung war sie nicht zum Friedhof zurückgekehrt. Nach zermürbenden, stummen Kämpfen hatte sie es erreicht, in der Wohnung 34 Rue de Richelieu bleiben zu dürfen und gleichzeitig das grauenhafte Vorhaben der Eltern verhindert, Julians Sachen abzuholen.

Julian würde wiederkommen. Daran hielt sie fest. Er würde seine Sachen wieder brauchen.

Jeden Abend breitete sie eines seiner Kleidungsstücke auf dem Bett aus und legte sich hinein. Sie flüsterte mit ihm, erzählte ihm Geschichten wie zuvor. François, der auf Wunsch beider Elternpaare bei ihr eingezogen war, presste die Lippen zusammen und sah sie verzweifelt an, wenn sie am Morgen mit verklärtem Blick in die Küche kam. Der Freund schlief auf dem Sofa und hatte sich unter dem Mezzanin sein Büro eingerichtet. Vier Wochen schon lebte er mit einer Stummen, die nur zu einem Verstorbenen redete. Vier Wochen mit einem Menschen, der keinen Schritt aus dem Haus ging, dessen Welt nur innerhalb der eigenen vier Wände bestand und aus sonst nichts. Ein Mensch, der nicht fernsah, keine Filme anschaute, weder Zeitung noch Bücher las – mit Ausnahme von Kierkegaard.

Lena schrieb keine einzige Zeile auf ihrem Laptop. Nur einmal reichte sie François ein Blatt mit den Sätzen: *Ich wünsche mir von ganzem Herzen, aus diesem Albtraum zu erwachen. Dann könnte ich mich in Julians Arme flüchten und ihm von diesem Albtraum erzählen. Im Halbschlaf würde er sagen: »Schlaf weiter, mein Herz, das alles ist ja nur ein schrecklicher Traum.«*

François verstand, was sie ihm mitteilen wollte: Die Zeit war an jenem Tag stehen geblieben, an dem Julian sie verlassen hatte, und würde erst wieder ihren Lauf nehmen, wenn er zurückkehrte.

Allerdings vernachlässigte Lena sich nicht. Sie pflegte sich für Julians Rückkehr. Jeden Tag nahm sie ein Bad, das sie mit Ölen und Essenzen anreicherte. Die ganze Wohnung roch danach und François versäumte es nicht, für Vorrat zu sorgen. Auf diese Weise überbrückte Lena einige Wochen ohne Depressionen, Weinkrämpfe oder gar Selbstmordgedanken. Das erleichterte François die Arbeit, denn er fürchtet oft, sie könnte sich etwas antun, während er die Einkäufe erledigte. Deshalb hetzte er die Treppen hinunter, raste zum Supermarkt um die Ecke, stolperte von Regal zu Regal, kaufte in Windeseile ein und raste wie der Blitz die Treppen wieder hinauf. Nach drei Wochen hatte er seinen Spitznamen: François flash, François Blitz.

Meist saß Lena bei seinem Eintreffen nach Mandelöl riechend auf dem Sofa, trug ein Hemd oder ein T-Shirt von Julian und las Kierkegaard. Manchmal hatte sie auch die Schatulle mit Julians auf Zettel geschriebenen Sprüchen auf dem Schoß. Sie las jeden einzelnen, küsste ihn und legte ihn in die Schatulle zurück.

Einmal, es waren nun fast vier Wochen vergangen, stand sie am Bücherregal und winkte den eintreffenden François zu sich, während sie das Buch in ihren Händen durchblätterte und es dem Freund unter die Nase hielt. Dieser war noch ganz atemlos von seinem Einkauf und starrte mit seinen müden Augen ungläubig auf den Zettel, der zwischen den Seiten dreiundzwanzig und vierundzwanzig steckte. »*Der Tod löscht das Licht aus, aber niemals das Licht der Liebe*«[51], las François laut und wurde kreidebleich dabei. Geduckt machte er sich auf Lenas Weinkrampf gefasst, aber sie wirkte nicht erschüttert. Im Gegenteil. Sie griff nach dem Zettel, führte ihn an die Lippen, küsste ihn und ging zu ihrer Schatulle. Wäre Lenas

Schicksal nicht so traurig, würde man sagen, sie ginge beschwingt, fast heiter. In François' Gesicht zeigte sich nun große Besorgnis. Lieber Himmel, hoffentlich wird sie nicht verrückt, dachte er. Und, um Lenas Idee, Julian habe den Zettel vor wenigen Stunden dort hinterlassen, sofort zunichte zu machen, sagte er laut: »Den hast du sicherlich übersehen oder Julian hat vergessen, ihn in deinen Schuh oder Badeschrank zu legen.«

Lena tat so, als habe sie ihn nicht gehört.

*

François' Beziehung zu seiner Freundin Alexandra litt unter seinem 24-Stunden-Job bei Lena, und sie davon zu überzeugen, wie sehr ihn die Trauernde brauchte, glich einer Sisyphusarbeit. In der ersten Zeit lösten ihn Marianne oder Nicolas Bellami tagsüber ab. Erst nach vier Wochen duldete Lena die Anwesenheit ihrer Mutter oder ihres Vaters auch bei Nacht.

»Es ist schrecklich, was ihr zugestoßen ist, aber zur Tyrannin braucht sie deshalb nicht zu werden«, zischte Marianne ihrem Exmann zu, wenn sie sich im Treppenhaus die Klinke in die Hand gaben. »Die Sorels haben ihren Sohn verloren, das ist weitaus schlimmer. Du bringst ein Kind zur Welt und es stirbt dir mit vierundzwanzig Jahren weg: Das ist Schmerz, der nie heilt.«

»Sei still, Marianne! Lena leidet furchtbar unter dem Verlust. Julian war ihre große Liebe. Vielleicht wird sie niemals darüber hinwegkommen. Aber davon verstehst du ja nichts. Von Emotionen hast du wenig Ahnung.« Er ließ sie stehend. Schnaubend drehte sich Marianne um und hastete die Treppe hinunter.

*

Wie sieht der Himmel aus ...[52]

... der jetzt über dir steht?
Dort wo die Sonne, im Sommer nicht untergeht?

Wo fängt dein Himmel an, und wo hört er auf?
... du fehlst mir, oh, du fehlst mir ...
Philipp Poisel

*

Es wurde August. Lena sprach immer noch nicht, aber sie kommunizierte anhand von kurzen, geschriebenen Sätzen. *Wir möchten den August in Dinard verbringen*, schrieb sie in riesigen Lettern auf ein großes weißes Blatt.

»Wir«, wiederholte François. Nicht als Frage, sondern als Feststellung. Dennoch zuckten seine Mundwinkel und er musste sich wahrhaftig beherrschen, nicht zu lachen. Sicherlich waren sechs Wochen nicht lang genug, um einen so schweren Verlust zu verkraften, aber ein wenig ging ihm ihre Sturheit auf die Nerven. Keiner von Lenas Freunden besaß sein Durchhaltevermögen. Viele hatten sich zurückgezogen. Eric allerdings schrieb regelmäßig Briefe und François wunderte sich über den großen Ernst und die Gelassenheit, mit der Lena die Zeilen las, denn er kannte den Inhalt der meisten. Es war bewegend, wie liebevoll Eric seinem besten Freund nachtrauerte:

Jeden Tag bringe ich einen anderen Strauß. Rosen, Geranien, Tulpen, Margeriten, alles Mögliche. Doch sie vergehen so schnell. Manchmal hängen schon am nächsten Tag die Köpfchen. Jetzt habe ich diesen schönen Satz von Jean Paul in einen Stein meißeln lassen: ›Die Erinnerung ist das einzige Paradies, aus dem wir nicht vertrieben werden können.‹[53] *Julian freut sich darüber, ich weiß es. Ich habe es gespürt, als ich ihn hinlegte. Es war ein Stich in meinem Herzen. Ein Wort wie ein Stich. Es war seine Stimme. Danke, hat er gesagt, mit seiner typischen Julianstimme ...*

»Warum weinst du nicht, wenn du das liest, Lena? Es muss dir doch das Herz zerreißen.«

Doch Lena setzte ihre steinerne Miene auf und François verstummte.

Claire kam vorbei, um Lena für ein paar Tage nach Korsika einzuladen. Als diese ihr auf einem Zettel antwortete, Julian hasse die

Hitze in Korsika, besonders im Sommer, schlug sie genervt die Tür hinter sich zu. »Bevor sie nicht normal wird, komme ich nicht mehr«, hatte sie im Treppenhaus gerufen und damit François zu Tode erschreckt.

Da alle Freunde fort waren, Marianne mit Maxime in Italien, Eric in Südfrankreich, entschied sich François nach Rücksprache mit ihrem Vater, Lenas Reise nach Dinard zu organisieren und sie zu begleiten.

26. KAPITEL

AIN'T NO SUNSHINE WHEN HE'S GONE

Es ist mutig von ihr, dorthin zu fahren, wo sie ihn zum letzten Mal gesehen hat und wo sie ihre Hochzeit feiern wollten – so dachte François und übersah dabei, dass Lena ganz anders empfand. Sie suchte Julian in den Erlebnissen mit ihm und hoffte, ihn dort wiederzufinden. In einem Spaziergang am Strand von Dinard, im Schlafzimmer des Schlösschens, auf der Terrassenbrüstung in der Abenddämmerung.

Es war später Nachmittag, als sie eintrafen. Ein milder Sommertag ging zu Ende. Das Meer lag hinter Dunst, in der Luft schwang der Duft von frisch gemähtem Gras. Frau Gaspard kam den beiden entgegen.

»Es ist schön, dich hier zu haben, Lena. Und damit du dich wohlfühlst, habe ich euer früheres Zimmer herrichten lassen.«

»Verzeihen Sie, Madame Gaspard, wollen Sie damit sagen, ich schlafe bei Lena im Zimmer?«

»Natürlich nicht«, antwortete Madame Gaspard und setzte mit einem seltsamen Lächeln hinzu: »Ich meinte das Zimmer von Lena und Julian. Du bekommst den Raum daneben, um ganz in ihrer Nähe zu sein.«

Die Dame legte den Arm um Lenas Schulter und ging mit ihr über den Kiesweg zum Haus, während François vergessen zurückblieb, als sei er ein alter Regenschirm. Mürrisch lud er den Wagen aus. Sein Gepäck passte auf einen schmalen Rücken und konnte von einem Schwächling getragen werden, wohingegen Lena zwei Koffer vollgestopft hatte, und natürlich befanden sich darunter ein paar T-Shirts und Hosen von Julian.

»Das Licht ist besonders schön heute. Wollen wir gleich einen Spaziergang zum Strand machen und uns danach ans Kaminfeuer setzen?« Ein unsicheres Lächeln wischte über das Gesicht der Frau. Die Fältchen um die Augen traten hervor sowie feine Linien auf ihren Wangen. Lena blieb stehen und schüttelte den Kopf, gleichzeitig studierte sie aufmerksam die freundlichen Züge der Frau. Dabei leuchteten ihre blauen Augen hell und ihre verkrampfte Miene entspannte sich zögerlich. François, der mittlerweile nur noch wenige Schritte von den beiden entfernt war, hatte den Eindruck, Lena atme auf, lebe auf, streife allmählich den Grauschleier ab.

Seine Freude darüber wurde sogleich getrübt. Unerwartet rasch befreite sich das Mädchen aus Madame Gaspards Arm und strebte auf die Terrassenumrandung zu. In einem elastischen Sprung landete sie auf der Brüstung, streckte die Arme nach rechts und links aus, als wolle es fliegen, und schloss die Augen. Madame Gaspard und François erstarrten zu Statuen wie beim letzten Mal, als Julian noch dabei war. Sie wagten weder zu sprechen noch zu atmen.

Lena reckte das Kinn, hob den Kopf dem Himmel entgegen. Ihre Haut glänzte im Licht der Abendsonne. Sie weinte. Zugleich lehnte sie sich etwas zurück.

In diesem Moment ging ein Ruck durch François' Körper. Er schnellte nach vorn, wollte sie auffangen. Doch sie fiel nicht nach hinten. In leicht schräger Haltung stand sie da, die Augen noch immer geschlossen, und lächelte glücklich. Unfassbar, dachte François verwirrt. Warum fällt sie nicht? Jeder normale Mensch verliert in dieser Haltung das Gleichgewicht.

Ohne sich seine Nervosität anmerken zu lassen, wartete der Junge ab. Nach einer, für sein Empfinden, endlos langen Zeit, senkte Lena die Arme, öffnete die Augen und stieg herunter. Flüchtig streifte ihr Blick die beiden geschockten Zuschauer und in diesem Blick meinte François ein unheimliches Blitzen zu entdecken. Du lieber Himmel, sie wird doch nicht verrückt werden, schoss es dem jungen Mann durch den Kopf. Aber wäre es nicht verständlich, durchzudrehen? Seit Wochen redet sie nicht, vergräbt sich in Julians Klamotten und liest dabei Kierkegaard und seine Zettel. Davon muss ein normaler Mensch doch irre werden!

Ohne sich um die beiden zu kümmern, ging Lena zum Haus. Unterwegs begegnete ihr der Gärtner, am Eingang zur Küche die Köchin. Beide begrüßte sie mit einem freundlichen Lächeln, was die Angestellten verwirrte. Peinlich berührt stotterten sie »Herzliches Beileid«, und die Köchin breitete sogar die Arme aus und machte Anstalten, auf Lena zuzugehen. Da erlosch das Lächeln des Mädchens. Sie zeigte ihr die kalte Schulter, eilte an der Küche vorbei zur Terrassentür des Wohnzimmers, von wo aus sie gleich die Treppe erreichte, die sie in geräuschvollen Schritten hinaufging. Laut fiel oben die Tür ins Schloss. Madame Gaspard zuckte zusammen. Sie und François hatten das Treppenhaus erreicht.

»Manchmal könnte ich sie in der Luft zerreißen. Sie benimmt sich wie eine Diva.« Polternd knallte seine Reisetasche zu Boden und die beiden Ziehkoffer fielen um. Im Gegensatz zu Lena verlor das aufgeblähte Gepäck bei geringer Erschütterung das Gleichgewicht.

»François! Wie redest du?«, rügte die ältere Dame streng. »Sie macht Schreckliches durch. Sie braucht Verständnis.«

»Das habe ich, verdammt noch mal!«

»Fluche nicht!«

»Ich bin fast rund um die Uhr für sie da und liege deshalb im Clinch mit meiner Freundin. Was soll ich denn noch tun?«

»Geschrei und Gejammer helfen nicht weiter. Habe Geduld. Lena braucht Zeit.«

»Sieben Wochen sind vergangen!« Erschöpft fiel François in das Ledersofa im Vestibül.

»Was sind sieben Wochen angesichts dieses Verlustes?« Jeanette Gaspard rang die Hände. François murrte weiter:

»Sie hat ihn noch nicht einmal begraben. Wie ein Gespenst bevölkert er die Wohnung und ihr Leben. Was wird sein, wenn sie erst einmal begreift, dass er unweigerlich tot ist?«

Ehe sie antwortete, seufzte die Dame tief. Dann sah sie den jungen Herrn auf ihrem Ledersofa kritisch an. Bleich sah er aus. Das Haar unordentlich, die Augen trotz der Müdigkeit aufgerissen.

Nachdem sie ihn eine Weile angesehen und mehrmals geseufzt hatte, antwortete sie ihm auf seine Frage:

»Wenn sie begriffen hat, dass er für immer gegangen ist, kommt die schlimme Zeit, mein Junge. Aber auch die wird sie überstehen. Denn sie will leben, und weil sie das will, wird sie um ihr Leben kämpfen. Um ein neues Leben. Um eine neue Liebe.«

»Sie wird Julian niemals vergessen.«

»Das soll sie auch nicht! ›Die Erinnerung ist das einzige Paradies, aus dem wir nicht vertrieben werden‹, sagt Jean Paul.«[54]

Müde entgegnete François, er habe den schönen Satz schon mal gehört.

»Vielleicht stand er auf einem Grabstein.« Sie zwinkerte ihm aufmunternd zu: »Und nun geh hinauf und richte dich zum Abendessen. Bring Lena mit! Wir treffen uns auf der Terrasse.«

*

So seltsam wie das Abendessen verlief auch das Frühstück am folgenden Tag. Schweigend. Leise raunte der Wind unter dem Dach des Sonnenschirms, Insekten summten im Blumenbeet und vom Strand klang das Schlagen der Wellen, mit dem kleinen Unterschied, dass sich jetzt am Vormittag das Lachen der Kinder daruntermischte.

Diskret beobachtete Madame Gaspard ihre Gäste. François schmierte ein Toastbrot nach dem anderen, häufte löffelweise Marmelade darauf und verschlang alles mit Heißhunger. Er benahm sich, als habe er tagelang nichts gegessen, wohingegen Lena auf jedem Bissen lustlos herumkaute. Sie bewegte sich in Zeitlupe, hatte den Blick in die Ferne gerichtet, wirkte zerbrechlich und durchsichtig wie Glas. Ihr zartes Lächeln kam nicht von Herzen.

Es war aufgesetzt und konnte jeden Moment abfallen, in tausend Scherben zersplittern, unter deren Klirren der unterdrückte Schmerz hervortreten würde. Davor fürchteten sich alle und davor fürchtete sich Lena am meisten, sonst säße sie nicht so furchtsam da, sonst sähe sie nicht so gespenstisch aus. Jeanette zog es bei ihrem Anblick das Herz zusammen. Ihr ganzes Bestreben galt von da an, dem Mädchen zu helfen. Sie selbst hatte genug Kummer in ihrem Leben erfahren, um zu wissen, wie sich ein verlassener Mensch fühlt.

*

Am Nachmittag saß Lena in der Hollywoodschaukel und starrte mit ausdruckslosem Gesicht ins Leere. Frau Gaspard tat so, als kontrolliere sie ihr Blumenbeet, tatsächlich aber spähte sie aus den Augenwinkeln nach dem Mädchen. Sie sieht erschreckend bleich aus, sagte sich die Dame. Fast blutleer. Als führe sie ein Schattenleben. Aber tut sie das denn nicht? Sie ist in eine unwirkliche Welt getreten, in der Schatten wandeln, in der es keine Zukunft gibt, in der nicht gesprochen wird. Mein Gott, und dieser François ist völlig machtlos. – Sie schaute auf und suchte ihn mit den Augen. Gestikulierend stapfte er durch den Vorgarten, das Handy am Ohr. Er schimpfte, ballte die Faust, griff sich an den Kopf, stampfte auf.

Das sieht ganz nach Rechtfertigung aus. Vermutlich ist seine Freundin dran. Ach, der Junge ist überfordert. Warten wir ein paar Tage, sehen wir, wie die Dinge sich entwickeln. Ich hab da so eine Idee. Mal sehen, ob sie Wirkung zeigt.

Bis zum Mittagessen um zwei Uhr streunte Lena orientierungslos ums Haus. Jedenfalls glaubten das ihre beiden Wächter. Hin und wieder lehnte sie sich an den Stamm der massiven Eiche und schaute ebenso abwesend wie auf der Hollywoodschaukel in das dichte Geäst. Dann wieder fiel sie lachend ins Gras, streckte sich aus, blickte in den Himmel. So konnte sie fast eine Stunde liegen. Ihr Verhalten hatte nichts Gefährliches an sich und da sie sich von der Terrassenumrandung fernhielt, ließ François' Aufmerksamkeit nach.

Neben der Brüstung fürchtete er außerdem den Balkon eines der Etagenzimmer. Aber würde sie im Ernst einen solchen Tod sterben wollen? Zerschmettert, entstellt auf dem Rasen, auf dem sie mit Julian gelegen hatte?

»Madame, Sie sagten, Lena nähme sich nicht das Leben, weil sie trotz des Verlustes am Leben hinge. Warum also beobachten wir sie ununterbrochen? Sie muss ja unsere Blicke wie Stiche auf der Haut fühlen und unsere permanente Gegenwart wie die Stäbe eines Gefängnisses.«

Nachdenklich sah die ältere Dame den jungen Mann an.

»Wieso sagst du das mir? Ich gehöre nicht zu den Personen, die Lena rund um die Uhr im Visier haben, wie du zum Beispiel, ihre Mutter oder ihr Vater.«

Betreten sah François zu Boden.

»Wir haben ja keine andere Wahl«, murmelte er. Verständnisvoll nickend klopfte ihm die Dame auf die Schulter und schob ihn zum Kücheneingang. Madame Gaspard ging zur Kaffeemaschine und schenkte für sich und François Kaffee ein.

»Zucker, Milch?«

»Nur Honig, bitte.«

»Honig im Kaffee? Schrecklich! François, du musst noch viel lernen, bevor du ein Weltmann wirst.«

»Ich muss kein Mann von Welt werden.«

Madame Gaspard winkte ab und reichte ihm seine Tasse mit den Worten: »Ich nehme an, du kannst ihn gebrauchen. Du siehst ziemlich erschöpft aus.«

Sie setzten sich an den langen Tisch vor dem breiten Fenster, das sich an die verglaste Terrassentür anschloss und den Raum mit Licht durchflutete, tranken ihren Kaffee und sahen der Köchin beim Kochen zu. Schweigend und nachdenklich. So vergingen vielleicht fünfzehn Minuten. Jeanette seufzte. Sie trank ihre Tasse leer und stand abrupt auf.

»Tut mir leid, François, aber meine Unruhe ist doch stärker als alles gute Zureden. Lena befindet sich in einem unberechenbaren Zustand. Schauen wir nach ihr.«

Sie suchten eine Stunde und fanden sie nicht. Sie riefen und bekamen keine Antwort. François raufte sich das Haar, lief schnaubend im Kreis und rannte schließlich wie ein Jagdhund zum Strand, als ob er eine Fährte witterte. Sein Ziel war die Stelle zwischen den Klippen, wo Lena mit Julian den Sonnenuntergang betrachtet hatte. Nicht weit davon führte ein Weg wenige Meter an der Steilküste entlang. Man fiel nicht tief, aber man konnte sich an den Felsvorsprüngen den Schädel einschlagen. Sein Herz klopfte bis zum Hals, er konnte keinen vernünftigen Gedanken mehr fassen.

Wenn sie sich etwas angetan hatte, war es seine Schuld. Er hatte seiner Schwäche nachgegeben, seinem Egoismus, seiner Faulheit. Und um sich vor Madame Gaspard keine Blöße zu geben, faselte er von Lenas Unabhängigkeit. Davon, dass man ihr ständig auf den Fersen sei, sie keine Sekunde aus den Augen ließe wie einen Sträfling. »Ich bin der totale Vollidiot«, keuchte er, während er rannte, als hetzten ihn wilde Tiere. Endlich hatte er den Punkt erreicht. In der Bucht lagen Sonnenanbeter, im Wasser planschten Kinder und am Strand spielten barbusige Frauen mit Männern in knappen Badehosen Beach-Tennis. Kein günstiger Platz für Selbstmörder. Schweißgebadet sank François auf einen Felsen.

Er zog sein T-Shirt aus und ließ sich von der Sonne trocknen. Doch sein Herz klopfte weiter. Noch war Lena nicht gefunden. Ein anderes, grauenhaftes Bild zuckte durch sein Hirn: Lena leblos im Keller, eine tödliche Dosis Schlaftabletten im Blut. Die Kellertür von innen verschlossen und verbarrikadiert. François standen buchstäblich die Haare zu Berge. Er spürte, wie sich seine Kopfhaut zusammenzog und sich jedes einzelne Haar aufrichtete. Er hatte das Gefühl, wie ein Igel auszusehen. Aufgewühlt schnellte er hoch und raste den ganzen Weg im gleichen, irrsinnigen Tempo wieder zurück. Auf dem Rückweg stolperte er, fiel hin, rappelte sich schimpfend und fluchend auf. Als er die Terrasse erreichte, war niemand zu sehen. Sowohl im Garten als auch in der Küche kein Mensch.

Sie versuchen, die Kellertür zu knacken, dachte er panisch und schon hastete er eine Holztreppe hinunter, die ihn an die geöffnete Bogentür führte. Dort fing der Schlosskeller einer noblen Familie an. Treppen und Boden waren gekehrt, Wände entstaubt und fast frei von Spinnweben. In einem Gewölbe kletterten schöne Regale mit Weinflaschen bis unter die Decke, im Nebenraum standen uralte Fässer. Es roch nach Erde, Wein, Schnaps. Von Lena keine Spur. Völlig verwirrt setzte sich François auf ein Fass. Er stützte den Kopf in die Hände und schluchzte: »Ich kann nicht mehr. Ich bin einfach mit den Nerven total fertig.«

Seine Wangen brannten. Und noch immer klopfte sein Herz aufgeregt. Aber die Kühle und die Ruhe in der Tiefe des Kellers taten ihm gut. Allmählich beruhigte er sich. Und endlich kamen positive Gedanken: »Vielleicht ist sie gar nicht tot. Vielleicht sitzt sie irgendwo und weint. Ja, weint endlich Rotz und Wasser, weint die lautesten Tränen ihres Lebens und schwemmt den Kummer aus sich hinaus. Hoffen wir es!«

*

Aufgeregt flatternd hüpfte Cupido von einem Ast zum anderen. Wieder hatte er hilflos zusehen müssen. »Warum habe ich nicht die Macht, Schlimmes zu verhindern?«, schimpfte er und flammend blitzte die Szene, die er vor wenigen Minuten erlebt hatte, erneut vor ihm auf: Lena steht kerzengerade auf der Terrassenumrandung. Sie streckt die Arme aus, schwingt sie wie Flügel und setzt zum Flug an. Cupido fuhr der Schreck durch alle Glieder. Wie ein Pfeil aus seinem Köcher schoss er zur Unfallstelle und entdeckte Lenas Körper seltsam gebogen auf der sandigen Böschung landen, von dort aus hinabrollen und unter dem üppigen Gezweig eines Holunderbusches verschwinden. Alarmiert flog er hinterher, verharrte einige Augenblicke reglos in der Luft und starrte auf die Mulde, in die Lena rutschte.

Außer den Sträuchern bewegte sich nichts. »Um Himmels willen! Befindet sich darunter etwa ein Erdloch? Das darf nicht wahr sein. Wenn ihr bis jetzt nichts Ernsthaftes zugestoßen ist, dann passiert es jetzt. Ich brauche auf der Stelle Hilfe!« Statt unter den Strauch zu kriechen, flog er in Windgeschwindigkeit acht zum Haus zurück. Im Flug nahm er François wahr, der zum Strand jagte, und Madame Gaspard, die nervös durch den Garten irrte. »Wie gelingt es mir, sie zur richtigen Stelle zu locken?« Unwillkürlich kreiste er um ihren Kopf wie ein Insekt und erreichte damit nur, dass sie mit den Händen um sich schlug, zwar zur Brüstung hastete, aber an der falschen Stelle hinuntersah.

Der Gärtner, schoss es Cupido durch den Kopf. Er ist so fürchterlich akkurat. Ein paar Herbstblätter im August oder verwelkte Blumen machen ihn wahnsinnig. Der Liebesgott konnte nicht zaubern, jedoch fegte er nun in Windgeschwindigkeit durchs Gezweig der Eiche und riss dabei einen Ast herunter, den er in Richtung Brüstung blies. Damit nicht genug: Er düste über das Blumenbeet, sauste dicht an den beiden dekorativen Steintöpfen mit wunderschöner Begonienbepflanzung vorbei, warf sie um, sodass ihr Inhalt herausbrach. Der Wind, den er verursachte, wirbelte die Begonien über den Rasen, über die Brüstung, die Böschung hinunter.

»Ja, was ist denn das? Werde ich wahnsinnig?«, schrie der Gärtner und rannte Cupidos Werk hinterher. Mit einem elastischen Sprung brachte er die Brüstung hinter sich und rutschte auf dem Hosenboden die geröllartige Böschung hinunter. Frau Gaspard sowie die Köchin waren ihm in heller Aufregung und Neugierde gefolgt und hörten nun seine Stöhn- und Ächzlaute von oben aus.

»Hier ist es verdammt steinig!«, fluchte er laut.

»Wenn Sie schon da unten sind, schauen Sie sich bitte gut um. Wir können Lena nicht finden.« Die ältere Dame beugte sich weit vor. Kopfschüttelnd entgegnete die Köchin: »Warum sollte sie da unten sein? Völlig absurd.«

»Alles, was Lena bisher erlebt hat, ist absurd, Clara!«

Auf Anweisung seiner Chefin war der Gärtner unter die Büsche gekrochen und tauchte nun wieder auf. Verstört, und ungewöhnlich blass für einen Gärtner.

»Rufen Sie sofort den Notarzt«, krächzte er. Jeanette erbleichte und rührte sich vor Schreck nicht vom Fleck.

»Auf der Stelle, Madame!«

27. KAPITEL

WIE SIEHT DEIN HIMMEL AUS?

Den Kopf vornübergeneigt auf den verschränkten Armen, die er über die Knie gelegt hatte, saß er da. Er döste, er schöpfte Atem und er überlegte, ob es so weitergehen konnte. War er Lena wirklich eine Hilfe, wenn er ständig unter der Trennung von Alexandra litt? Welcher Groll würde wachsen? Der gegen Alex oder der gegen Lena?

Aus weiter Ferne hörte er das Martinshorn. Im ersten Moment hielt er es für eine Sinnestäuschung. Durch sein Hirn schwirrten viele Geräusche. Es schien, als habe er alle Laute der letzten Monate in sich aufgenommen, die nur darauf lauerten, sich in einem stillen Moment schrillend zurückzumelden: Schreie, Schluchzer, das Schlagen von Türen, das Pfeifen und Fauchen des Windes, das Klirren von Glas, der Klang der Regentropfen an den Fensterscheiben.

Die Sirene des Notwagens kam näher, drang tiefer in sein Bewusstsein und rüttelte ihn wach. Es war kein gespeichertes Geräusch, es kam von draußen. Wie ein Pfeil schnellte François hoch und stürmte die Treppe hinauf. Innerhalb von wenigen Sekunden packte ihn der Schrecken mit eiskalter Kralle im Genick. Die Begriffe Martinshorn, Notarzt, Katastrophe, Selbstmord peitschten ihn den Weg entlang über den Rasen zum Ambulanzwagen, aus dem zwei Männer sprangen und auf die Brüstung zurasten. Mit zitternden Knien wankte François hinterher.« Vorsichtig, vorsichtig«, jaulte Frau Gaspard den Gärtner an.

»Ja, ja! Du darfst keine falsche Bewegung machen!«

»Soll ich sie lieber so liegen lassen und warten, bis die Fachleute kommen?«

»Ich denke, es ist besser!« Jeanette Gaspard kniff die Augen zusammen. Ihre Wange streifte die Erde, ihr Kopf lag schräg, um unter das Gesträuch sehen zu können, unter dem der Gärtner an Lena herumhantierte.

»Sie liegt in einer Mulde und rührt sich nicht. Das Gesicht ist zerkratzt.«

»Lebt sie?« Jeanettes Stimme zitterte.

»Keine Ahnung! Es kommt wohl darauf an, wie sie gefallen ist.«

Entsetzt riss Madame die Augen auf.

»Himmel, die beiden sind heute erst angekommen … Oh Gott, hätte ich nur besser aufgepasst!« Sie brach in Tränen aus und konnte sich nicht mehr beruhigen. Je mehr Clara tröstend auf sie einredete, umso heftiger schluchzte Madame. Schließlich drückte sie ihr Gesicht an die Brust der Angestellten. Köchin Clara legte den Arm um sie.

»Wer wird denn gleich den Teufel an die Wand malen, Madame! Sie sagten doch selbst: Lena will nicht sterben. Ich höre schon die Ambulanz. Warten wir ab!«

*

Drei Stunden später hatte man Lena vollkommen durchgecheckt. »In Paris hätte das den ganzen Tag gedauert.« Bleicher als am Morgen stand François in der Mitte des Krankenzimmers. Madame Gaspard hingegen saß am Bett der Patientin. Sie betrachtete ihr weißes Gesicht, die blutleeren Lippen, die hohe Stirn, auf der Schweißperlen glänzten.

»Es tut mir leid, Lena«, flüsterte die ältere Dame. »Es tut mir leid, dass ich so nutzlos bin. Aber das wird sich ändern. Du wirst es sehen. Ich habe eine wunderbare Überraschung für dich.«

Ein flüchtiges Lächeln zeichnete sich in Lenas Zügen ab und wie zufällig bewegten sich ihre Augenlider.

»Du hast mir zugeblinzelt, Lena. Ich hab's gesehen! Du hast mir zugeblinzelt, du kleiner Schalk!« Sie streichelte die Wange des Mädchens.

Madame zog es vor, Lenas Eltern nicht unnötig zu beunruhigen, und benachrichtigte sie nicht. Das Mädchen war mit ein paar Schrammen und Beulen davongekommen, und weder sie noch François bohrten nach dem Grund des Unfalls. Die Dame des Hauses schlug den beiden vor, eine Pause zu machen. Das dauernde Aufeinandersitzen bekam ihnen nicht, und, was noch schlimmer war, könnte ihre Freundschaft gefährden.

Bevor sie allerdings François nach Hause schickte, sicherte sich die Dame ab, ob Lena unter seiner Abwesenheit leiden würde. Lena reagierte gleichgültig. Als aber François in gebeugter Haltung die Reisetasche über den Rasen zog und beleidigt zurückblickte, sah er, dass sie ihm zuwinkte. Das schien ihn zu erleichtern, denn plötzlich streckte er sich, blieb stehen und winkte freudig zurück.

»Ich komme dich abholen, wann immer du willst. Ob Tag oder Nacht. Schick eine SMS und ich bin schneller da als das Licht«, rief er gut gelaunt. Lena dankte ihm mit einem strahlenden Gesicht. Sie wich nicht vom Fenster und hörte nicht auf zu winken, bis François' Wagen hinter der Biegung des Weges verschwunden war.

*

Es verging eine Woche. Marianne rief an, Monsieur Bellami gleich dreimal, ja und auch Monsieur Sorel, Eric, Claire und Josephine erkundigten sich nach Lenas Befinden.

»Den Umständen entsprechend«, antwortete Madame jedem und jedes Mal. Außer Monsieur Bellami reagierten alle mit einem »Na ja!« und einem deutlichen Schulterzucken, das Jeanette regelrecht hören konnte. Nicolas Bellami wiederum fragte sorgenvoll: »Ihre Antwort hat nichts Beruhigendes, Madame. Soll ich ein paar Tage kommen?«

»Sie ist Ihre Tochter. Ich kann Ihnen nicht verbieten, sie zu besuchen. Aber es wäre gut, wenn ich einige Zeit mit ihr alleine verbringen könnte. Ich verspreche mir viel davon.«

»Alles, was Lena helfen kann, wollen wir versuchen.« Er bat sie, ihn auf dem Laufenden zu halten und seine Tochter von ihm zu grüßen. Madame Gaspard versprach es und beendete das Gespräch.

Endlich hatte sie wieder eine Aufgabe, die sie voll und ganz ausfüllte. Und sie hatte ein Ziel. Dass es allerdings so schwierig sein würde, es zu erreichen, hätte sie nicht gedacht. Und dass sie dabei fast die Nerven verlieren würde, wäre ihr niemals in den Sinn gekommen.

Lena trat auf der Stelle. Mit Gewalt krallte sie sich an die Vergangenheit, blieb darin hängen wie eine Spinne und würde langsam vertrocknen. In Madame Gaspard pfiffen die Signale zum Angriff.

Abends am Schreibtisch in ihrem Zimmer unterm Dach stellte sie ihren Schlachtplan auf. Dabei stand die Tür zu ihrem Zimmer offen und ihre Ohren waren wachsam. Auch Clara konnte seit Lenas Unfall kein Auge zutun, und immer musste sie sich absichern, wie es ihr ging. Bevor die Köchin gegen Mitternacht selbst ins Bett ging, horchte sie an Lenas Zimmertür.

»Gehen Sie zu Bett, Clara! Es bringt nichts, die halbe Nacht vor dem Zimmer zu lauern«, schimpfte Jeanette von ihrem Schreibtisch aus. »Ich werde im Raum neben Lenas Zimmer schlafen. Dort wo François genächtigt hat. Beruhigt Sie das ein wenig?«

Clara nickte argwöhnisch und stieg in skeptischer Haltung die Treppe hinunter.

*

Cupido nahm sich vor, die nächsten Wochen in Lenas Nähe zu bleiben, obwohl er genug andere Dinge zu tun hatte. Glücklicherweise wurde die Krisensitzung der Cupidos auf September vertagt.

Er verfolgte Madame Gaspards vergebliche Versuche, Lena aus ihrer Lethargie zu locken. Sie brachte ihr die schönsten Romane der Weltliteratur, doch Lena rührte sie nicht an. Vielleicht ist Lesen zu anstrengend für einen Menschen, der weltabgewandt aus dem Fenster starrt oder verträumt im Sofa hängt, dachte Jeanette und besorgte eine Hörkassette mit Klassikern deutscher und französischer Literatur.

Frau Gaspard atmete erleichtert auf, denn sie glaubte, Lena höre aufmerksam zu. Ruhig und mit weit geöffneten Augen saß sie da, als nähme sie nicht mit den Ohren, sondern mit den Augen auf. Cupido wusste es besser. Sie nahm nur Fragmente wahr. Ihre Gedanken wanderten von Corinnas vergeblicher Liebe zu Leopold Treibel[55] oder dem traurigen Schicksal der Dienstmagd Félicité[56], die trotz selbstloser Hingabe an ihre Herrschaft alles verliert und ihr Leben einsam im Beisein ihres ausgestopften Papageis beendet, zurück zu Kierkegaard. Und eines Tages drückte sie mitten in einer Erzählung von Stefan Zweig die Austaste, nahm Kierkegaards Schrift *Der Begriff Angst*[57] und ging damit zum Strand.

Jeanette Gaspards besorgter Blick folgte dem Mädchen, solange es von der Terrasse aus noch in Sichtweite war. Dann eilte die Dame zum Balkon des ersten Stockes, von wo aus sie Lenas Gestalt bis zu den Dünen im Auge behalten konnte. Dann verschwand sie. Seufzend verharrte Madame noch eine Weile auf dem Balkon. In ihrem Gesicht spiegelte sich so viel Unruhe und Zweifel, dass Cupido wütend wurde. »Oh, diese Trauer! Sie schneidet mir ins Herz. Wie lange soll sie noch andauern? Drei Monate bist du nun tot, Julian. In dieser kurzen Zeit verheilen tief geschlagene Wunden nicht, das weiß ich, aber es tut mir weh.«

Aufgebracht flog er hinunter zum Strand, wo er Lena in ihrer geliebten Bucht fand. Der Touristenstrom hatte nachgelassen, nur noch wenige Engländer oder Deutsche genossen das frische Wasser und die letzten Sonnentage des milden Septembers. In der Aushöhlung eines Felsen kauerte sie, den Rücken an die raue Wand gelehnt, die Beine angezogen, das Buch aufgeschlagen. Mit starrem Blick las sie. Und Cupido konnte sehen, wie die Buchstaben vor ihren Augen tanzten und sich zu Bildern formten. Ja, ja. »Die Erinnerung ist das einzige Paradies, aus dem wir nicht vertrieben werden«, dachte auch er an die Worte Jean Pauls[58]. Aber das Schlimme daran ist, dass sie alles noch mal mit voller Macht durchlebt. Sie zittert am ganzen Körper und aus diesen leeren, aufgerissenen Augen strömen Bäche von Tränen. Ich kann es nicht mehr mit ansehen. Hilf mir, Julian!

Julian antwortete ihm nicht. Er antwortete ihm schon einige Zeit nicht mehr. Darüber ärgern durfte sich Cupido nicht, denn er wusste genau, warum es so war. Julians Seele wanderte. Sie war noch durchströmt von seinen Erlebnissen auf Erden und die betrafen nicht nur Lena. Zwei lange und intensive Reisen standen ihr bevor: Die Reise durch die Landschaft seiner Kindheit und die Reise ins Unendliche. Zu einem anderen Planeten vielleicht oder zur Begegnung mit dem Unbekannten. Und für diese letzte Reise musste seine Seele gestärkt sein, denn sie grenzte an Wahnsinn.

*

Lenas Eltern sorgten sich um ihr Studium. Der Monat September verstrich ohne deutliche Verbesserung ihres Zustandes. Noch immer sprach sie nicht, reagierte auf die SMS ihres Vaters in knappen Worten, ließ die ihrer Mutter unbeantwortet, schrieb François, er solle sich nicht beunruhigen und ihr Zeit lassen. Weiterhin zeigte sie nicht das geringste Interesse an ihrer Zukunft, vegetierte dahin wie eine Pflanze, lebte wie ein Tier ohne Zeitempfinden. An ein Morgen dachte sie nicht, es war ihr gleichgültig.

Die Tage wurden kürzer, oft hing feuchter Nebel über dem Wasser und hüllte die Landschaft in einen grauen Schleier. Lena störte sich nicht am Wetter. Stoisch folgte sie ihrem selbst auferlegten Rhythmus: aufstehen, baden, essen und trinken, zurück ins Zimmer, dann zum Strand. Ob es stürmte, die Sonne schien oder Bindfäden regnete, nichts konnte Lena von ihrem Gang zum Meer abhalten. Manchmal kam sie völlig durchweicht zurück. Aus ihren Haaren tropfte dann das Wasser, die Hosen klebten an ihren Beinen, ihre Schuhe quietschten vor Nässe.

Und dann kam die Nacht, in der sich alles änderte. Hagelkörner trommelten aufs Dach, krachender Donner zerriss die dunkle Ruhe und jähe flammten Blitze auf. Lena, die immer bei geöffnetem Fenster schlief und seit Einsatz des Regens reglos auf dem Rücken gelegen und dem Toben der Tropfen auf Rasen und Dach zugehört hatte, hielt unwillkürlich den Atem an. Was sie für Regen gehalten hatte, war eisiger Hagel. Das Raunen des Windes, das sie so oft in den Schlaf geschaukelt hatte, wurde zum Rütteln, Pfeifen, Kreischen. Alles um sie herum bebte. Der Vorhang blähte sich auf, der Wind peitschte Hagelkörner ins Zimmerinnere und sie wollte aufstehen, um das Fenster zu schließen, doch ein fürchterliches Tosen direkt über dem Haus hielt sie zurück. Nie zuvor hatte sie Angst vor Blitz und Donner gehabt, doch diesmal richtete sie sich halb auf, drückte sich ans Kopfende ihres Bettes und zog die Bettdecke bis unters Kinn.

Laut schlugen die Wolken über dem Landsitz aufeinander, grell zuckte der Blitz, zornig pfiff der Wind und knallte ein Fenster gegen die Innenwand. Glas splitterte. In den Scherben spiegelte sich der Blitz, der von Neuem die Nacht erleuchtete. So hell, dass sich Lena fürchtete und zu weinen anfing. Unter Tränen flüsterte sie: »Julian, Julian, warum bist du nicht mehr da, um mich in deinen Arm zu nehmen? Warum? Sag es mir, damit ich endlich leben oder sterben kann.« Wie ein strömender Fluss brach der Kummer aus ihr heraus und sie redete so viel, als wollten alle Worte, die sie in den letzten Monaten geschluckt hatte, aus ihr herausbrechen.

»Ich lebe nicht. Ich existiere nur. Ohne dich bin ich nichts. Und mit dir kann ich nicht sein.« Ihre aufgerissenen Augen waren in die Nacht gerichtet, die in kurzen Abständen für Sekunden lichterloh brannte. In diesem Feuer sah sie Julian ganz deutlich. Seine dunklen Augen, sein liebes Gesicht unter den gelockten Haaren.

»Steh nicht an meinem Grab und wein. Ich bin da nicht, ich schlief nicht ein. Ich bin der tausendfache Wind, der weht. Der Schnee, der sanft herniedergeht.«[59]

Wie gebannt starrte Lena auf das Gesicht, streckte die Hand aus wollte es berühren, und ungläubig lauschte sie den Worten nach. Das Krachen am Himmel entfernte sich, die grellen Blitze wurden schwächer. Julians Gesicht löste sich in Luft auf. Lena ballte die Fäuste und schrie aus Leibeskräften. Und in ihrem verzweifelten Schrei formten sich nach Wochen die ersten deutlichen Sätze: »Nein! Nein! Geh nicht! Ich will es nicht! Es ist nicht wahr!« Wie eine Furie schnellte sie hoch, sprang aus dem Bett zum Fenster und trat dabei in die Splitter der Fensterscheibe. Ihr Fuß blutete, und sie schrie noch lauter, noch verzweifelter in die weite Nacht hinaus, in der nur noch fernes Leuchten aufzuckte und die ihre Dunkelheit und Ruhe zurückgewann.

Erst da hörte Lena das Klopfen und aufgeregte Rütteln an ihrer Zimmertür.

»Mein Gott, Lena. Was ist mit dir? Mach auf, um alles in der Welt! Bitte mach auf.«

Lena hatte aufgehört zu kreischen. Verständnislos starrte sie auf ihre blutenden Füße. Einen Schmerz spürte sie nicht, aber sie sah den Zettel von Julian. Sie hatte ihn in der Kommode gefunden und die halbe Nacht ans Herz gedrückt. Nun lag er blutbeschmiert auf dem Boden.

»Lena, bitte öffne mir. Ich mache mir große Sorgen«, tönte es vom Flur. Bevor das Mädchen den Schlüssel herumdrehte, hob es den Zettel auf. Es zog die Tür nach hinten, reichte Madame Gaspard den Zettel und sagte, während diese las:

»Ich habe ihn gehört. Er hat ganz deutlich zu mir gesprochen.« Das Mädchen wiederholte die Sätze, die es meinte, von Julian gehört zu haben.

»Aber hier steht ...«, Madame stockte, denn unwillkürlich wurde ihr bewusst, dass Lena wieder redete. »Verzeih, Lena«, begann die Dame von Neuem. »Du sagst: ›**Ich** bin der tausendfache Wind, der weht. Der Schnee, der sanft herniedergeht.‹ Hier aber steht: ***Du*** *bist der tausendfache Wind, der weht. Der Schnee, der sanft herniedergeht.* Du, nicht ich. Er meint dich, Lena. Julian hat dieses Gedicht, dass von Mary Elisabeth Frye stammt, abgewandelt und auf dich bezogen. Das war damals, als ihr hier ward, erinnerst du dich?«[60]

Lenas Gesicht verzog sich zu einer Fratze. Sie sah aus, als wollte sie über die Dame vor ihrer Tür herfallen und sie mit dem Schlag ihrer geballten Faust zum Schweigen zu bringen. Gleichzeitig rührte sie sich nicht vom Fleck. Ihre Verzweiflung, die sich zuerst über der Frau entladen wollte, kehrte sich gegen sie selbst. Sie zitterte und weinte. Weinte immer mehr, verfiel in ein nervöses Schluchzen, schließlich schlugen ihre Zähne gegeneinander und ihr ganzer Körper bebte. Hilflos stand Frau Gaspard daneben und wagte es nicht, sie in die Arme zu nehmen. Zögernd hob sie die Hand, wollte zärtlich über Lenas Haar streichen, doch das Mädchen wich aus. Minutenlang sagte keine ein Wort und die Spannung zwischen ihnen wuchs. Das Mädchen schien sich wieder zu verhärten. Um es zu verhindern, sagte Jeanette rasch:

»Julian ist bei uns, aber nicht mehr auf die gleiche Weise.«

»Lass mich in Ruhe«, begehrte Lena auf und stieß sie zurück. Bevor sie die Tür zuschlagen konnte, stellte sich die Dame geistesgegenwärtig auf die Schwelle und sagte ruhig:

»Komm mit mir! Ich will dir etwas zeigen. Es ist schon lange fällig. Erinnerst du dich, dass ich dir einmal von einer wunderbaren Überraschung gesprochen habe?« Ohne die Antwort des Mädchens abzuwarten, ergriff sie deren Hand. Dabei fiel ihr Blick auf den Boden. Sie erschrak, als sie das Blut sah, kaschierte aber ihren Schrecken sehr geschickt, denn scheinbar gelassen fügte sie an: »Außerdem müssen wir deine Füße verarzten.«

Mit einem Mal bäumte sich Lena nicht mehr auf. Sie wirkte kraftlos und müde. Erschöpft vom sinnlosen Kampf gegen die Wahrheit, ließ sie alles mit sich geschehen. An Jeanettes Hand humpelte sie zur Treppe, auf der in dem Moment Clara wie ein Blitz nach unten pfiff, geradewegs auf den Medizinschrank zu. Natürlich hatte sie schon geraume Zeit lautlos auf der obersten Stufe gestanden. Auch sie war vom Unwetter aufgerüttelt worden und hatte beim Gedanken an Lena nicht mehr schlafen können.

Lena streckte sich auf dem Sofa des Wohnzimmers aus und die Frauen kümmerten sich um ihre Füße. Clara schleppte Wasser und Reinigungstücher herbei, wusch und desinfizierte die Wunden. Es waren kleine Einschnitte, da und dort hingen feine Splitter. An einer Stelle war ein spitzes Stück Glas in die Haut eingedrungen. Vorsichtig zog Clara es heraus und säuberte die Wunde. Dann legte sie sterile Kompressen auf und umwickelte beide Füße mit einer Mullbinde.

In der Zeit hatte Madame Jeanette eine Wolldecke geholt, in die sie Lena nun einhüllte. Sie schüttelte das Sofakissen zurecht und sagte: »Nun ruh dich aus. Ich spiele dir etwas vor.«

Unter Tränen nickte Lena. Ein zartes Lächeln huschte über ihre Lippen. Es war nur ein Zucken, das sogleich verschwand und einem traurigen Zug Platz machte. Sie sank nach hinten, bettete ihren Kopf auf das Kissen und verfolgte Madame Gaspards Weg zum Piano mit den Augen.

Diese griff nach dem dicken Beethoven-Band, schlug ihn auf und entnahm ihm eine handgeschriebene Partitur. Sie stellte sie auf den Notensteg und fing an zu spielen. Jeanette hatte das Stück in den Fingern, kannte jede Note, jede Pause, jeden Lauf. Hin und wieder schloss sie die Augen. Im Grunde war die Partitur auf dem Steg unnötig. Eine friedliche Stille herrschte im Raum, untermalt von den perlenden Töne des Klaviers.

»Das Stück hat Julian gespielt.« Lenas Stimme zitterte und erschrocken unterbrach Madame Gaspard ihren Vortrag. War es doch zu früh?, dachte sie. Verkraftet sie es noch nicht und hätte ich noch warten sollen? – Besorgt drehte sie sich um. Lena hatte sich ein wenig aufgerichtet und blickte mit klaren Augen auf.

»Ich meine, er hat versucht, ein Stück zu komponieren. Ich habe immer nur Fragmente gehört.«

»Diese Fragmente hat er zusammengefasst. Es ist eine Geschichte daraus geworden. Eine Geschichte der Liebe mit ihrem ungewöhnlichen Anfang, ihren Turbulenzen, goldenen Momenten und Höhepunkten. Es ist die Geschichte von Lena und Julian und …«

»Sie hat kein Ende«, unterbrach Lena die Ausführungen Madame Gaspards. »Sie sprechen von Anfang, Mitte und Höhepunkt, aber Sie haben nichts von einem Ende erwähnt.«

Mit aufgerissen Augen, den Körper nach vorn geneigt, gespannt wie ein Bogen, starrte sie die ältere Dame an.

Diese nickte zaghaft.

»Das ist richtig, Lena. Es gibt keinen Schlussakkord. Ich habe lange überlegt, die Komposition zu Ende zu führen, und dann anders entschieden. Sie soll so bleiben, wie Julian sie hinterlassen hat. Eure Liebe ist wie diese Melodie: voller Freude und Melancholie, voller Hoffnung und Vertrauen und einem stillen Klang Besorgnis. Julian hat ihr einen Titel gegeben, der schon existiert. ›Ain't no sunhine when she's gone.‹ Ich nehme an, ihm war zu dem Zeitpunkt kein anderer eingefallen. Es ist nun an dir, einen zu finden. Wird es dir gelingen?«[61]

Die Angesprochene nickte.

28. KAPITEL

EIN SONNENSTRAHL IM DUNKELN

Im Oktober kehrte Lena nach Paris zurück. Entscheidende Schritte kamen auf sie zu: die ersten Schritte nach Monaten ins gemeinsame Appartement und die ersten Schritte in eine Zukunft ohne Julian.

Während François, Clement, Guillaume und Eric Julians Kleider in Kartons stapelten und die beiden Freundinnen Korrespondenz, Schriften sowie Bücher zusammentrugen, öffnete Lena die Fenster. Sie blickte zur Statue Molières hinüber. Zum ersten Mal tat es nicht mehr so weh, ihn zu betrachten. Hatte er nicht geblinzelt? Oder war es vielleicht ein himmlisches Blinzeln? Neugierig suchte sie am Himmel nach Zeichen. Es war Herbstanfang, ein diesiger Tag, in dem noch ein wenig Sommerhitze glühte. Lena zuckte die Achseln. Sie ging zum Regal und holte die Schatulle mit Julians Liebesgrüßen.

»Julian hat unsere Geschichte in Noten gefasst, ich werde sie schreiben«, sagte sie zu Clement, der im Begriff war, Schuhe in Kartons zu verstauen.

»Das ist eine super Idee. Überhaupt bin ich froh, dass du wieder sprichst.«

»Ich habe ein großes Bedürfnis danach. Stört es euch, wenn ich jetzt gleich damit anfange?«

»Wie kannst du mir so eine Frage stellen, Lena? Du kennst mich, du weißt, wie wichtig Schreiben für mich ist. Hol den Laptop und lege los!« Er sagte es und wollte nach einem Paar Schuhe greifen, die unter dem Regal standen. Lena hielt ihn ab.

»Nein, nicht diese! Sie stehen so, als warteten sie auf ihn. Lass sie so, wie er sie hingestellt hat.«

*

Das erste Semester der Politikwissenschaft hatte im September begonnen. Zu diesem Zeitpunkt war Lena noch nicht fähig gewesen, ins wirkliche Leben zurückzukehren. Richtig bewusst wurde ihr das erst im Oktober, sechs Wochen nach Studienbeginn. In dem Moment regte sich in ihr die reale, die echte Angst vor der Zukunft und stürzte wie eine Lawine auf sie ein. Mit einem Mal hatte sie das Gefühl, in der Luft zu hängen. Schlagartig wurde ihr klar, dass ihr aus der Bahn geworfenes Leben weiterging und sie dafür sorgen musste, es wieder ins richtige Gleis zu bringen.

François und Clement hatten das vorausgesehen und klugerweise Lenas Unterlagen und Examensergebnisse im Juli ans Lycée Claude Monet geschickt, um ihr dort einen Platz zu sichern. Denn sollte ihr Studium der Politikwissenschaft durch die Verspätung infrage gestellt sein, eine Hochschule vom Kaliber jener in der Rue Saint-Guillaume in Paris nahm ihre verspäteten Studenten nicht so einfach auf wie Straßenreiniger Papierschnitzel, so konnte sie sich während eines Präparationsjahres nochmals intensiv auf einen späteren Studieneinstieg vorbereiten.

*

Seit ich dich getroffen habe, bleibt mein Herz manchmal stehen[62]

Einer deiner liebevollen Zettel liegt vor mir. Es ist einer, den du sicher voller Wut nach einem Streit geschrieben hast. Es ging um Freiheit und Unabhängigkeit. Du fühltest dich durch mich eingeengt, in Besitz genommen. Wütend hatte ich die Tür hinter mir zugeschlagen und war in den Park des Palais Royale gerannt. Zweimal stolperte ich, einmal fiel ich hin, da entschloss ich mich, zurückzugehen und mit dir normal zu reden. Aber du warst gegangen und hast diesen Zettel auf dem Tisch hinterlassen: »Mon amour, ich liebe dich. Das weiß ich mit Sicherheit. Ich komme bald zurück.«

Du kamst spät zurück, aber du kamst. Nun wirst du nie mehr kommen. Deine Schuhe, dort stehen sie, warten vergeblich auf dich. Dein Montblanc-Kugelschreiber wird nie mehr deine Worte schreiben. Ich werde dich nie mehr sehen. Nie mehr werde ich in deinem Arm einschlafen, niemals mehr deine Hand halten. Oft habe ich im Halbschlaf nach ihr gegriffen. Ich suchte Sicherheit. Ich suchte die Sicherheit deiner Nähe.

Jetzt erinnere ich mich an diesen Morgen im Frühjahr, der mir deutlich machte, wie sehr ich deine Nähe brauchte. Es war sehr früh. Ich erwachte durch das Gezwitscher der Vögel im Hinterhof, drehte mich nach dir um, doch das Bett neben mir war leer. Ein schreckliches Gefühl von Verlassenheit überwältigte mich, packte mich mit ganzer Wucht, sodass mir die Tränen kamen. Kraftlos erhob ich mich, zog den Vorhang des Mezzanins ein wenig zur Seite. Da sah ich dich unten im Wohnzimmer. In einer Hand eine Flasche frisch gepressten Orangensaft, in der anderen eine Tüte mit Croissants und Schokoladenbrot. Mit Tränen in den Augen lächelte ich dir zu und ließ mich erleichtert ins Bett zurückfallen. Ich hörte deine Schritte auf der Treppe. Dann warst du bei mir.

»Tränen? Warum?«

»Ich hatte Angst, du kommst nicht wieder.«

»Unsinn. Hier bin ich. Ganz der Alte. Du kannst ruhig weiterschlafen. Es ist noch früh.«

»Und du? Willst du nicht auch schlafen?«

»Lieber schaue ich dir beim Schlafen zu.«

Erinnerung, Andenken, Vergangenheit. Alles ist vorbei. Es ist schön, von dir zu träumen, Julian. Noch schöner wäre es, mit dir weiterzuleben.

*

Anfang November ging Lena zum ersten Mal zum Friedhof. François begleitete sie, hielt sie fest, als sie vor dem Grab stand und angesichts der Inschrift auf dem Stein in Schluchzen ausbrach. Wieder erbebte ihr ganzer Körper unter einem heftigen Zittern. Sie konnte kaum atmen, drehte sich schließlich um und strebte zum Ausgang, die Augen vom Schleier ihrer Tränen blind. Rasch war der Freund bei ihr, stützte sie, ehe sie stolperte.

Unter dem Scheibenwischer des Autos hing ein Strafzettel. Heftig riss François den Wisch darunter hervor und hätte ihn vor Wut fast weggeworfen. Er wusste, wie unsinnig es war, in dieser Stadt den Wagen zu nehmen, aber Lena weigerte sich, in die Metro oder in ein Taxi zu steigen.

»Vielleicht ist es noch zu früh, ihn hier zu besuchen.« Entschuldigend sah der junge Mann sie an und fuhr los.

»Es ist nicht zu früh. Gleich jetzt kaufen wir ein schönes Gesteck und kommen morgen wieder her.«

Sie kam jeden Tag. Ihr Vater, ihre Mutter oder François begleiteten sie. Bis kurz vor Weihnachten. Da erwachte sie zu den Klängen von Julians Komposition. Sie hörte sie so deutlich und klar, dass kein Zweifel an ihrer Echtheit sein konnte. Völlig davon überzeugt, endlich aus dem Albtraum erwacht zu sein, riss sie den Vorhang des Mezzanins zurück und wollte seinen Namen rufen. Wollte ihn bitten, sich nie wieder diesen makabren Scherz mit ihr zu erlauben: einfach monatelang unterzutauchen und sich ganz plötzlich, als sei nichts geschehen, ans Klavier zu setzen.

Vor den Tasten saß François. Er spielte gut, besser, als Lena vermutet hatte, und sie rieb sich die Augen, weil sie nicht so recht an das glauben konnte, was sie sah. Traurig sank sie aufs Bett zurück. Ihr Blick wanderte über die Kommode, deren Schubladen heraushingen und nur noch ihre Unterwäsche enthielten, zum Kleiderständer mit ihren unzähligen Klamotten hinauf zum Regal, auf dem ihre verrückten Schuhe standen. Wieder wurde sie von schmerzhaften Erinnerungen überwältigt.

»Allein in dem großen Bett, verloren inmitten von Jeans, Kleidern und Schuhen. Einsam trotz des Klanges seiner Musik!« So dachte sie, von seelischem und körperlichem Schmerz gleichzeitig gequält, heulte auf, wimmerte sich in bohrende Verzweiflung hinein. Bald spürte sie die streichelnde Hand des Freundes, lehnte sich dagegen und redete unter Tränen und Schluchzern, ohne aufzuhören, als suchten all die Worte, die sie eingesperrt hatte, endlich auszubrechen.

»Er hat die Bewegung meiner Lippen geliebt, wenn ich erzählte. Er hat mir vor dem Einschlafen einen Kuss in den Nacken gehaucht und gesagt: ›Je t'aime.‹ Beim Erwachen sah er mich mit freudestrahlenden Augen an. Er war meine Sonne, bevor die Sonne aufging. Als ich ihn kennenlernte, war ich ein unsicheres, nettes Mädchen, mit ihm wurde ich eine hübsche, selbstbewusste junge Frau. Seine Liebe war meine Brücke, mein Licht, mein Weg in die Zukunft.«

Von diesem Tag an beschloss sie, alleine zum Friedhof zu gehen. Täglich stand sie am Grab, sprach mit Julian, säuberte das Grab von Schnee, Schmutz und vertrockneten Blättern, wischte zärtlich über die eingravierten Buchstaben seines Namens, seines Geburts- und seines Todestages. Immer brachte sie etwas mit. Eine Rose, ein Gesteck, einen Zweig. Und immer weinte sie. Sie versprach ihm, niemals einen anderen Mann so zu lieben, wie sie ihn liebte. Ihm gehöre für immer ihr Herz.

*

An einem windigen Tag Mitte März blieb sie einfach im Bett liegen. Sie stand den ganzen Tag nicht auf, duschte nicht und aß nur Zuckergebäck. So ging es drei Tage. François wurde unruhig. Über ihr unerwartetes Verhalten war er verwirrt, gleichzeitig hatte er es satt, den verständnisvollen und immer freundlichen Freund zu spielen. Energisch kam er am vierten Tag die Leiter zum Mezzanin hinauf und weckte Lena. Es war fast ein Uhr mittags.

»Hör mir zu! Von jetzt an wirst du dein Leben alleine in die Hand nehmen. Wir haben genug getan. Wir haben in deiner Wohnung Ordnung geschaffen und Tabula rasa gemacht, Gabriel und Hubert haben ein Fotoalbum deiner Liebesgeschichte zusammengestellt, Guillaume bastelte sogar einen Film, dein Vater bringt Bücher und DVDs und deine Mutter täglich diese grauenhaften Süßigkeiten.

Clement und ich sorgten dafür, dass du dein Vorbereitungsjahr für Normal Sup wiederholen kannst, aber du fehlst ständig. So wird das nichts! Steh auf, stell dich unter die Dusche und pack das Leben von Neuem an. Aber diesmal richtig. Bis später.« Er stieg die Leiter hinunter, ging durch das Wohnzimmer und verließ die Wohnung.

Es dauerte eine Stunde, bis François' Worte wirkten. Es war, als öffneten sich Lenas Augen erst jetzt wieder für die Wirklichkeit. Sie stand auf.

Nachdem sie zwei Spiegeleier, ein halbes Baguette und zwei Tomaten verdrückt hatte, ging sie ins Blumengeschäft.

Ein frischer Frühlingsstrauß stand auf der Steinplatte des Grabes. Lena rückte ihn ein wenig zur Seite und schob ihr Rosenbouquet daneben.

»Den Strauß hat vermutlich deine Mutter hingestellt, geliebter Julian. Sie hasst mich, weil sie glaubt, ich sei …« Wieder überwältigte sie dieser schreckliche Weinkrampf, der nicht aufhören wollte. Alles an ihr zitterte. »Weil … weil«, stotterte sie weiter, »weil es dich ohne mich noch geben würde!«

Sie faltete die Hände. Tränen tropften darauf. In ihrer Trauer schloss sie die Augen und versuchte, sich Julian vorzustellen. Auf der Place Saint-Sulpice am plätschernden Brunnen, unter der Markise des Restaurants de Breteuil, im strömenden Pariser Regen, im Schlafzimmer in Deauville an ihn gekuschelt, den Gesang der Wellen im Ohr.

*

I Am Tired of These Blues[63]

Liebster Julian, mein Geliebter. Es tut noch immer weh, an dich zu denken. Mein Herz zerreißt, wenn ich deinen Namen höre, mein Atem stockt, es schnürt mir die Kehle zu und presst mir die Brust zusammen.

Kannst du dich an die Songzeile »Heaven is a place on earth with you«[64] erinnern. Oft habe ich gedacht, dass mir der Song aus dem Herzen spricht, nie habe ich dir gesagt, dass du mein Himmel auf Erden bist. Jetzt ist es zu spät. Du hast ihn mitgenommen, meinen kleinen, sonnigen Himmel, Julian.

Ich bin unendlich traurig, schrecklich einsam und mein Herz tut weh. Aber manchmal möchte ich dieser Trauer davonlaufen. Manchmal möchte ich einfach wieder glücklich sein.

EPILOG

READY TO RISE AGAIN – WEHMÜTIGER NEUANFANG

Claire und Lena saßen auf der Terrasse des Café Costes und brachten ihre Gläser zum Klingen.

»Auf das Leben«, sagte Lena.

»Auf die Liebe«, antwortete Claire.

»Auf beides!« Wehmütig lächelnd nahm Lena einen großen Schluck und sah in den hellen, strahlenden Himmel. Und plötzlich meinte sie, im blendenden Licht den Schatten einer kleinen sonderbaren Gestalt zu erkennen. Sie hatte Flügel, die aufgeregt flatterten.

»Es ist komisch. Eben habe ich Cupido gesehen. Es war nur ein Schattenriss, aber er war es.«

»Du spinnst. Es war kein Schattenriss, es war eine Sinnestäuschung. Den Typen gibt es gar nicht. Er ist eine Erfindung der Menschen und Künstler.«

»Und wenn es ihn doch gäbe?«

Lena zwinkerte und sah wieder zur Straße. Auf der gegenüberliegenden Seite ging der Junge, der ihr in den letzten Tagen öfter aufgefallen war. Er hatte keinen Lockenkopf, ging in Tennisschuhen und trug statt eines Jacketts einen Anorak. Allerdings hatte er ein Buch in der Hand.

»Meinst du, der Junge dort drüben liest Kierkegaard?«

»Das glaube ich nicht, Lena. Es hat ja nichts mit seinem Studium zu tun.«

»Was studiert er denn?«

»Weinwissenschaft«, prustete Claire und nahm einen tüchtigen Schluck von ihrem Weißwein.

»Wie bitte?« Unwillkürlich musste auch Lena lachen. »Das ist ziemlich originell.«

»Jedenfalls sieht es nicht so aus, als könntest du mit dem dort über Proust oder Kierkegaard diskutieren.«

»Das ist auch nicht nötig!« Wieder blickte Lena in den Himmel, blinzelte leicht und da bemerkte Claire, dass in Lenas Wimpern Tränen glitzerten. Langsam rollten sie ihre Wangen herunter. Die Freundin streckte ihre Hand aus und streichelte das Gesicht der Weinenden.

»Ich weiß. Nun ist es fast ein Jahr her, doch die Trauer kennt keine Zeit.«

»They said that time's a healer«[65], antwortete Lena mühsam. »Aber nicht nur die Zeit hilft ein wenig. Auch Madame Gaspard, François, du, meine Eltern und …«, sie schluckte die Tränen hinunter. »Kierkegaard«, fuhr sie gepresst fort. »Wenn ich auch sein Werk nicht wirklich verstanden habe, so hat es mir doch ganz allmählich wieder die Augen geöffnet. Meine von Trauer, Verzweiflung und Hass verschlossenen Augen. Vielleicht habe ich jetzt das Auge, das Kierkegaard sich so sehr gewünscht hat.«

»Was für ein Auge denn?« Claire runzelte die Stirn.

»Nun, ein Auge, die Möglichkeit zu sehen? Die Möglichkeit eines neues Glücks, einer neuen Liebe, verstehst du?«

»Klar verstehe ich, obwohl es sich etwas geschwollen anhört. Kannst du es mir, der gescheiterten Medizinstudentin, in unserer Sprache verklickern?«

Nachdenklich lehnte sich Lena auf ihrem Stuhl zurück. Trotz des melancholischen Zuges in ihrem Gesicht spielte ein verstohlenes Lächeln um ihre Lippen.

»Okay, okay! Vielleicht könnte man sagen: ›I am ready to rise again!‹«[66] Fast gleichzeitig hoben die beiden Freundinnen ihre Gläser und zwinkerten sich zu.

*

Cupido schoss den Pfeil ab, den er Julian versprochen hatte, und sagte verschmitzt: »Manchmal wäre ich gern Mensch.«

Ende

Zitierte und erwähnte Werke und Songs

1 Kierkegaard: Der Augenblick
2 Huey Lewis & the News: The Power of Love
3 James Blunt: Tears and Rain
4 W.B.Yeats: Brown Penny
5 Celine Dion: Sil Suffisait Daimer
6 Yiruma: Kiss the Rain
7 Patrick Süskind: Die Taube
8 Julien Freund: L'essence du politique
9 Yiruma: Kiss the Rain
10 Ueda Tatsunya: Piano
11 Bill Withers: Ain't no Sunshine
12 Silbermond: Das Beste
13 Philipp Poisel: Halt mich
14 Philipp Poisel: Halt mich
15 Bibel: Matthäus 5, 14–16
16 Alain Finkielkraut.
17 Eric Clapton: Wonderful Tonight
18 Eric Clapton: Wonderful Tonight
19 Henry James: Bildnis einer Dame; Die goldene Schale
20 Max Weber: Wirtschaft und Gesellschaft
21 Oscar Wilde: Salome
22 Oscar Wilde: Das Bildnis des Dorian Gray
23 James Morrison: Please Don't Stop The Rain
24 Les contes en musique tous les soirs sur Radio Classic
25 Victor Hugo: Le roi s'amuse
26 Marcel Proust: Auf der Suche nach der verlorenen Zeit
27 Victor Hugo: Le roi s'amuse
28 Udo Lindenberg: Bis ans Ende der Welt
29 auch einfach: Rim
30 Udo Lindenberg: Bis ans Ende der Welt
31 Irving Berlin: I Love a Piano
32 Victor Hugo: William Shakespeare, Essay.
33 Paul Valéry: Le problème des musées
34 Axelle Red: Parce que c'est toi

35 Ronan Keating: When You Say Nothing at All
36 Blaise Pascal: Pensées IV
37 Bee Gees: Words
38 Udo Lindenberg: Bis ans Ende der Welt
39 Frédéric Beigbeder: Die Liebe währt drei Jahre
40 Phillip Poisel: Mit jedem deiner Fehler
41 Udo Lindenberg: Bis ans Ende der Welt
42 Jean-Jacques Rousseau: La Nouvelle Heloise
43 B.o.B. feat. Hayley Williams & Eminem: Airplanes
44 B.o.B. feat. Hayley Williams & Eminem: Airplanes
45 Bill Whiters: Ain't No Sunshine
46 Skeeter Davis: The End of the World
47 Skeeter Davis: The End of the World
48 Skeeter Davis: The End of the World
49 Friedrich Nietzsche: Also sprach Zarathustra
50 Richard Wagner: Tristan und Isolde
51 Dietrich Bonhoeffer
52 Philipp Poisel: Wo fängt dein Himmel an
53 Jean Paul: Impromptü's, welche ich künftig in Stammbücher schreiben werde
54 Jean Paul: Impromptü's, welche ich künftig in Stammbücher schreiben werde
55 Theodor Fontane: Frau Jenny Treibel oder Wo sich Herz zum Herzen find't.
56 Gustave Flaubert: Ein schlichtes Herz
57 Sören Kierkegaard: Der Begriff Angst
58 Jean Paul: Impromptü's, welche ich künftig in Stammbücher schreiben werde
59 Mary Elisabeth Frye: Do not stand at my grave and weep, auf http://buecherzeit.wordpress.com/2010/04/27/do-not-stand-at-my-grave-and-weep/
60 Mary Elisabeth Frye: Do not stand at my grave and weep
61 Bill Whiters: Ain't No Sunshine
62 Philipp Poisel: Wo fängt dein Himmel an
63 Mighty Sam McClain: I Am Tired of These Blues
64 Lana Del Ray: Video Games
65 Gabrielle: Rise
66 Gabrielle: Rise

BILDNACHWEIS

Titelbild: © Moritz Thau || alle Bilder im Innenteil: www.thinkstockphotos.de/ Getty Images (außer Rahmen) | S. 5: © Sue Colvil | S. 8, 236: © VvoeVale | S. 18, 272: © badahos | S. 29: © unknown1861 | S. 37: © Elena Elisseeva | S. 47: © rglinsky | S. 61: © Top Photo Corporation | S. 65, 225: © Ilda masa | S. 71: © DAJ | S. 77, 261: © Martin Kemp | S. 87: © Rrrainbow | S. 93: © pamadeba | S. 103: © adisa | S. 113: © moodboard | S. 121: © SergiyN | S. 131: © sborisov | S. 141: © Fabio Cardano | S. 149: © Ingram Publishing | S. 159: © isaxar | S. 169: © Micha Adamczyk | S. 179: © neirfy | S. 185: © zona | S. 195: © Elena Elisseeva | S. 205: © PJPhoto69 | S. 215: © Arushanova | S. 251: © Andrew Chambers | S. 280: © NicoElNino | Cupido: © RKaulitzki | Rahmen: © DmitryPrudnichenko (www.shutterstock.com)

Catharina Geiselhart
AIN'T NO SUNSHINE
Eine Liebesgeschichte aus Paris
Roman

ISBN 978-3-86265-284-6

1. Auflage Dezember 2013

Lektorat: Maren Konrad

KATALOG
Wir senden Ihnen gern kostenlos unseren Katalog
Schwarzkopf & Schwarzkopf Verlag GmbH / Abt. Service
Kastanienallee 32 | 10435 Berlin
Telefon: 030 – 44 33 63 00
Fax: 030 – 44 33 63 044

INTERNET | E-MAIL
www.schwarzkopf-schwarzkopf.de
info@schwarzkopf-schwarzkopf.de